俳句・短歌・川柳と共に味わう

猫の国語辞典

佛渕健悟・小暮正子…［編］

三省堂

金沢のしぐれをおもふ火鉢かな

室生犀星

装丁●三省堂デザイン室
本文イラスト●二本柳 泉
カバー写真●室生犀星の愛猫ジイノちゃん
©室生犀星記念館

はしがき……猫さんに問われて

「この本は猫だらけだけど、何匹の猫が出てくるのかにゃ?」

「約二四〇〇の句や歌を集めたので、二四〇〇匹くらいですね」

「なんでこんなに猫ばかり集めたにゃん? 写真もなくて文字ばかりで」

「猫という言葉にこだわって、猫とつく言葉と、猫を詠《よ》んだ俳句・短歌・川柳を集めたら作者が五百人程に。人の暮らしの中にいつも居る猫は、物を書く人の気持ちを惹《ひ》きつける存在ですけど、どんなふうに惹きつけられたのか知りたかったんです。句は想像力の世界の賜物《たまもの》なので、あくまでも言葉で」

「ふ～ん。それで〈言葉で愛された猫たち〉っていうわけか。どんな作者が居るの?」

「まずは一茶。『洗い猫』なんて造語力もすごいので、そのまま見出しに使わせてもらいました」

●猫を愛した五百人の作家

紅梅《こうばい》や縁《えん》にほ[干]したる洗ひ《い》猫　一茶　「洗い猫」8頁

「洗濯されちゃったわけではなくて、縁側《えんがわ》にいた濡《ぬ》れ猫をこう詠んだんだろうね。うまいにゃあ」

こんなに晴れた日の猫が捨てられて鳴く　種田山頭火《たねださんとうか》　「捨猫」64頁

「放浪の俳人と言われた山頭火も、捨猫《すてねこ》を見捨てられず、つらいにゃん」

葬《はふ》る時むくろ［骸］の猫の鈴鳴りぬ　日野草城《ひのそうじょう》　「猫の鈴」151頁

「ドキッとするね。一瞬猫が生きかえった気がしたんだね。悲痛な気持ちが痛いほどだにゃん」

恋猫のあは《わ》れやある夜泣寝入《なきねいり》　正岡子規　「恋負け猫」45頁

「とほほ。恋に破れて飼い主にも同情されて、あわれだにゃあ」

愛《いと》しさや恋負《こいま》け猫が食欲《めしほ》れり　橋本多佳子《はしもとたかこ》　「恋負け猫」45頁

「やっぱり女の飼い主さんはたのもしいにゃ。やけ食《ぐ》いする猫が可愛いなんて」

叱られて目をつぶる猫春隣《はるどなり》　久保田万太郎《くぼたまんたろう》　「叱られた猫」56頁

「猫を飼った人ならすぐわかる光景だね。目つぶってごまかす。猫の特技だにゃん」

捨てられる話を猫は横で聞き　愁夢［川柳］　「話を聞く猫」208頁

「これはつらいなあ。猫は人が自分の話をしてること、分かるからにゃん」

帰り来《こ》ぬ猫に春夜《しゅんや》の灯《ひ》を消さず　久保《くぼ》より江《え》　「猫帰らず」95頁

「電気代も気にせず心配してくれたんだね。でも明るいと、猫としてはこそこそ帰りにくいにゃあ」

「猫が来る」*97*頁

鮎《あゆ》やけば猫梁《うつばり》を下《お》りて来し　杉田久女《すぎたひさじょ》

「ふだんは呼んでも知らんぷりの猫もご馳走となると話は別。猫の気ままぶりがよく出てるにゃん」

「猫の殺気」*148*頁

炎天《えんてん》に一筋《ひとすじ》涼し猫の殺気《さっき》　西東三鬼《さいとうさんき》

「うわっ、宮本武蔵の決闘か？　猫の飛びつく寸前の鋭さ・怖さを鋭くキャッチした句だにゃん」

●見出し（約八百）を手掛かりに

「こんなにたくさんの句があると、うんざりして疲れないかにゃん」

「辞典ですから、どこから読んでもいいんです。パラパラ気ままにめくって、好きな猫を見つけてください。できれば声に出してゆっくり味わってほしいなぁ」

「声に出して読むと違うのかにゃん？」

「俳句や短歌や川柳は〈うた〉なので、音が大切。ゆっくり声に出して読むと、言葉に凝縮された情景や作者の思いが、じわっとしみ出て来ますよ」

「しょうろんぽう（小籠包）みたいだにゃん。でも読み慣れてないと、難しいんじゃない？」

「たくさんふりがなを付けて、句には簡単な説明も付けました」

「普通の国語辞典にはない見出しばかりだにゃん。『恋負け猫』とか『猫帰る』とか『美猫《びねこ》』とか」

「だから『猫の国語辞典』なんです。最大の特色が見出し。たとえば江戸時代にりん女《じょ》が『いなづ《ず》ま

や黒猫のめをおびやかし』と詠み、明治時代に久保より江《え》が『春雷《しゅんらい》やおびゆる猫をおほふ袖《おうそで》』と詠

み、大正時代に橋本多佳子《たかこ》が『いなづ《ず》まの野《の》より帰りし猫を抱く』と詠んでいますが、これらは『稲妻《いなずま》におびえる猫』という見出しにあります」11頁

「おびえる猫をいとしく思う気持ちがそれぞれに伝わって来るにゃあ。気持ちとか状況とか何か共通してる句を集めて見出しをつけたわけだね。時代を越えた句の競演にもなるにゃ」

あれこれと猫の子を選《よ》るさまざまに　筆《ひつ》［江戸］「猫を選ぶ」185頁

「この句は芭蕉の『七部集《しちぶしゅう》』、阿羅野《あらの》に出て来る連句の中の付句《つけく》です。前句《まえく》は『使《つかい》の者に返事またする』。猫をもらいに来たお使いの人を待たせて、渡す子猫の選択に迷っているという場面」

「今でもありそうな光景だにゃ。子猫の可愛さには、江戸時代の人もあらがえにゃい」

●「江戸時代の猫」に逢うということ

「ちょっと厄介《やっかい》なのは、句に詠まれた猫にはいろんな意味があること。まず純粋に動物としての猫がいますね。その猫の皮を張って作った三味線《しゃみせん》も猫です。その三味線をお座敷で弾《ひ》く芸者さんも猫。その芸者さんが奥さんになった場合も元のニックネームで猫と呼ばれたり。そして遊廓《ゆうかく》やお茶屋さんに雇われた私娼《ししょう》や、街頭で客を探す夜鷹《よたか》などの私娼も猫と呼ばれたんです」

「ひゃー、そんなに。やっぱり猫って、昔から魅力的なんだにゃん」

「さらにレトリックとしてどちらにも取れるように詠んだ句もあって、わかりにくいんですね」

「そういう際《きわ》どいアバウトさも含めて味わえれば面白いというわけだね。まるで猫だにゃ」

「これらの句には現代では憚《はばか》られるような時代的な表現もありますが、江戸文芸全体の中で愛され

た猫を丸ごと知ってもらうためには必要と考えました。どうぞ、ご理解ください」

「江戸時代の猫に逢えるって、楽しみだにゃあ」


「この本は、どんなふうに読んでもらいたいにゃん？」

「あっ、うちの猫もこんなだわ、って、くすっと笑ってもらえたらうれしいですね。好きな一句を猫の写真に書き添えたり、絵手紙に一句添えたりなんて使い方も」

「わッ、おっしゃれ〜」

「お世話になった人はいないのかにゃん？」

「まず、これらの句や歌の作者五百名余りに感謝。作品集として残してくれた出版社の人に感謝。そして誰でもいつでも読めるように用意してくれている図書館の人にも感謝ですね」

「やっぱり、ことばとして本に残っているおかげだよね。他には？」

「帯に文を頂いた歌人の松村由利子さん、季語研究会の浅賀丁那さん、たくさん猫を描いてくれた二本柳泉さん、エディット（ＤＴＰ作成）の三本杉朋子さん、あかね印刷さんに感謝します。『あっぷ猫の病院』の院長の佛淵あやさんには、猫の生態に関する貴重な助言を頂きました。三省堂では装丁を三部八十彦さん、文字点検を辞書出版部の高山隆嗣さん、進行を山本康一辞書部長にお世話になりました。本書の見出し語の解説と注は佛渕が、企画と句の採集・見出し付けは小暮が担当しました」

「カバー表紙を飾ってくれたジイナちゃん（室生犀星記念館）、ありがとにゃん」

二〇一六年十月吉日　　編者　佛渕健悟・小暮正子

●引用作品の作者

【明治以降】 會津八一 青木月斗 青山歌子 赤木格堂 明石海人 赤星水竹居 芥川龍之介
飛鳥田麗無公 天春静堂 安斎櫻磈子 安藤甦浪 飯田蛇笏 石川啄木 石橋秀野 石原純 泉鏡花
伊藤左千夫 伊藤松宇 伊藤松洞 井上剣花坊 井上井月 巌谷小波 岩谷莫哀 植松寿樹 臼田亞浪
宇津野研 大隈言道 太田あさし 太田水穂 大橋裸木 大場白水郎 岡麓 岡本かの子 岡本綺堂
岡本松濱 小川芋銭 小熊秀雄 尾崎紅葉 尾崎放哉 小沢碧童 小見思案 尾山篤二郎 角田竹冷
笠居誠一 片山廣子 勝峯晋風 香取秀真 金子薫園 金子せん女 川口重美 川端茅舎 河東碧梧桐
木谷花夫 北原白秋 木下夕爾 清原枴童 九条武子 楠目橙黄子 久保ゐの吉 久保より江
久保田万太郎 久米正雄 栗林一石路 栗原春月 古泉千樫 小杉余子 近藤飴ン坊 近藤緑春
西東三鬼 齋藤茂吉 坂本四方太 相良宏 桜井芳水 佐佐木信綱 佐藤紅緑 佐藤惣之助 佐藤春夫
佐野良太 篠崎霞山 篠原温亭 島木赤彦 島村元 釋迢空 菅原師竹 杉浦翠子 杉田久女
鈴木花蓑 鈴木数吉 鈴木三重吉 高木角戀坊 高田蝶衣 高橋淡路女 高濱虚子 武井柚史
竹下しづの女 竹久夢二 武田牧泉 橘曙覧 田中貢太郎 田中五呂八 谷崎潤一郎 種田山頭火
辻瀬則世 辻長風 津田治子 坪内逍遥 鶴彬 寺田寅彦 土岐哀果 徳田秋声 富田木歩 内藤鋠策
内藤鳴雪 中勘助 永井荷風 中尾白雨 中川四明 中城ふみ子 長塚節 中野きんし 中野三王子
中原中也 中村吉右衛門 夏目漱石 西島○丸 西山泊雲 萩原朔太郎 萩原麦草 橋本多佳子
長谷川零余子 花又花酔 早川兎月 原月舟 原石鼎 半田良平 日野草城 日比帰麓園 平野活潭生
平福百穂 広江八重桜 藤野古白 藤本銭荷 二葉亭四迷 星野麦人 本田あふひ 前田雀郎
前田普羅 前田夕暮 正岡子規 増田龍雨 松瀬青々 松田常憲 松根東洋城 松藤夏山 松本たかし
水野民子 水野葉舟 水原隆 南方熊楠 宮澤賢治 宮林菫哉 宮部寸七翁 三好達治 村上鬼城
村上芳人 室生犀星 矢田挿雲 柳原極堂 山川登美子 山口鶯子 山口花笠 與謝野晶子 與謝野寛

吉井勇　吉岡禅寺洞　吉川英治　吉田冬葉　吉武月二郎　四方赤良　羅蘇山人　若山牧水　他。（川柳は主な作者のみ）

【江戸以前】亜満　闇指　維舟　一具　一友　一興　一茶　一笑　一雪　一草　一桐　雨篁　宇兆　宇白　越人　艶士　猿雖　円入　大江丸　乙二　乙由　乙州　鬼貫　介我　鶴英　我則　花鈴　含粘　雁宕　完来　奇淵　其角　其玉　其成　几董　己百　枳風　及甫　暁台　魚赤　挙白　虚白　去来　許六　吟江　琴風　均朋　景桃丸　元灌　呉雲　吾雀　午寂　五仙　壺中　吾仲　兀峰　五明　言水　西行　西国　在色　柴雫　才麿　左明　三支　山店　杉風　しう　子曳　自悦　二休　志計　重頼　旨原　支考　四睡　志水　只尺　紫竹　慈竹　紫貞女　之道　只白　之房　寂芝　若松　寂蓮　洒堂　車庸　舎羅　秋挙　秋色　十丈　秀和　朱拙　春路　蕉雨　松臼　嘯山　小春　丈石　丈草　召波　尚白　諸九尼　且爾　如貞　如風　除風　白雄　二柳　士朗　信元　信徳　翠羽　水友　捨女　青峨　政好　正春　青々　正直　成美　星譜　正友　青蘿　夕兆　石友　是水　千影　仙化　扇車　洗雪　沾徳　千那　沾圃　宗因　蒼虬　巣兆　鼠肝　素山　楚舟　素堂　園女　素丸　素覧　存義　太祇　岱水　大町　卓池　高政　探丸　竹戸　竹子　竹童　智月尼　知足　遅望　調栄　調古　釣壺　長斎　鳥酔　長翠　長頭丸　樗堂　千代尼　定家　貞佐　貞宣　荻人　鉄拐　田女　東雅　東皐　東順　桃先　桃隣　吐月　杜国　兎士　土髪　土芳　南甫　梅室　白雪　麦天　馬光　巴雀　芭蕉　巴人　八桑　馬貞　春澄　半残　反朱　班象　百池　百明　百里　風国　諷竹　芙雀　普成　蕪村　不撤　史邦　風鈴軒　汶村　抱一　鳳朗　木因　北斎　北枝　牧之　卜宅　牧童　甫尺　保友　掘江氏妻　正秀　昌房　万和　道彦　三津人　眠牛　望一　木端　木導　木鶏　野径　野紅　野童　野坡　也有　友静　友雪　友也　来山　羅城　羅人　闌更　嵐青　嵐雪　葎亭　里東　吏登　李由　柳居　竜眠　寥松　蓼太　涼岱　涼菟　李里　林元　林紅　りん女　林鳥　烈　恋稲　浪化　老狐　楼川　魯九　芦江　露秀　路青　露沾　露言　露川　呂風　蘆本　他。

凡例

構成●本書は「猫の句」約二千四百句と「猫に関する語」を集めた辞典です。◎印は猫に関する慣用句。「猫に関する語」の辞書的な解説は、主に『大辞林』（三省堂）を参考にしました。引用した詩は「／」のところが原文では改行になります。

猫の句●猫の句は、句中の語や猫の生態などを考慮して約八百の見出しをたてて並べました。句は、江戸時代～昭和前期までの俳句・短歌・川柳の作者約五百名の作品から引用し、原則として明治以降の俳句・短歌は姓名、江戸時代は名前＋［江戸］、［川柳］と［柳多留］と［武玉川］は原則として出典のみを示しました。［柳多留］は江戸時代の川柳集『誹風《はいふう》柳《やなぎ》多留《だる》』（約十一万句）、［武玉川］は江戸時代の高点付句《つけく》集『武《む》玉《たま》川《がわ》』で長句（五七五）と短句（七七）があります。俳句・短歌の作者名で、読みや姓が不詳の場合は出典名を以下の略称で補いました。［イ］＝新俳句、［サ］＝俳諧歳時記、［シ］＝俳諧新潮、［コ］＝国民俳壇、［ナ］＝春夏秋冬、続春夏秋冬、［ホ］＝ホトトギス雑詠集、［ハ］＝ハンセン病文学全集。引用文献は巻末参照。

注●句の下に小さい字で注を補いました。▽印をつけた句は見出し語の解説の中で意味を補いました。

表記●句は原則として引用文献の通りに引用し、漢字は新字体に改めました。現代では濁音で表記される仮名は濁音に改めました（例、のけそり→のけぞり）。仮名だけでは意味がわかりにくい場合は［　］に該当する漢字を入れました（例、猫もほ［欲］りする）。歴史的仮名遣いの他にも、適宜ふりがなをつけました。踊り字の「ゝ」「〱」「々」は、直前の語をくり返してよみます（例、きゝ耳→きき耳。ひゞき→ひびき。見よ〱→見よ見よ、ざぶ〲→ざぶざぶ）。

あ行

あいびょう【愛猫】 猫を可愛がること。いとしいと思う猫。

寵愛《ちょうあい》の仔猫《こねこ》の鈴の鳴り通し　高濱虚子《たかはまきょし》

実《み》となりし蔓《つる》ばら遺愛《いあい》の猫瘦《や》せて　西東三鬼《さいとうさんき》

毛糸編《あ》む床《ゆか》の愛猫ゆめうつつ　飯田蛇笏《いいだだこつ》

いつくしむ猫のつは《わ》りや物思ひ《い》　嘯山《しょうざん》［江戸］

テーブルへ乗せれば猫の可愛《かあ》いゝ目　柳葉［川柳］

檜扇《ひおうぎ》のふさ［房］で小猫を御《ご》てう《ちょう》あい［寵愛］［柳多留］　関連→女三《にょさん》の宮《みや》の猫

肌柔《はだやわ》き仔猫《こねこ》を日日《ひび》に愛《かな》しめり盲《めしい》ひゆく今の独《ひと》り静けく　辻瀬則世［八］

あいびょうか【愛猫家】 猫のわがままに仕《つか》える自分を許容し、幸せと感じる人。

猫の子を妻溺愛《できあい》すわれ病《や》めば　日野草城《ひのそうじょう》　妻が

猫遂《つい》に家族主義者の群《むれ》に入《い》る　鶴彬《つるあきら》［川柳］

猫可愛がる人ぞ恋しき　野坡《やば》［江戸］　連句の短句［七七音］

猫を好《す》く妻にまだ子のない悩み　柳魚［川柳］

あおねこ【青猫】「ああこのおほ《お》きな都会の夜にねむれるものは／ただ一匹の青い猫のかげだ／かなしい人類の歴史を語る猫のかげだ／われらの求めてやまざる幸福の青い影だ」萩原朔太郎《はぎわらさくたろう》の詩「青猫」の一部

青猫をめでて聖書を読み初《はじ》む　飯田蛇笏

女医の君青猫《あおねこ》めづ《ず》る冬来《きた》る　飯田蛇笏　愛づる＝愛する

あかねこ【赤猫】毛が赤みがかった黄色い猫。隠語で火事の意もある。

稲妻《いなずま》や赤猫狂ふ《う》塔の尖《さき》　正岡子規

赤猫のうるさくなりぬ春の暮《く》れ　山店《さんてん》［江戸］

赤猫の折々《おりおり》年を算《かぞえ》へられ　［武玉川］

赤猫のあやしき舞《ま》ひ《い》にどろ壺はかすかにかすかにゆらぎけるかな　小熊秀雄《おぐまひでお》

◎あがり目さがり目ぐるっと回って猫の目…人差指で両方の目尻《めじり》を押して回す子供の遊び。

あきのねこ【秋の猫】秋の交尾期の猫。秋の恋猫。秋猫《あきねこ》。秋猫《しゅうみょう》。秋の季語。

月冷《つきび》えの手に引きよせて秋の猫　佐藤惣之助《さとうそうのすけ》

秋猫《あきねこ》の白さににじむ茗荷《みょうが》かな　佐藤惣之助

秋の猫砧《きぬた》の上をまたぎゆく　鈴木花蓑《すずきかすい》　砧＝布を打つ台

病院の中庭暗《くら》め秋の猫　西東三鬼《さいとうさんき》

草の戸の臀《しり》たれ猫や暮の秋　飯田蛇笏《いいだだこつ》　草の戸＝わびしい住居

あきやのねこ【明家の猫】 空《あ》き家《や》は猫の秘密基地。

永《なが》き日を明家の屋根に睡《ねむ》り猫　正岡子規

凩《こがらし》の明家を猫のより処《どころ》　正岡子規

明家《あきいえ》やところ〴〵に猫の恋　正岡子規

あきるねこ【飽きる猫】 猫は飽きる生き物。注意を持続できない。何か変わったことないかにゃ〜。

羽二重《はぶたえ》の膝に倦《あ》いてや猫の恋　支考《しこう》［江戸］

猫にさへ《え》飽かれた春の炬燵《こたつ》かな　知二［江戸］

猫の恋もう飽きが来て時鳥《ほととぎす》　［武玉川］

牡丹《ぼたん》に十日《とおか》猫の食傷《しょくしょう》　［武玉川］

退《たい》くつの猫に出て行《ゆ》くとこがあり　雀郎《じゃくろう》［川柳］

あくびねこ【欠伸猫】 つまらない時、眠い時、緊張を解きたい時、猫はあくびをする。

薔薇色《ばらいろ》のあくびを一つ烏猫《からすねこ》　日野草城《ひのそうじょう》　烏猫＝黒猫

欠《あく》び猫の歯ぐき［茎］に浮ける蚤《のみ》を見し　原月舟《はらげっしゅう》

猫もいつ《っ》しよ《ょ》に欠伸するのか　種田山頭火《たねださんとうか》

寝て起《おき》て大欠伸《おおあくび》して猫の恋　一茶

尺《しゃく》とり虫の身ぶりにて猫あくび　［柳多留］

背中から猫は欠《あく》びをうねり出し　［柳多留］
手を下へ伸《のば》して猫は大《おお》あくび　［柳多留］

あくみょう【悪猫】 人をたぶらかす化《ば》け猫。関連→化猫《ばけねこ》

あさじうのねこ【浅茅生の猫】 荒れた草むらに来ると、むらむら野性が甦《よみがえ》るにゃ〜。
浅茅生や春風吹けば猫二匹　正岡子規　浅茅生＝チガヤの生えている所
浅茅生の隣りも見えて猫の恋　蒼虬《そうきゅう》［江戸］

あし【足】 関連→猫足《ねこあし》、猫の足跡《あしあと》、猫の足音、忍《しの》び足《あし》の猫、手白《てじ》、肉球《にくきゅう》

あしにまつわるねこ【足にまつわる猫】 ねぇねぇ、もっとかまって欲しいにゃ〜。
猫の子のまつは《わ》るを蹴《けっ》て畳《たたみ》掃く　清原枴童《きよはらかいどう》
春猫《はるねこ》や押しやる足にまつは《わ》りて　飯田蛇笏《いいだだこつ》
去られてく女房《にょうぼ》からまる猫に愚智《ぐち》　北斎《ほくさい》［江戸］　去り状（離縁状）を出された妻
足元の猫をうるさく帯をしめ　○丸《れいがん》［川柳］

あそぶねこ【遊ぶ猫】 何でも遊びにしてしまいたいのが猫。
猫の子が玉にとる也《なり》夏《げ》書石《がきいし》　一茶
猫の子のまゝ事《ごと》をする李《すもも》かな　一茶
猫の子のまゝ事《ごと》をするすゝき哉《かな》　一茶

猫の子にかして遊ばす手《て》まり［鞠］哉《かな》　一茶
鳴猫《なくねこ》にあかん目《め》といふ《う》手まり哉《かな》　一茶　赤ん目＝あかんべ、貸してあげないよ
猫の子の手《て》まりに遊ぶ日南《ひなた》かな　其成《きせい》［江戸］　日南＝日向
ちぎり置くつばめとあそべ庭の猫　園女《そのめ》［江戸］
あそぶ子猫の春に逢《あい》つゝ　知足《ちそく》［江戸］　連句の短句［七七音］
猫の子と組《く》んで転《ころ》げる犬張子《いぬはりこ》　［柳多留］　張子＝紙を張り合わせた人形
糸巻《いとまき》とこんな処《ところ》で猫遊び　銀坊［川柳］
日当りの縁《えん》に義足をつくろへ《え》る我《わ》が近く来て仔猫《こねこ》遊べり　笠居誠一［八］
白き猫草の葉をかみ遊びゐ《い》しがわれを見かへ《え》りなきはじめたり　片山廣子《かたやまひろこ》

あだなねこ【仇な猫】　芸者、遊《あそ》び女《め》の意。

仇猫《あだねこ》のなめて居るらん宵《よい》の雨　青峨《せいが》［江戸］
仇《あだ》な猫こつ《っ》そり這《は》入袋町《いるふくろまち》　［柳多留］　袋町＝ゆきどまり

あつさとねこ【暑さと猫】　肉球《にくきゅう》にしか汗腺のない猫は暑さに弱い。

喪《も》の家暑く猫ももいろ［桃色］の口開《あ》ける　川口重美《かわぐちしげみ》
猫の児《こ》ものけぞり臥《ふ》せし暑さかな　二葉亭四迷《ふたばていしめい》
秋暑き猫の横顔たけだけし　日野草城《ひのそうじょう》

暑日《あつい》を猫の水呑御女郎《のむおんじょろう》　白雪《はくせつ》［江戸］

猫の眼のいとたへ《え》がたきあつさ哉《かな》　田女《でんじょ》［江戸］

猫の鼻ぬくもる時のあつさかな　りん女《じょ》［江戸］　いつも冷たい猫の鼻が

アビシニアン　ネコの一品種。エチオピア原産でイギリス・アメリカで改良。体は筋肉質で尾が長い。短毛種。被毛は四色が公認されている。一本一本の毛は濃淡の色の帯で、三～四色に区切られている。家《いえ》猫《ねこ》では最も古い品種といわれる。［大辞林］

あまえねこ【甘え猫】　そっと人の心模様に添って、猫は甘えの達人。

この猫虫下《こむしくだ》しするに甘え泣くに飯《もの》やれ　河東碧梧桐《かわひがしへきごとう》

花卉《かき》秋暑《しゅうしょ》白猫いでて甘ゆなり　飯田蛇笏《いいだだこつ》　花卉＝観賞用に栽培された植物

春寒く子猫すりよる夕《ゆうべ》かな　高濱虚子《たかはまきょし》

夕闇《ゆうやみ》の猫がからだをすりよせる　種田山頭火《たねださんとうか》

猫もさみしうて鳴いてからだすりよせる　種田山頭火

朝の囲炉裡《いろり》猫もとりわけあまゆるをあやしてあれば啼《な》けるうぐひ《い》す　若山牧水《わかやまぼくすい》

あめのねこ【雨の猫】　雨はやだにゃ～。丹念なお化粧もやり直しだよ。関連→春雨《はるさめ》の猫、梅雨《つゆ》の猫

肩に来る猫にも時雨《しぐれ》きかせけり　久保田万太郎《くぼたまんたろう》

雨のたそがれ捨猫《すてねこ》が二匹鳴いて別れる　種田山頭火

猫の恋暁《あかつき》の雨さめ〴〵と　河東碧梧桐《かわひがしへきごとう》
猫一つ如来《にょらい》の堂や秋の雨　河東碧梧桐
雨だれの中をゆきゝや春の猫　螢雪［サ］
点滴《あまだれ》はゆるさぬ関や猫のこひ《い》　洗雪《せんせつ》［江戸］　点滴＝雨だれ
笹の家《や》や猫も仏も秋の雨　一茶
笠被《かさき》せてやらん雨夜《あまよ》の猫の妻　班象《はんぞう》［江戸］　笠＝頭にかぶるもの
懐旧《かいきゅう》や雨夜《あまよ》ふけ行《ゆく》猫の恋　千那《せんな》［江戸］　懐旧＝昔のことをなつかしく思い出すこと

アメリカンショートヘア　ネコの一品種。アメリカ原産。頭部の輪郭に丸みがあり、骨太で筋肉が発達。被毛は短く、銀と黒の縞模様《しまもよう》が代表的。［大辞林］

あらいねこ【洗い猫】　猫は洗濯物ではないぞ。
紅梅《こうばい》にほ［干］しておく也《なり》洗ひ《い》猫　一茶
紅梅や縁《えん》にほ［干］したる洗ひ《い》猫　一茶　縁＝縁側（えんがわ）
猫洗ふ《う》ざぶ〳〵川や春の雨　一茶
洗は《わ》るゝ夜半《よわ》のうきめや猫の恋　蓼太《りょうた》［江戸］

あらねこ【荒猫】　荒々しい感じの猫。どらねこ。
恋猫はあらきこゑ《え》［声］さへ《え》あは《わ》れなり　正岡子規

あら猫のかけ出す軒《のき》や冬の月　丈草《じょうそう》［江戸］

わらやの内に猫ぞあ［荒］れぬる　望一《もいち》［江戸］連句の短句［七七音］

いえなしねこ【家なし猫】 ホームレスの猫。でも猫の誇りは失っていない。関連→野良猫《のらねこ》

有明《ありあけ》や家なし猫も恋を鳴《なく》　一茶

やね［屋根］に寝る主《ぬし》なし猫や春の雨　太祇《たいぎ》［江戸］

いえねこ【家猫】 家で飼っている猫。飼猫《かいねこ》。関連→飼猫《かいねこ》

いおのねこ【庵の猫】 うちの猫。▽の句の意味は、わが家の猫がかまっていた木もぱっちりと芽が（目が）開いてきたよ。春は猫の恋の季節だにゃ〜。

我庵《わがいお》の猫が木《こ》の目［芽］もほけ立《たち》ぬ　一茶▽ほけたつ＝花などが開ききる

しぐるゝ［時雨］や迎《むかえ》に出たる庵の猫　一茶

庵の猫玉《たま》の盃《さかずき》そこ［底］なきぞ　一茶　美しいだけで役に立たない

いがみあうねこ【いがみ合う猫】 猫はエゴのかたまり、だからこそ猫なんだ。同類を受け入れられない。

いがみ合うて猫別《わか》れけり井戸の端　村上鬼城《むらかみきじょう》

猫のいがみの声もうらめし　景桃丸《けいとうまる》［江戸］連句の短句［七七音］

猫の妻夫婦《めうと》といがみ給《たまい》ひけり　卜宅《ぼくたく》［江戸］

いがみあふ中《ううち》にうき名や猫の妻　舎六［江戸］

猫と馬黄色な声でいがみ合《あい》　［柳多留］

いかるねこ【怒る猫】　猫の怒りの沸点《ふってん》は低い。これ知っててほしいにゃ〜。関連→背《せ》を立てる猫

濡れた猫小さい怒りを持つ《っ》てくる　栗原春月［八］

子猫よ腹立てゝ鳴くかよ　種田山頭火《たねださんとうか》

何事《なにごと》ぞ牡《ぼ》丹《たん》をいかる猫のさま　南甫《なんぽ》［江戸］

猫のいかつ《っ》た顔色で霧をふき　［柳多留］

いすのねこ【椅子の猫】　ちょっとでも高いところにいると安心だにゃ〜。

猫の日課のひる［昼］過ぎの我《わ》が椅子に寝る　河東碧梧桐《かわひがしへきごとう》

よき椅子に黒き猫さへ《え》来てなげく初夏晩春の濃きココアかな　北原白秋《きたはらはくしゅう》

葡《え》萄《び》色《いろ》の長椅子の上に眠りたる猫ほの白《じろ》き秋のゆふ《う》ぐれ　石川啄木《いしかわたくぼく》

葡萄色＝灰色がかった赤紫色。えびはブドウの古名。

いどのねこ【井戸の猫】　井戸替《いどがえ》は年に一度井戸水を全部汲《く》みだして長屋総出《そうで》で行う井戸そうじ。

井戸の中から鼠《ねずみ》と猫とを上《あ》ケ《げ》　五楽［川柳］

猫を呑《の》み井戸を替《かえ》へ干《ほ》す長屋中《ながやじゅう》　［柳多留］

いどむねこ【挑む猫】　勝てそうな相手にはしっかり目線を据《す》える猫。自尊心も守られる。

中垣《なかがき》や行《ゆ》きあふ《う》猫のいどみ顔《がお》　正岡子規

破垣《やれがき》や行《ゆ》きあふ《う》猫のいどみ顔《がお》　正岡子規

木《こ》づたひ《い》にいどみより来《き》ぬ猫の夫《つま》　召波《しょうは》［江戸］

秋のおち［落］葉梅檀《せんだん》の木にかけあがり来《こ》よと児《こ》猫《ねこ》がわれにいどめる　若山牧水《わかやまぼくすい》

いなずまにおびえるねこ【稲妻に怯える猫】稲妻に固まる猫も知らんぷりできる猫も。

いなづ《ず》まの野より帰りし猫を抱く　橋本多佳子《はしもとたかこ》

わがひざに小猫がぬくしいなびかり　橋本多佳子

春雷《しゅんらい》やおびゆる猫をおほふ《おう》袖《そで》　久保《くぼ》より江《え》

いなづ《ず》まや黒猫のめをおびやかし　りん女《じょ》［江戸］

いぬとねこ【犬猫】「ねこといぬとが／おうちをもった《つ》／ねこはいちんちねてばかり／いぬはいちんちもんにゐ《い》た」竹久夢二《たけひさゆめじ》の詩「猫と犬」

入院車へ正座《せいざ》犬猫秋の風　西東三鬼《さいとうさんき》

除夜眠れぬ仏人《ふつじん》の猫露人《ろじん》の犬　西東三鬼　仏人＝フランス人、露人＝ロシア人

猫も犬もともにもの言は《わ》ず秋の暮　久保田万太郎《くぼたまんたろう》

犬吠《ほ》えて遠くなりけり猫の恋　村上鬼城《むらかみきじょう》

犬猫と同じ姿や冬座敷《ふゆざしき》　富田木歩《とみたもっぽ》　自身の体の不自由さを表現

恋猫《こいねこ》が犬の鼻先通りけり　一茶

猫は留守《るす》ポチは旦那《だんな》の供《とも》をする　白矢［川柳］

犬猫は外に臥《ふ》す夜《よ》の蚊やり［遣］かな　言水《ごんすい》［江戸］
犬猫や雛《ひな》にかざれば睦《むつ》まじき　鳳朗《ほうろう》［江戸］　犬の雛、猫の雛として飾る
犬にきう［灸］すへ《え》るとねこにば［化］ける也《なり》　［柳多留］
犬猫の夜見ゆる眼を涙してうらやむ友を慰めがたき　鈴木数吉［八］
犬に追は《わ》るる猫といへ《え》どもわがごとき醜きなりは《わ》え［生業］はな［為］さざらむ《ん》　若山牧水《わかやまぼくすい》

◎犬は人に付き猫は家に付く…犬は家人《かじん》になつき、猫は人よりも家の建物・場所になじむ。

いもがりゆくねこ【妹がり行く猫】 春の交尾期、雌猫《めすねこ》のところに通う雄猫《おすねこ》。春の季語。

のら猫や妹がり行《ゆ》けば鼠《ねずみ》なく　吟江《ぎんこう》［江戸］　チュチュと鳴く

いりおもてやまねこ【西表山猫】 西表島《いりおもてじま》だけに百頭程度が生息する貴重な山猫。体長六十センチメートルほどで、家猫《いえねこ》よりやや大きい。耳先が丸く、鼻づらは大きく、体は焦げ茶色で、暗色のぼんやりした斑点が多数ある。絶滅危惧種。特別天然記念物。［大辞林］

いろまちのねこ【色町の猫】 色町は花柳町。遊廓《ゆうかく》・芸者屋・待合《まちあい》などがある町。
色町や真昼しづ《ず》かに猫の恋　永井荷風《ながいかふう》
色町や真昼ひそかに猫の恋　永井荷風

うえたねこ【飢えた猫】 空腹な猫、ひもじい猫、おなかがすいたら甘え上手。
餓《う》えて鳴きよる猫に与へ《え》るものがない　種田山頭火《たねださんとうか》

飯時《めしどき》になれば目覚《めざ》めぬ安火猫《あんかねこ》　佐藤紅緑《さとうこうろく》　安火猫＝行火（あんか）で暖を取る猫

腹のたつ下女《げじょ》猫などをひぼ［干乾］しにし　［川柳］　餌《えさ》をやらないでいる

青柿のかの柿の木に小夜《さよ》ふけて白き猫ゐ《い》るひもじきかもよ　北原白秋《きたはらはくしゅう》

白猫はひもじとなきて路《みち》をゆくわれにまつは《わ》りわが足を嗅《か》ぐ　片山廣子《かたやまひろこ》

うかれねこ【浮かれ猫】 鳴きながら歩き回る発情期の猫。恋猫。春の季語。

内でなけば外でもなくやうかれ猫　正岡子規　室内と戸外で猫同士呼応して鳴く

我心《わがこころ》猫にうつりてうかるゝか　正岡子規

月の宵《よい》真白き猫の浮《うか》れける　篠崎霞山《しのざきかざん》

うかれ出る猫や火燵《こたつ》も閉《ふさ》ぎ時《どき》　乙由《おつゆう》［江戸］

さればこそうかるゝ猫のあは《わ》れなれ　失名［イ］

うかれ猫奇妙に焦《じれ》て参《まい》りけり　一茶

うかれ猫狼谷《おおかみだに》を通りけり　一茶　狼谷＝荼毘（だび）所があった地

むさしの［武蔵野］や只《ただ》一つ家《や》のうかれ猫　一茶

小夜砧《さよきぬた》見かねて猫のうかれけり　一茶　人が砧を打つのを傍観できず浮かれる猫

鍋《なべ》ずみを落とす気もなしうかれ猫　一茶　かまどの煤（すす）がついたままの猫

猫の声うかれ初《そめ》けり寒《かん》の雨　嘯山《しょうざん》［江戸］

野良猫《のらねこ》やうかれ行程《ゆくほど》松の中　丈草《じょうそう》［江戸］

うきねこ【憂き猫】　つらい猫、悲しい猫、猫のブルーな気分は飼い主にも伝染。

うき猫をくどく声音《こわね》や屋根の上　正岡子規

貝の飯食《めしく》へ《え》ぬうき身や猫の恋　尾崎紅葉《おざきこうよう》

うき思ひ《い》濃茶時分《こいちゃじぶん》のむつけ猫　野径《やけい》［江戸］　むつく＝不快になる

うずくまるねこ【蹲る猫】　すぎゆく時をじっと眺めている猫は賢《かしこ》げに見える。

ぬぎし衣に猫うづ《ず》くまる野分《のわき》の夜《よ》　橋本多佳子《はしもとたかこ》　野分＝台風

行《ゆ》く年や猫うづ《ず》くまる膝の上　夏目漱石　行く年＝過ぎ去ろうとしている年

蝶去つ《っ》てまた蹲踞《うずくま》る小猫かな　夏目漱石

秋の暮ひそかに猫のうづ《ず》くまる　久保田万太郎《くぼたまんたろう》

蛙夕べ捨猫《すてねこ》が蹲《うずく》まり鳴くよ　種田山頭火《たねださんとうか》

榾《ほだ》の火に大きな猫のうづ《ず》くまる　村上鬼城《むらかみきじょう》　榾＝いろりにくべる太いまき

広き葉の半《なかば》は黄《き》なる本《もと》つ枝《え》に早《は》や風涼しうちかがむ猫　北原白秋《きたはらはくしゅう》

種床《たねどこ》にうづ《ず》くむ猫の今朝《けさ》はゐ《い》て時ならぬ白き華《はな》ぞ咲きたる　北原白秋

帚草株立《ほうきぐさかぶだち》紅《あか》くなりぬれば日射《ひざし》すずしか猫もつくばふ《う》　北原白秋　つくばう＝しゃがむ

うすぐもとねこ【薄雲と猫】　薄雲は猫を溺愛《できあい》したことで有名な京町《きょうまち》三浦屋三代目の遊女。猫と

一緒に寝たり、緋《ひ》縮緬《ちりめん》の首輪に鈴を付けたり、禿《かむろ》に抱かせて歩いたと伝えられる。関連→京町《きょうまち》の猫

猫のやふ《よう》な傾城《けいせい》は薄雲なり　石斧［川柳］　傾城＝遊女

鹿のあと猫に小判の御放埒《ごほうらつ》　［川柳］　鹿（＝高尾太夫）が断ったので薄雲が身請けされた

薄雲が敷初《しきぞめ》猫の布団まで　［川柳］　敷初＝客より新調された布団を初めて使う

薄雲の猫も恋路《こいじ》に泣《ない》て呼び　［柳多留］

薄雲のかむろ［禿］天木蓼《またたび》くんなんし　［柳多留］　禿＝遊女に仕える見習い少女

薄雲はちゐ《い》さな鈴が鳴《ない》て出る　［柳多留］

うずらとねこ【鶉と猫】　鶉と模様が似てるなんて、言われたくないにゃ〜。

麦鶉《むぎうずら》猫の夢見て鳴きにけり　正岡子規

恋しらぬ猫や鶉《うずら》を取らんとす　正岡子規

恋の猫うづ《ず》らとなりて啼《な》くもあらん　木奴［江戸］

つり籠《かご》の鶉取らんと飛びかかるあなにく［憎］小猫棒くらは《わ》せん　正岡子規

うせねこ【失せ猫】　死期を感じて？　事故や猫さらい？　家出？　猫はある日ふっと居なくなる。

春猫《はるねこ》の暮雪《ぼせつ》に逢うて失せにけり　原石鼎《はらせきてい》　夕暮れに降る雪

敷石《しきいし》をわたりて失せぬうかれ猫　原石鼎

うちねこ【内猫】　飼猫《かいねこ》のこと。関連→飼猫《かいねこ》

うみねこ【海猫】（鳴き声が猫に似るところから）チドリ目カモメ科の海鳥。全長四十五センチほど。体は純白で背と翼が灰黒色。尾に太い黒帯があるのが特徴。日本近海の島に集団で営巣する。沖猫《おきねこ》。ごめ。関連→猫鳥《ねこどり》

海猫群《む》れ昆布《こんぶ》生成《せいせい》の潮温《しおぬ》るむ　飯田蛇笏《いいだだこつ》

青年海猫をまねている鱚釣《きすづり》の舟から　吉岡禅寺洞《よしおかぜんじどう》

ぎや《ゃ》を《お》と啼《な》きまた声継《つ》がずどしや《ゃ》ぶりの実のあかき木に海猫はゐ《い》る　北原白秋《きたはらはくしゅう》　一度鳴いたきりその後鳴かない

うめにねこ【梅に猫】猫には梅が似合う。猫の肉球《にくきゅう》の跡って梅の花のスタンプのよう。

紅梅《こうばい》の咲くより猫の静か也《なり》　正岡子規　咲くより＝咲き始めると

猫の恋老梅《ろうばい》幹を横《よこ》たふ　楠目橙黄子《くすめとうこうし》

梅二三輪《にさんりん》簪《かんざし》のごとし猫の恋　原石鼎《はらせきてい》　頭に梅の花びらをつけて

足ふるふ《う》猫の往《ゆ》き来《き》やうめのはな　紫苑［江戸］　足についた花びらをふり払う

あさら井《い》や猫と杓子《しゃくし》と梅の花　一茶

あれち［散］らせ上野《の》ゝ梅に猫のこゑ《え》［声］　厚風［江戸］

梅が香《か》や障子《しょうじ》のそとに猫の声　安士《あんし》［江戸］

梅が香《か》や南へまはれ《わ》猫の鼻　冠那《かんな》［江戸］

猫の訛《うそ》きく目も涼しむめ［梅］のはな　野坡《やば》［江戸］

梅が香《か》に鼻うごめくや猫の妻　史邦《ふみくに》［江戸］

梅が香《か》や猫も息子も寄付《よりつ》かず　［武玉川］　恋の季節になったので

うらみねのねこ【怨み寝の猫】　恋に破れてふて寝《ね》。くすぶる思いを吐き出したいにゃ〜。

うらみ寝の猫やおもひ《い》の煙出《けむりだ》し　也有《やゆう》［江戸］　煙出し＝煙突

起《おき》もせず猫の野心《のごころ》物うらみ　只尺《しせき》［江戸］　野心＝野を慕う心

えこういんのねこ【回向院の猫】　回向院は東京都墨田区両国にある浄土宗の寺。諸宗山無縁寺《むえんじ》と号す。明暦の大火（一六五七年）による焼死者（十万八千体）を供養するため幕府が建立。以後も無縁仏・刑死者を弔《とむら》った。供養の勧進相撲がしばしば興行され、旧国技館が建てられるに至った。境内には安政の大震災の石塔、水子《みずこ》塚《づか》、力塚《ちからづか》、猫塚《ねこづか》がある。回向院前には金猫《きんねこ》、銀猫《ぎんねこ》と呼ばれる私娼《ししょう》を抱える猫茶屋《ねこぢゃや》があった。句の中の「ねはん」は涅槃会《ねはんえ》、涅槃図《ねはんず》で春の季語。猫は私娼。

回向院斗《ばか》りねはんに猫が見へ《え》　［柳多留］　涅槃図には猫はいないけれどの意

回向院ねはんにねこもみへ《え》る也《なり》　［柳多留］

御涅槃《おねはん》に猫の出て来る回向院　［柳多留］

回向院ぶつ《つ》しやう《よ》［仏性］猫の直《ね》をきかれ　弥柳［川柳］　遊女の揚げ代

えどのねこ【江戸の猫】　江戸っ子だってねえ。

江戸猫のあわただしさよ角田川《すみだがわ》　一茶

えんのしたのねこ【縁の下の猫】 誰にも構われたくない時の居場所。

縁の下から猫が出て来た夜　尾崎放哉《おざきほうさい》

猫の恋屋根にあまりて縁の下　也有《やゆう》［江戸］　屋根では終わらずに

縁の下目《め》斗《ばか》り見へ《え》る烏猫《からすねこ》　［柳多留］　烏猫＝黒猫

えんのねこ【縁の猫】 縁側は見晴らしも風通しも日当たりも、み～んな良くていいにゃ～。

湯婆《ゆたんぽ》や猫戻り来《き》し月の縁　島村元《しまむらはじめ》　月の縁＝月夜の縁側

膝を下《お》りて猫もほ［欲］りする端居《はしい》かな　久保《くぼ》ゐの吉《きち》　縁側に居たがる猫

縁の猫勿体顔《もったいがお》や菊の花　一茶　勿体ぶった顔

陽《ひ》の縁に眠れぬねこに桃の花散りかかりつつ昼静かなり　村上芳人［八］

お【尾】 関連→株猫《かぶねこ》、牛蒡猫《ごぼうねこ》、下猫《さがりねこ》、猫の尾

おいねこ【老猫】 年取ってだらしなくしてると「しりたれ猫」なんて言われてやだにゃ～。

寝てゐ《い》る猫の年とつ《っ》てゐ《い》るかな　種田山頭火《たねださんとうか》

老猫の眠りて居《お》りぬ花芙蓉《はなふよう》　高橋淡路女《たかはしあわじじょ》

老猫の恋のまとゐ《どい》［円居］に居《お》りにけり　高濱虚子《たかはまきょし》　まどい＝団らん

臀《しり》たれてむだ飯《めし》くらふ《う》秋の猫　飯田蛇笏《いいだだこつ》▽

秋蝶《あきちょう》に猫美しく老《お》いにけり　橋本多佳子《はしもとたかこ》

老猫はゐ《い》ろりのはたに眠《ねぶり》ゐ《い》て　長頭丸《ちょうずまる》［江戸］

老猫の尾もなし恋の立《たち》すがた　百里《ひゃくり》［江戸］

ねこ老《おい》ぬ只一春《ただひとはる》のおもひ《い》より　梅室《ばいしつ》［江戸］

老い猫の目脂《めやに》ためを《お》る暮春《ぼしゅん》かな　鉄拐《てっかい》［江戸］　暮春＝春の終り

おおくまねこ【大熊猫】　ジャイアント・パンダ。大《おお》パンダ。しろくろぐま。

おおつごもりのねこ【大晦日の猫】　大みそかくらいは少しは働く気を見せなくちゃ。

竈《かま》の前大晦日《おおつごもり》の猫の居る　広江八重桜《ひろえやえざくら》　かま＝かまど

うら町や大卅日《おおつごもり》の猫の恋　一茶

とし［年］の夜《よ》や猫にかぶせる鬼の面　一茶　おおみそかの夜。立春前日の豆撒きの様子

おおねこ【大猫】　大猫は動きたがらない。だから一層大きくなる。

大猫の恋にやつるゝあは《わ》れさよ　正岡子規

大猫のどさりと寝たる団扇《うちわ》哉《かな》　一茶

大猫の尻尾でじ《や》やらす小《こ》てふ《ちょう》［蝶］哉《かな》　一茶

大猫よはやく行け〳〵妻が鳴《なく》　一茶　恋人

大猫の口《くち》かせ［稼］ぎする刈田《かりた》哉《かな》　一茶　年経た遊女の日銭稼ぎ

おおねこもの【大猫者】　偽善者。

おおやまねこ【大山猫】 ネコ科の哺乳類。頭胴長約一メートル、尾は短い。全身が灰褐色ないし赤褐色で暗色の斑点がある。耳は大きく三角形で、先端に黒色の長毛がある。敏捷で性質が荒く、木登りや泳ぎがうまい。平原や森林にすみ、夜行性で兎《うさぎ》、小形の鹿《しか》などを捕食する。毛皮は優良。ヨーロッパ・シベリア・朝鮮・サハリンなどに分布。リンクス。［大辞林］

おきねこ【沖猫】 海猫《うみねこ》の異名。関連→海猫《うみねこ》、猫鳥《ねこどり》

おきもののねこ【置物の猫】 江戸時代には火鉢売《ひばちうり》（火鉢を売る人）が景品に、猫や西行《さいぎょう》の置物をつけた。

世渡《よわた》りに今戸《いまど》は猫を焼《やい》て喰《く》い　［柳多留］　今戸焼の猫の置物など作って生計をたてる

幼児《おさなご》の向《むか》ふ文机《ふづくえ》つちやきの狸《たぬき》と猫と並びあひ《い》ぬる　片山廣子《かたやまひろこ》　土焼き＝土器や陶器

おけぶせのねこ【桶伏の猫】 騒がしいからって桶をかぶせられてしまったよ。（桶伏は江戸時代の遊里の私刑。遊興代を払えない客を窓穴のある風呂桶に入れて路傍で見せしめにした）。

鶯《うぐいす》や桶《おけ》をかぶつ《っ》て猫はなく　一茶

桶伏の猫を見舞《みまう》や庭の蝶　一茶

桶ぶせにあひ《い》ても猫の恋心《こいごころ》　朱拙《しゅせつ》［江戸］

おさなねこ【幼猫】 猫は生まれて二、三週目から歯が生え始め、お乳以外の食べ物も少しずつ食べ始める。子猫の可愛さは格別。大人の猫と違って気持ちを隠さない。関連→百目猫《ひゃくめねこ》

猫の子のみな這《は》ひ《い》出《い》でゝ眠りけり　鈴木花蓑《すずきかすい》

西もひがしもわからぬ猫の子なりけり　久保田万太郎《くぼたまんたろう》

猫の乳児《ちご》枕べへふわふわと来る　日野草城《ひのそうじょう》　枕べ＝枕元

地に下《お》りて浮足《うきあし》踏める仔猫《こねこ》かな　吉武月二郎《よしたけつきじろう》　子猫が地面に降り足が地に着かないさま

猫の子の這《は》ひ広がれる畳かな　感来［サ］

猫の児《こ》の未《まだ》目が明《あか》ず蜜柑箱《みかんばこ》　柳影子［川柳］

おしやます　猫の肉。おしゃます鍋。江戸後期の俗謡《ぞくよう》「猫じゃ猫じゃとおしゃますが」に由来すると言われる。

恋もせぬおしや《ゃ》ます猫でありにけり　小杉余子《こすぎよし》［コ］

おだける　発情した猫がうるさく鳴く。

おっこちたねこ【落っこちた猫】　場所を構わぬ猫の恋。とんでもない所に落ちたにゃ〜。

恋猫や尾根から落ちて湯殿口《ゆどのぐち》　河東碧梧桐《かわひがしへきごとう》　湯殿口＝風呂場の入口

筍《たけのこ》を辷《すべ》り落ちたる小猫哉《かな》　正岡子規

苗売《なえうり》に白猫《はくみょう》梅をまつ《っ》さかさ　原石鼎《はらせきてい》　苗売＝野菜や草花の種を売り歩く人

恋ゆえや屋根より落《おつ》る猫の声　銀鉤［江戸］

どふ《う》したか猫は夜着《よぎ》からころげ落《おち》　［柳多留］　夜着＝夜、寝るときに掛けるもの

恋猫のいきなりわめき立《たて》て落ち　千壽郎［川柳］

うんと伸びして落つ《っ》こちる猫　文喜［川柳］

オッドアイ 猫の左右の目の虹彩《こうさい》の色が異なること。金目《きんめ》銀目《ぎんめ》ともいう。［大辞林］

おとこねこ【男猫】 雄《おす》の猫。雄猫《おすねこ》。関連→男猫《おねこ》

この比《ごろ》はつらも洗は《わ》ずおとこ猫　道彦《みちひこ》［江戸］

我影《わがかげ》に手を出す月の男猫　［柳多留］

小便を後ろへひよ《ょ》ぐる男猫　［柳多留］　ひょぐる＝勢いよく小便する

おどるねこ【踊る猫】 猫が踊るとそんなに可笑《おか》しいかにゃ〜。

猫の子のくる〳〵舞《まい》やちる木葉《このは》　一茶

猫は踊れ杓子《しゃくし》は跳《は》ねろキリストよ泣け　日車［川柳］

猫の手《て》踊《おど》り上腭《うわあご》へ魚《うお》の骨　［柳多留］　骨がはさまってじたばた

猫が踊るに大《おお》ぐちあけてみな笑ふ《う》父も母も、われも泣き笑ひ《い》する　若山牧水《わかやまぼくすい》

おねこ【男猫】 雄《おす》の猫。男猫《おとこねこ》。関連→男猫《おとこねこ》

忍びあへ《え》ず男猫泣くなり塀の上　正岡子規

うき恋をしばしまどろむ雄猫《おねこ》かな　槐堂［イ］　つらい恋の間に

いろふかき男猫ひとつを捨《すて》かねて　杜国《とこく》［江戸］　愛着があって捨てられない

死《しん》だかとおもへ《え》ば戻る男猫哉《かな》　五明《ごめい》［江戸］

よめが君も捨《すて》て妻こ［乞］ふ《う》を《お》ねこ哉《かな》　貞宣《ていせん》［江戸］　嫁が君＝ねずみの異名

鶏追《とりおい》てすぐにこがる、男猫哉《かな》　乙二《おつに》［江戸］

おぼろよのねこ【朧夜の猫】　春の月夜には恋人が欲しいにゃ〜。

朧夜になりてもひさし猫の恋　正岡子規
火に酔《よい》て猫も出《いず》るや朧月　木導《もくどう》［江戸］
猫逃げて梅匂《い》ひけり朧月　言水《ごんすい》［江戸］
垣の外《と》に猫の妻《め》を呼ぶ夜《よ》は更《ふ》けて上野の森に月朧《おぼろ》なり　正岡子規

おもいきるねこ【思い切る猫】　夜昼構わず鳴き歩いた猫も、恋の季節が過ぎるとけろりだ。

うらやまし思《い》ひ切る時猫の恋　越人《えつじん》［江戸］　思い切る＝きっぱりあきらめる
鏡見ていざ思《い》ひきれ猫の恋　蓼太《りょうた》［江戸］
金輪歳《こんりんざい》［際］思切《おもいきっ》たか猫の顔　一茶

おやこねこ【親子猫】　自己中心的と思われる猫も親子の情愛は深い。

日向ぼつ《っ》こする猫も親子　種田山頭火《たねださんとうか》
陽炎《かげろう》や障子《しょうじ》に映《うつ》る親子猫　近藤緑春［ハ］
泣き虫の子猫を親にもどしけり　久保《くぼ》より江《え》
子猫かまは《わ》ぬ親猫憎し秋団扇《あきうちわ》　子瓢［サ］
なりふりも親そつ《っ》くりの子猫哉《かな》　一茶

おやねこ【親猫】 親の猫。春の季語。関連→猫《ねこ》の親《おや》

子をさがす親猫のいつまで鳴く　種田山頭火《たねださんとうか》

子猫見て親猫の居ぬ鳳仙花《ほうせんか》　長谷川零余子《はせがわれいよし》

親猫に践《ふ》みつぶされし柚味噌《ゆみそ》哉《かな》　會津八一《あいづやいち》

親猫が蚤《のみ》をも噛《か》んでくれにけり　一茶

蝶を噛《かん》で子猫を舐《ねぶ》る心哉《かな》　其角《きかく》［江戸］

おわれるねこ【追われる猫】 ぶたれるまで待ってないよ。

猫の恋のびる日《ひ》あしに追《おわ》るゝか　井上井月《いのうえせいげつ》　日脚＝昼間の長さ

猫の恋家をめぐりて追《い》ひ廻す　河東碧梧桐《かわひがしへきごとう》

蜑《あま》の子に追《おわ》れて後も猫の恋　一茶　蜑＝海女、海士

反対は鼠《ねずみ》煙花《はなび》に猫追は《わ》れ　東雀［川柳］

煩悩《ぼんのう》の犬に追は《わ》る丶猫社会　風月［川柳］

おんなねこ【女猫】 雌《めす》の猫。雌猫《めすねこ》。関連→女猫《めねこ》

女猫子ゆゑ《え》［故］の盗《ぬすみ》とく逃《にげ》よ　一茶

糠雨《ぬかあめ》に手水遣《ちょうずつかう》ふも女猫　［柳多留］

半襟《はんえり》が折々《おりおり》いたむ女猫　［柳多留］　女猫＝女芸者

か行

かいねこ【飼猫】 家で飼っている猫。飼い主のいる猫。
飼猫や思ひ《い》のたけを鳴《なき》あかし　正岡子規　思いのすべてを朝まで鳴きつづける
猫の子や人に飼《わ》はれて物心《ものごころ》　長谷川零余子《はせがわれいよし》　物心＝周りの様子がやっとわかる
猫の子や尼《あま》に飼《わ》はれて垣のうち　飯田蛇笏《いいだだこつ》
耳うとき老《おい》に飼《わ》はれて猫の恋　几董《きとう》［江戸］　耳が遠い老人
升《ます》に飼《かわ》れし猫も行秋《ゆくあき》　舟月［江戸］　連句の短句［七七音］
かひ《い》ねこをした丶かぶつ《っ》てしらぬ顔　［川柳］
飼ひ《い》おきし猫棄《す》てたりは家ダニを恐れしほかの理由《よし》もなし　齋藤茂吉《さいとうもきち》

かいびょう【怪猫】 化け猫。関連→化猫《ばけねこ》
春の夜《よ》や鼠《ねずみ》の御所《ごしょ》の猫の怪《かい》　菅原師竹《すがわらしちく》

かお【顔】 関連→猫の顔、猫の面《つら》、顔隠す猫、猫が顔搔《か》く、猫面《ねこづら》、鉢割《はちわ》れ

かおかくすねこ【顔隠す猫】 猫は他者の視線に敏感。
ないた顔げそりかくして猫の恋　一茶

鳴《な》いた顔けろりかくして猫の恋　一茶
人の袖《そで》に顔かくしけり猫の恋　諸九尼《しょきゅうに》［江戸］

かおりねこ【香猫・薫猫】　麝香猫《じゃこうねこ》の異名。関連→麝香猫《じゃこうねこ》

かきのねこ【垣の猫】　垣根は猫のにじり口《ぐち》。
野《の》の宮《みや》や垣の内外《うちと》に猫の恋　正岡子規
露霜《つゆじも》の籬《まがき》に猫の捨てられし　巌谷小波《いわやさざなみ》　籬＝竹・柴などを粗く編んだ垣根
垣添《かきぞい》や猫の寝る程《ほど》草青む　一茶　猫も寝転びたくなるほど春草が茂ってきた
恋猫《こいねこ》の源氏めかする垣根哉《かな》　一茶　関連→女三《にょさん》の宮《みや》の猫
廿日《はつか》垣結《がきゆ》へども［洩］るゝや猫の恋　りん女《じょ》［江戸］
妻恋《つまごい》に八重垣《やえがき》くゞる男猫哉《おねこかな》　友静《ゆうせい》［江戸］
若猫《わかねこ》の恋《こい》う［浮］かれてや垣《かき》くゞり　朱拙《しゅせつ》［江戸］
生垣《いけがき》をくぐりていゆく孕《はら》み猫《ねこ》土に腹すりくぐりけるかも　平福百穂《ひらふくひゃくすい》　いゆく＝行く

かくれがのねこ【隠れ家の猫】　隠れ家で焼餅《やきもち》という餅を焼く猫。隠れ家は妾宅《しょうたく》。
かくれ家や猫つくねんともちのばん［餅の番］　一茶　一人ぼっちでぼんやりと
かくれ家や猫にも一ツ御年玉《おとしだま》　一茶　お年玉＝正月の贈答の品
隠れ家や猫が三疋餅《さんびきもち》の番　一茶

かくれねこ【隠れ猫】 猫はこそこそ隠れるのも好き。

野《の》の寺の夏草深み隠れ猫　正岡子規　深み＝深いので

恋猫《こいねこ》の雲に隠れぬ塔の屋根　正岡子規

跡《あと》もなく尻声計《しりごえばかり》猫仙人《ねこせんにん》　松意［江戸］

かくれんぼするねこ【隠れんぼする猫】 遊びながら狩りの稽古だよ。

親としてかくれんぼする子猫哉《かな》　一茶　親のまねして

猫の子のかくれんぼする萩《はぎ》の花　一茶

かけのぼるねこ【駈けのぼる猫】 おっとまずい、逃げるが勝ちだにゃ〜。

猫の来てかけあがりけり返《かえ》り花《ばな》　村上鬼城《むらかみきじょう》　返り花＝季節はずれに咲く花

青簾《あおすだれ》猫かき上るかげ［影］すなり　正岡子規

恋猫や城の石垣かけのぼる　正岡子規

がさ〱と猫の上りし芭蕉哉《かな》　正岡子規

あてなしに木にかけのぼる猫の恋　秋色《しゅうしき》［江戸］

くわら《から》〱《から》と猫の上るや梅の花　許六《きょりく》［江戸］

だしぬけに卓子《テイブル》ごしに吸《す》ひたれば棚にかけ上《あが》り猫つき立ちぬ　與謝野寛《よさのひろし》　煙草の煙をいやがった猫のとっぴな動き

光りつつ一本立てる欅《けやき》の木《き》ま白き猫のかけのぼる見ゆ　古泉千樫《こいずみちかし》

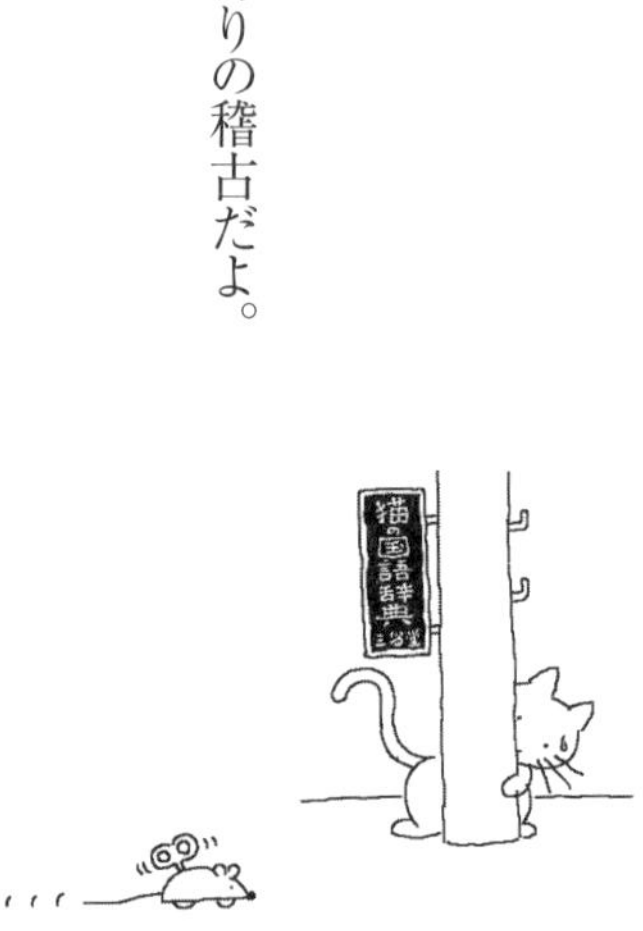

絶壁《ぜっぺき》を這《は》ひあがる、黒き猫とや見えむ《ん》、いまかなしき絶壁を這《は》ひ上《あが》る　若山牧水《わかやまぼくすい》

ちらちらされると、もう落ち着いてられないにゃ～。

かげろうとねこ【陽炎と猫】

陽炎に狂ふ《う》牡猫《おねこ》の眼《め》ざし哉《かな》　正岡子規　眼ざし＝目つき

かげろふ《う》の跡をおさへ《え》し小猫かな　舟雪［江戸］

陽炎や猫にもたかる歩行神《あるきがみ》　一茶　人をそぞろ歩きや旅にさそう神

陽炎にくい〳〵猫の鼾《いびき》かな　一茶　陽炎は地面からゆらゆらとたちのぼるもの

かげろふ《う》に長活《ながいき》［長息］したる野猫哉《のねこかな》　呂風《ろふう》［江戸］　長息＝ためいき

かじけねこ【悴猫】　寒さに縮《ちぢ》こまっている猫。日向《ひなた》などにじっとしている猫。冬の季語。

かじかみて脚《あし》抱き寝《ぬ》るか毛《け》もの等《ら》も　橋本多佳子《はしもとたかこ》

己《おの》が背をみつわぐむ也《なり》かじけ猫　秋色《しゅうしき》［江戸］　輪のように丸くなる

冬ざれといへ《え》どかぢ《じ》けぬ猫もなし　一雪《いっせつ》［江戸］　冬ざれというが、寒がらない猫はいないよ

友とてや猫もかじけて冬籠《ふゆごも》り　昌房《まさふさ》［江戸］　かじかむ冬ごもりに猫も友として付き添ってくれる

かつおとねこ【鰹と猫】　初鰹《はつがつお》は猫だって好き。江戸時代、初鰹《はつがつお》は非常に高価だった。

どたばたを見ればかつほ《お》と猫と下女《げじょ》　［柳多留］

初鰹《はつがつお》ふと［太］いやつだと猫を追ひ《い》　［柳多留］　高価な魚をねらうなんて図々しいやつだ

初鰹猫には火《ひ》吹竹《ふきだけ》をくれ　［柳多留］　火を起すのに使う竹でたたく

かなざわねこ【金沢猫】 古く、中国から金沢文庫（横浜市金沢区）に渡来した唐猫《からねこ》。船中の鼠《ねずみ》の害（書籍がかじられる）を防ぐために乗せていたもの。

赤手《あかて》拭《ぬぐい》金沢猫や十夜参《じゅうやまいり》　調栄《ちょうえい》［江戸］

かねのかかるねこ【金のかかる猫】 芸者、遊女のこと。▽の句は遊女の言い分。散財した言訳として、己《おれ》（＝遊女が自分をさす言葉）を出《だ》し（口実）にしていると。

猫の皮《かわ》金の無くなる音をさせ　剣花坊《けんかぼう》［川柳］　猫の皮＝三味線

猫曰《いわく》納所《なっしょ》め〳〵己《なっしょめおれ》をだし　［柳多留］▽　納所＝寺の事務を担う下級僧侶

めあかしの給銀《きゅうぎん》に猫一ツ遣《や》り　石斧［川柳］　岡っ引きの給料として遊女を買う金をやる

洒落《しゃれ》た猫天窓《あたま》をねだる深川《ふかがわ》や　［柳多留］　かんざしを欲しがるおしゃれな深川女郎

猫では［張］りたがる娘はしや《や》れ下地《したじ》　［柳多留］　芸者として張り合うおしゃれな見習芸妓（下地っ子）

つう仕《じ》立《たて》のねこか丶へ《え》てすへ《え》て居る　［柳多留］　つう（通）＝やぼでなくさばけている

猫の眼も狂《くるう》ふは金の襟《えりど》時計《けい》　化外［川柳］

かびょう【家猫】 人家に飼われている猫。飼猫《かいねこ》。家猫《いえねこ》。

かぶねこ【株猫】 尾の短い猫。

かまどねこ【竈猫】 竈のそばで暖《だん》をとる猫。竈は冬場の猫が好む場所。関連→へっつい猫

荒神《こうじん》は瞬《また》きたま［給］ひ《い》竈猫　飯田蛇笏《いいだだこつ》　荒神＝かまどの神。火影がちらちら

しろたへ《え》の鞠《まり》のごとくに竈猫　飯田蛇笏　白猫が丸くなっている
容色《ようしょく》をふかめてねむるかまど猫　飯田蛇笏　容色＝美貌
ガンジーの死を知る寺の竈猫　萩原麦草《はぎわらばくそう》
浜往《はまゆ》くにだまりこくりて竈猫　萩原麦草
新嫁《にいよめ》の来るとも知らず竈猫　赤星水竹居《あかぼしすいちくきょ》
竈《かまど》から猫の見て居る亥子《いのこ》哉《かな》　正岡子規　亥の子の祝い＝秋の収穫祭
寒食《かんじき》や竈下《そうか》に猫の目を怪《あや》しむ　其角《きかく》［江戸］　寒食（火を使わない冷たいものを食べる風習）の日に猫の目が妖しく光る
釜《かま》の神《かみ》猫やかぐらの笛の役　言水《ごんすい》［江戸］　釜の神＝かまどを守る神

かやとねこ【蚊帳と猫】　蚊帳は森に迷い込んだみたいで興奮するにゃ。

更《ふ》くる夜《よ》の蚊帳啼《な》きめぐる小猫哉《かな》　正岡子規
蚊屋《かや》釣《つっ》てい［入］れゝば吼《ほえ》る小猫かな　宇白《うはく》［江戸］
猫の子のざれて臥《ふ》しけり蚊屋《かや》の裾《すそ》　史邦《ふみくに》［江戸］

かようねこ【通う猫】　春の交尾期の雄猫。春の季語。恋は猫をまめにする。関連→猫の通《かよ》い路《じ》

藤壺《ふじつぼ》の猫梨壺《なしつぼ》に通《い》ひけり　高濱虚子《たかはまきょし》　関連→女三《にょさん》の宮《みや》の猫《ねこ》
猫の恋お堀《ほり》をこえて通《い》ひけり　正岡子規
須磨《すま》の猫明石《あかし》の猫に通《い》ひけり　樗堂《ちょどう》［江戸］

犬の尾を踏んで通《かよう》ふや猫の恋　子交［江戸］

猫の妻竃《へつい》の崩れより通《い》ひけり　桃青《とうせい》（＝芭蕉）　へつい＝かまど

からすねこ【烏猫】　真っ黒な猫。労咳《ろうがい》（＝肺結核）を病《や》む者が飼うと病気が治るという俗信があった。関連↓黒猫《くろねこ》

烏猫頭蓋《ずがい》のほかはやは《わ》らかき　日野草城《ひのそうじょう》

金眼《きんがん》の笑《う》ふことなし烏猫　日野草城

烏猫差毛《さしげ》で意気《いき》な紺《こん》がすり［柳多留］　別の毛色が混じっておしゃれ

胴穴《どうけつ》に熊竃《くまかまど》にからす猫［柳多留］　洞窟に熊がいるように、かまどには烏猫が付き物

床上《とこあ》げにほこ［誇］り顔《がお》なる烏猫［柳多留］　病気が全快して得意げ

其病《そのやまい》だに眼違《めちがい》なからすねこ［柳多留］　恋の病なのに労咳と見まちがい

夜見れば目斗《めばか》りあるくからす猫［柳多留］

類《るい》は友鳥屋《ともとりや》の見世《みせ》に烏猫［柳多留］　鳥（とり）と烏（からす）で類は友を呼ぶ。

鼠《ねずみ》の外《ほか》に能《のう》のあるからす猫［川柳］　ねずみを捕る他に病気も治す

からねこ【唐猫】　舶来《はくらい》の猫。また、単に猫のこと。「唐猫の、いと小さく、を《お》かしげなるを、すこし大きなる猫、おひ《い》つゞきて、には《わ》かに、御簾《みす》のつまよりはしり出《い》づるに」［源氏物語・若菜上］　関連↓女三《にょさん》の宮《みや》の猫

唐猫を清盛《きよもり》にする寒さかな　南方熊楠《みなかたくまぐす》　清盛の日招き伝説の如く、いろりの火を招く（＝手をあぶる）猫

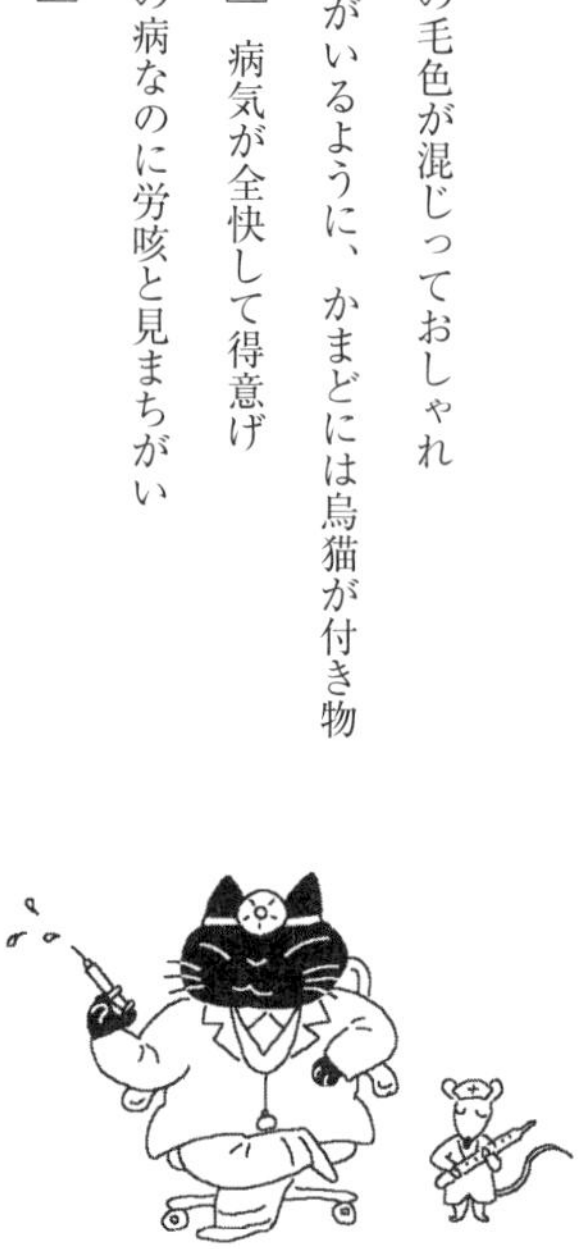

から猫の三毛《みけ》にもかは《わ》る契《ちぎ》りかな　枳風《きふう》［江戸］

唐猫に五月《さつき》の玉やたますだれ　才麿《さいまろ》［江戸］　五月の玉＝薬玉（くすだま）

敷嶋《しきしま》や大和《やまと》にはあらぬからねこを君が為《ため》にぞ求出《もとめいで》たる　西国［江戸］

かり【家狸】　猫の異名。

◎借りて来た猫のよう…ふだんと違っておとなしくかしこまっている様子。

借りて来た猫のやう《よ》なる宿下《やどさが》り　樂天［川柳］　宿下り＝屋敷奉公の女子の休暇

かわずとねこ【蛙と猫】　とびっこ、とびっくら、びっくらするにゃん。

いざ踊れ溝《みぞ》の蛙《かわず》ものら猫も　正岡子規　蛙（かわず）＝カエルの異名

猫はのけ蛙《かわず》も面《つら》を洗ふ《う》らん　百里《ひゃくり》［江戸］　カエルも顔を洗いたいだろうから

飛《とぶ》かはづ《わず》［蛙］猫や追行《おいゆく》小野《おの》ゝ奥　水友《すいゆう》［江戸］　飛ぶカエルの後を追ってゆく猫

かわねこ【川猫】　植物、猫柳《ねこやなぎ》。川柳《かわやなぎ》。関連→猫柳《ねこやなぎ》

かわぶくろ【革袋】　①革で作った袋。②猫をいう。正月などに「ねこ」という言葉を避けていう忌詞《いみことば》。

がんじつのねこ【元日の猫】　ご馳走のある正月も猫は正客《しょうきゃく》（＝主賓《しゅひん》）にはなれない。

元日の泥棒猫《どろぼうねこ》叱りとばす　尾崎放哉《おざきほうさい》

元日の猫に幹《みき》ありよじ登る　西東三鬼《さいとうさんき》

元日や闇《くら》いうちから猫の恋　一茶

元日や去年《こぞ》のめしくふ《う》猫の顔　一友《いちゆう》[江戸]

かんどうねこ【勘当猫】 飼い主に追い出された猫。家に入れてよ〜。

雨の夜《よ》や勘当されし猫の恋　一茶

霜の夜《よ》や窓かいて鳴く勘当猫《かんどねこ》　一茶

かんのねこ【寒の猫】 寒が明けると猫の恋が始まる。

寒のい[入]り猫もマントをほしげなり　南方熊楠《みなかたくまぐす》　寒の入＝一月五日頃

野良猫《のらねこ》の声もつきるや寒の中《うち》　浪化《ろうか》[江戸]　寒の内＝一月五日頃〜二月三日頃

はるもまだ寒《かん》さへ《え》明《あけ》ず猫の恋　素覧《そらん》[江戸]　寒明け＝二月四日頃

ききみたてるねこ【聞耳立てる猫】 恋猫は相手の猫の動向に敏感。

膝の猫耳そばだてゝ夫《つま》や来し　赤星水竹居《あかぼしすいちくきょ》　膝のメス猫をしたってオス猫が近づいて来る

夜《よ》あらしや聞耳たつる猫の妻　青々処《せいせいしょ》(卓池《たくち》)[江戸]

恋猫や聞耳立《たて》て又眠る　一茶

きくとねこ【菊と猫】 菊の節句、重陽《ちょうよう》の猫。菊の露を含んだ綿で顔を拭いて長寿を願う。

菊に猫沈南蘋《じんなんぴん》を招きけり　夏目漱石　沈南蘋＝花鳥画が得意な清代の画家

白猫の綿《わた》の如《ごと》きが枯菊《かれぎく》に　松本たかし

猫の毛の濡れて出《いで》けり菊の露《つゆ》　岱水《たいすい》[江戸]

きじねこ【雉猫】 雉の羽のような斑《まだら》の毛色の猫。虎斑《とらふ》の猫。関連→虎猫《とらねこ》

茗荷《みょうが》畑の雉猫は虎《とら》のやう《よ》 ［川柳］

雉子《きじ》猫《ねこ》の鳴くは蒲団《ふとん》の地震也《なり》 ［柳多留］

吹替《ふきかえ》への家根《やね》雉子《きじ》猫《ねこ》のやう《よ》に成《なり》 ［柳多留］

きぬぎぬのねこ【後朝の猫】 後朝の別れは男女が共寝した翌朝の別れ。

きぬ〳〵の猫に袂《たもと》はなかりけり 星野麦人《ほしのばくじん》 朝の別れに涙を絞る袂は持たぬ

きぬぎぬの猫を見てやる夜明哉《かな》 正岡子規

恋猫の別れ見てやる夜明哉《かな》 正岡子規

暁《あかつき》はされど別れつ猫の恋 春路《しゅんろ》［江戸］

盗まれて行《ゆ》くきぬ〳〵や猫のこひ《い》 呉雲《ごうん》［江戸］

うき猫のかしこまりけり後《のち》の朝《あさ》 露秀《ろしゅう》［江戸］ 後の朝＝共寝の翌朝

きぬくばりとねこ【衣配りと猫】 衣配りは年末に正月用の衣類を目下の者に配り与えること。▽の句は鼠《ねずみ》をとって部屋の隅から出て来たということ。

小隅《こすみ》から猫の返しや衣配《きぬくばり》 一茶▽

ごろにや《や》んと猫も並ぶや衣配《きぬくばり》 一茶 正月用の配り物に猫もあやかりたい

其次《そのつぎ》に猫も並ぶや衣配《きぬくばり》 一茶

きのうえのねこ【木の上の猫】 若い猫は木登りが好き。そして時々降《お》りられない。
枯木より猫が降《お》りざり犬が居る　原石鼎《はらせきてい》
真白《ましろ》なる猫木に登る青嵐《あおあらし》　小沢碧童《おざわへきどう》　青嵐＝青葉の頃ふく強風
ぬつ《っ》くりと寝て居る猫や梅の股《また》　几董《きとう》［江戸］
ほそき実のすずなりなせる松が枝《え》に五月の日なり黒き猫居る　若山牧水《わかやまぼくすい》
葉にあそぶ嵐のそよぎ涼しげに白き小猫の木にのぼりたる　太田水穂《おおたみずほ》

キャッツアイ ①猫目石《ねこめいし》。②道路上の交差点や中央線付近に埋め込まれた鋲《びょう》。夜間、ヘッドライトを受けて発光する。［大辞林］

キャッツ・テイル がまの穂。

キャッツ・ポウ 手先に使われる人、だまされやすい人。

キャット・アイス 猫が抜き足差し足でやっと歩けるくらいの薄い氷。

キャット・ウオーク 劇場における客席上部の照明制御室や舞台上部の通路。［大辞林］

キャット・コール 野次《やじ》を飛ばしたり、品の悪い叫び声をあげること。

キャット・タワー 飼い猫の遊び道具。猫が上り下りして遊べるようにしたもの。

キャット・ナップ 猫の昼寝、うたたねのこと。

キャット・ニップ 猫が好む芳香のある油を葉に含むシソ科の多年草。犬はっか。

キャット・ビア　ミルク（米・俗語で）。

キャット・ミント　シソ科の多年草。犬はっか。キャット・ニップと同じ。

◎窮鼠《きゅうそ》猫を噛《か》む…追い詰められた鼠《ねずみ》が猫に噛みつくように、弱者も逃げられない窮地に追い込まれれば強者に必死の反撃をして苦しめる。窮鼠却《かえ》って猫を噛む。［大辞林］

大店《おおだな》の旧鼠《きゅうそ》かくれて猫を噛み　轡［川柳］　旧鼠＝窮鼠

きょうまちのねこ【京町の猫】　京町の遊女。京町は新吉原（遊廓）の町名。関連→薄雲《うすぐも》と猫《ねこ》、吉原《よしわら》の猫

京町のねこ通《い》ひけり揚屋町《あげやまち》　其角《きかく》［江戸］　揚屋町＝吉原の中で揚屋が集まっていた所

通《い》ひけり江戸中《じゅう》の猫揚屋町　［川柳］　薄雲の猫に赴く

京町の猫は通《かよわ》はぬ伏見町《ふしみちょう》　［川柳］　伏見町は格が下がる

めどにとらるる京町の猫　［武玉川］　めどにとられる＝目標とされる

又たゝかれる京町の猫　［武玉川］

きんねこ【金猫】　安永・天明（一七七二〜一七八九）の頃、江戸両国辺り（回向院《えこういん》前や一《ひと》つ目《め》弁天《べんてん》など）で金一分《いちぶ》（一両の四分の一）の揚代《あげだい》をとった私娼《ししょう》。銀猫《ぎんねこ》より高級。［大辞林］　関連→回向院《えこういん》の猫

金の猫一時壱分《いっときいちぶ》目が替《かわ》り　［柳多留］

番頭の旧鼠壱分《きゅうそいちぶ》の猫をはみ　［柳多留］　壱分の猫＝一分（いちぶ）女郎

松が鮓壱分《ずしいちぶ》べろりと猫が喰《くい》　［柳多留］

日《ひ》半日《はんにち》ねこをじや《ゃ》らして弐歩《にぶ》とられ　［柳多留］

ぎんねこ【銀猫】　安永・天明（一七七二～一七八九）の頃、江戸両国辺りで銀二《に》朱《しゅ》の揚代《あげだい》（金猫の半分）をとった私娼《ししょう》。金猫《きんねこ》より下級。［大辞林］　関連→回向院《えこういん》の猫

銀の猫只《ただ》の僧なら鼠《ねずみ》なき　［柳多留］　ねずみの鳴きまね

跡《あと》をねだられこまつ《っ》たは銀の猫　［柳多留］

鼠衣《ねずみごろも》ぢ《じ》や《ゃ》嫌ふ《う》はづ《ず》銀の猫　満丸［川柳］　ねずみ色の法衣（僧侶）の客

売僧《まいす》なら眼を糸にする銀の猫　阿豆麻［川柳］　売僧（＝商売をする堕落僧）は歓迎

きんみょう【金猫】　金づくりの猫。

◎公家《くげ》の子と猫の仔《こ》は何《なん》ぼあってもすたらぬ…公家の子どもや猫の子は人に喜ばれるものだからたくさんいても困ることはない。

くさをはむねこ【草を食む猫】　猫は胃に入った毛玉《けだま》を草をかんで吐き出す。

草を食む猫の吐気《はきけ》や蚊遣焚《かやりた》く　富田木歩《とみたもっぽ》

草喰《は》む猫眼うとく日照雨《そばえ》仰ぎけり　飯田蛇笏《いいだだこつ》

猫のゐ《い》てペン〳〵草《ぐさ》を食みにけり　村上鬼城《むらかみきじょう》

露《つゆ》の草嚙《か》む猫ひろき地の隅《すみ》に　西東三鬼《さいとうさんき》

草を食む胸安《やす》からじ猫の恋　太祇《たいぎ》［江戸］　胸がむかむかして落ちつかない

ひそやかに吾《あ》がさ庭べ［小庭辺］に来て居《お》りし小猫はあはれ青草を食む　平福百穂《ひらふくひゃくすい》

くすりねこ【薬猫】 労咳《ろうがい》（＝肺結核）の人が飼うと良いとされた黒猫。関連→黒猫《くろねこ》、烏猫《からすねこ》

くまねこ【熊猫】 毛色の黒い猫。

くらのねこ【蔵の猫】 大事に育てられている猫。

宝蔵《たからぐら》に飼は《わ》れて白し春女《はるめ》猫《ねこ》　原石鼎《はらせきてい》　宝蔵＝宝物を入れておく蔵

焼物や泪《なみだ》にこもる蔵の猫　里東《りとう》［江戸］

くらべっこするねこ【比べっこする猫】 子猫はどんぐりのように跳《は》ね、どんぐりのようにころげる。

団栗《どんぐり》とはねつ《っ》くらする小猫哉《かな》　一茶　跳ね比べ、くら＝競（競争）

団栗と転《ころ》げくらする小猫哉《かな》　一茶　転げ比べ

猫よりも少《すこ》みめよし〳〵《みめよし》といへ《え》ば鼬《いたち》の手をかざす哉《かな》　一茶

猫よりも幽《かすか》みめよし〳〵《みめよし》といへ《え》ば鼬《いたち》の手をかざす哉《かな》　一茶

猫の足より踏んばつ《っ》た蝶の足　［柳多留］

くりやのねこ【厨の猫】 厨は台所。台所は欲しいものがいっぱいだにゃ〜。

猫の尾の短夜《みじかよ》明《あ》けぬ台所　正岡子規　和猫の尾のように短い夏の夜

猫泣くを起出《おきいで》て見るや厨寒し　杉田《すぎた》久女《ひさじょ》

厨窓《くりやまど》躍《おど》り出る猫や椿照る　清原枴童《きよはらかいどう》

孃《じょう》さんの猫を台所《だいどこ》もてあまし　久一［川柳］

掛乞《かけごい》や猫の啼居《なきい》る台所　支考《しこう》［江戸］　掛乞＝おおみそかの集金

初霜《はつしも》や猫の毛も立台所《たつ》　楚舟《そしゅう》［江戸］

た［誰］が猫ぞ棚から落《おと》す鍋の数　沾徳《せんとく》［江戸］　あちこち妻恋（つまごい）

くるうねこ【狂う猫】　おとなしい猫も時に気がふれたようになる。

猫の子の狂ひ出《いい》たる冬至《とうじ》哉《かな》　介我《かいが》［江戸］

獅子田《ししだ》の向《むこう》ふ狂《つ》ってる猫のこへ《え》［声］　［柳多留］　鹿田《ししだ》＝猪や鹿が荒らす田

くるわのねこ【廓の猫】　遊廓《ゆうかく》の中で生きている遊女。関連→薄雲《うすぐも》と猫、京町《きょうまち》の猫、吉原《よしわら》の猫

鉄門に爪《つめ》の思ひ《い》や廓《さと》の猫　正岡子規　廓《くるわ》は「さと」ともいう

くろねこ【黒猫】　ポーの短編小説。愛猫《あいびょう》と妻を殺してしまった男の病的な心理を描く。

くろねこ【黒猫】　「真黒毛《まっくろげ》の猫が／真黒闇《まっくらやみ》にゐ《い》たら／眼ばかり／ぎいらぎら」竹久夢二《たけひさゆめじ》の詩「黒猫」

緑蔭《りょくいん》に黒猫の目のかつ《っ》と金《きん》　川端茅舎《かわばたぼうしゃ》　緑蔭（木かげ）でかっと目を見開く

黒き猫と深き眼窩《がんか》に銀狐《ぎんぎつね》　竹下《たけした》しづの女《じょ》

黒猫も見て見ぬふりの炬燵《こたつ》かな　竹久夢二《たけひさゆめじ》

黒猫の寒《さえ》る時あり冬のつき［月］　木導《もくどう》［江戸］

煙突の下にいつもの黒い猫　ひょうたん［川柳］

過《よ》ぎらむ《ん》とするのか否か不明にて歩道に来たる黒猫ひとつ　齋藤茂吉《さいとうもきち》　よぎる＝横切る

くろねこ【黒猫】 烏猫《からすねこ》ともいう。江戸時代には、黒猫を飼えば労咳《ろうがい》（＝肺結核）や恋の病（＝ぶらぶら病）が治るという俗信があった。関連→烏猫《からすねこ》

猫よりも歯をまっくろにするがよし　［川柳］　お歯黒をつける（＝結婚する）方が恋の病に効く

上《う》はづ《わず》った瞳《ひとみ》の影に黒猫が鳴く　告水［川柳］

青白い娘のそばに黒い猫　［川柳］　血の気のない顔色

黒猫を短かい玉《たま》の緒《お》でつなぎ　［川柳］　玉の緒＝命

黒猫も馬も労咳《ろうがい》よく直し　［川柳］　馬肉も労咳に効く

黒猫のわきで煙が四筋《よすじ》立ち　［川柳］　四火（しか）の灸（きゅう）

火が出るんだがと黒猫を撫《な》でる　美羅坊［川柳］

あやふやな主《ぬし》どりをする黒い猫　［柳多留］　ぶらぶら病の人が飼い主

くろねこハ乳母《うば》がざいしよ《よ》へやれとなき　［川柳］　用済みの黒猫ながら在所（＝里）に返す淋しさに涙する

黒猫が居ぬと鼠《ねずみ》にひかれそう　［柳多留］　家の中に一人きりで淋しい労咳の娘

塩花《しおばな》の次手《ついで》くろねこおひ《い》出し　［川柳］　塩花（＝盛《も》り塩）のついでに

くろねこやなぎ【黒猫柳】 植物、猫柳《ねこやなぎ》。関連→猫柳《ねこやなぎ》

くわえてくるねこ【咥えて来る猫】 小鳥や鼠《ねずみ》を捕《つか》まえた猫は得意気《とくいげ》に見せにくる。

逃げ出す小鳥も銜《くわ》える猫も晩夏《ばんか》一家《いっか》　西東三鬼《さいとうさんき》

夜《よ》の秋のなにかくは《わ》へ《え》て来し猫よ　中尾白雨《なかおはくう》　夜の秋＝晩夏の季語

恋猫のくは《わ》へ《え》て来たり常陸帯《ひたちおび》　完来《かんらい》［江戸］　安産の御守り、縁結びの帯

け【毛】　関連→猫の毛、猫毛《ねこげ》、猫《ねこ》っ毛《け》、猫の抜毛《ぬけげ》、赤猫《あかねこ》、黒猫《くろねこ》、烏猫《からすねこ》、白猫《しろねこ》、斑猫《まだらねこ》、雉猫《きじねこ》、虎猫《とらねこ》、灰毛《はいげ》猫《ねこ》、灰毛猫《へげねこ》、三毛猫《みけねこ》

げいしゃのははとねこ【芸者の母と猫】　人の子も一生懸命親のまねをするんだにゃ〜。

猫妓《ねこやっこ》一等賞だと芸者の母は誉《ほ》め　都樂［川柳］

猫の子といは《わ》れて帰る芸者の子　不二丸［川柳］

猫の子の子猫は母を姉と呼《よび》　［柳多留］

猫の子の子猫お持《もちゃ》やの三味《しゃみ》を張《はり》　［柳多留］　子ども玩具の三味線で遊ぶ

けいせいはねこ【傾城は猫】　傾城＝遊女。遊女は猫の生まれかわりであるという俗説。

傾城も猫もそろふ《う》て雑煮《ぞうに》哉《かな》　正岡子規

傾城の生まれかはり《わ》か猫の妻　木導《もくどう》［江戸］

猫抱いて猫の来世《らいせ》を母願い　雀郎《じゃくろう》［川柳］

◎結構毛《けっこうけ》だらけ猫灰《はい》だらけ…大変結構だという意の語呂《ごろ》合わせ。

けつびょうかい【血猫灰】　漢方薬の名。鯉《こい》のうろこ。

けびいてみるねこ【気引いて見る猫】 相手の気をひこうとする猫。関連→猫の媚《こび》

格子《こうし》からけ引《びい》て見るや猫の恋　一茶
面《つら》はつ《っ》てけ引《びい》て見るか猫の恋　一茶
人の顔けびいて見ては猫の恋　一茶
猫の恋人《ひと》の機《き》嫌《げん》を取《とり》ながら　一茶

こいさめたねこ【恋醒めた猫】 猫は盛《さか》りが終わると何事もなかったように元に戻る。

恋さめた猫よ物書くまで墨《すみ》すり溜《た》めし　河東碧梧桐《かわひがしへきごとう》
猫の恋忘れたや《よ》うに止《や》みにけり　長斎《ちょうさい》［江戸］

こいしぬねこ【恋死ぬ猫】 猫も遊女も恋のために死ぬことは滅多にない。

こがれ死《しぬ》ためしも聞《きか》ず猫の妻　史邦《ふみくに》［江戸］
氷《こおり》ふむ猫やゆく〳〵恋死《しな》ん　白雄《しらお》［江戸］

こいしらぬねこ【恋知らぬ猫】 去勢猫や外に出られない猫は恋の消耗を知らない。

恋しらぬ猫や鶉《うずら》を取らんとす　正岡子規
恋知らぬ猫のふり也《なり》球《たま》あそび　正岡子規
玉とつ《っ》てまだ恋知らぬ小猫かな　内藤鳴雪《ないとうめいせつ》
鈴つけて恋を知らざる小猫かな　竜閑［ナ］

こいすぎしねこ【恋過ぎし猫】 恋も成就せず、むなしく発情期は過ぎた。
お水取《みずとり》猫の恋愛期も過ぎて　日野草城《ひのそうじょう》　東大寺二月堂の行事
桃畑恋過ぎし猫あまたゐ《い》て　橋本多佳子《はしもとたかこ》
恋過ぎし猫よとかげ［蜥蜴］を食《く》い太れ　西東三鬼《さいとうさんき》
猫のさかり過ぎて牡丹《ぼたん》の盛《さか》り哉《かな》　一松［江戸］

こいにうときねこ【恋に疎き猫】 恋に興味を持たないで、変なところに癇《かん》を立てる猫だよ。
恋にうとき猫とはなりぬ物おそれ　鳳朗《ほうろう》［江戸］
このほどやうとくなりゆく猫の妻　白雄《しらお》［江戸］

こいねこ【恋猫】 さかりのついた猫。春の季語。関連↓猫の恋
恋猫が、火の番が、それから夜あけの葉が鳴る　種田山頭火《たねださんとうか》
恋をする猫もあるべし帰花《かえりばな》　夏目漱石　季節外れの恋をする猫。帰花＝季節外れに咲く花
はしたなく恋する猫やぞろ〳〵と　落魄居［シ］
恋猫や葎《むぐら》の中に啼《な》いて居る　坂本四方太《さかもとしほうだ》　葎＝やぶを作る草
恋猫にまだ北風《きた》荒き三崎かな　久米正雄《くめまさお》
恋猫の句や鼻紙に見せにけり　安斎櫻磈子《あんざいおうかいし》　鼻紙に書いて見せた
恋猫の二三疋《びき》なる姿かな　楠目橙黄子《くすめとうこうし》

恋猫の夜《よ》の隣りの壁をまぢ《じ》かに見た　栗林《くりばやし》一石路《いっせきろ》　恋猫が引っかいた壁をまじまじと見る

恋猫の啼《な》き行《ゆ》く閨《ねや》の外面《そとも》かな　赤木格堂《あかぎかくどう》　閨＝寝室

恋猫の恋に更《ふ》けたる看護《みとり》かな　武井柚史［ハ］

なれ［汝］も恋猫に伽羅《きゃら》焼いてうかれけり　嵐雪《らんせつ》［江戸］　汝（なれ）＝お前（あなた）

恋猫につけてならすやうつせ貝《がい》　蕉雨《しょうう》［江戸］　うつせ貝＝からの貝殻

恋猫の身も世もあらず啼《な》きにけり　敦［江戸］

恋猫や局《つぼね》 更《ふ》けたる鉄行灯《かなあんどん》　万山［江戸］　金網行灯

恋猫や身はあだし野《の》の露《つゆ》まぶれ　羅城《らじょう》［江戸］　あだし野＝火葬場・墓地

恋猫や答《え》へる声は川むかふ《こう》　一茶　川向う＝対岸

恋猫や夜風呂《よぶろ》さめ行《ゆ》く二三人　五黄［コ］

こいはてしねこ【恋果てし猫】　猫の渾身の恋は終わった。

垂直に崖下《がけくだ》る猫恋果《はた》し　橋本多佳子《はしもとたかこ》　家へ戻る最短距離

大喝一声事終《だいかついっせいことおわ》る猫の恋　［柳多留］

こいまけねこ【恋負け猫】　恋敵《こいがたき》に追い払われた惨《みじ》めな猫。失恋してやけ食い。

愛《いと》しさや恋負け猫が食欲《めしほ》れり　橋本多佳子

恋負け猫ず《つ》ぷり濡れて吾《われ》に帰る　橋本多佳子

恋猫のあは《わ》れやある夜《よ》泣寝《なきね》入《いり》　正岡子規
恋《こい》ひ負けて去りぎは《わ》の一目《ひとめ》尾《お》たれ猫　久保《くぼ》より江《え》
猫の恋泣く〳〵飯《めし》を食《くい》ひにけり　反朱《はんしゅ》［江戸］
まけた猫鼠《ねずみ》花火《はなび》のや《よ》うに逃《にげ》　［柳多留］
よひ《い》［宵］闇《やみ》より負けてかへ《え》れるわが猫は机の下に入《い》りてゆきたり　齋藤《さいとう》茂《も》吉《きち》

こうばこをつくるねこ【香箱を作る猫】　猫が背中を丸めてうずくまる様子。周囲が安定して落ち着いた気分の時の姿。香箱は香を入れる箱。

こえ【声】　関連↓猫の声、おだける、声嗄《か》らす猫、猫撫声《ねこなでごえ》、猫の産声《うぶごえ》、猫の声変わり、猫の作《つく》り声《ごえ》

こえからすねこ【声嗄らす猫】　恋の季節、夜じゅう恋の相手を求めて啼《な》き明《あ》かした猫の声。
かれ〴〵や有明《ありあけ》ごろの猫の声　寥松《りょうしょう》［江戸］
庵《いお》の猫しや《ゃ》がれ声《ごえ》にてうかれけり　一茶　庵の猫＝うちの猫
声かれて暁《あかつき》ちかし猫の恋　左明《さめい》［江戸］　夜明けも近い
声かれて鐘に戻るや猫の恋　桴仙［江戸］
白梅や皆啼《な》き嗄らす猫の声　［武玉川］
うば玉のよる〳〵を《お》のが妻ごひ《い》［乞］にいつしか声をからす猫哉《かな》　阿馬［川柳］
夜《よ》を寒みめざめてを《お》れば野猫《のらねこ》の嗄《しわがれ》声《ごえ》に近づき過ぎぬ　岡麓《おかふもと》　寒み＝寒いので

こおろぎとねこ【蟋蟀と猫】

こほ《お》ろぎや猫の寝て居る台所　正岡子規

猫にくは《わ》れしを蛬《こおろぎ》の妻はすだくらん　其角《きかく》［江戸］　すだく＝集まって鳴く

わが庭の萩《はぎ》の花藪《はなやぶ》の下にして蟋蟀を追ふ《う》あは《わ》れ仔猫《こねこ》は　島木赤彦《しまきあかひこ》

こがれねこ【焦れ猫】　猫は発情期になると切ない声で相手を求め歩く。

待つ恋にこがれて泣くや臼《うす》の猫　正岡子規

気短くこがるゝ声や猫の恋　天春静堂《あまがすせいどう》

こがるゝも十日ばかりや猫の恋　也有《やゆう》［江戸］

奥表《おくおもて》猫もこがれて明《あけ》にけり　琴風《きんぷう》［江戸］　大奥の猫も朝までこがれつづけた

こたつねこ【炬燵猫】　こたつの中やこたつ布団の端にうずくまっている猫。冬の季語。

火燵《こたつ》まで入《い》れてもろうて猫がおさきに　種田山頭火《たねださんとうか》

雪の日や巨燵《こたつ》の上に眠る猫　正岡子規

猫のためはや炬燵して露《つゆ》の宿《やど》　松本たかし

薄目《うすめ》あけ人嫌《ひとぎらい》ひなり炬燵猫　松本たかし

炬燵あけて猫寝たり女房干物裂《ひものさ》く　富田木歩《とみたもっぽ》

啼《なき》やんで炬燵に寝たり猫の恋　仙茶［江戸］

火燵《こたつ》までしのびかねてや猫の妻　冷村［江戸］
猫ひとつ入《はいっ》つて四睡《しすい》の炬燵かな　時中［江戸］　四睡＝東洋画の画題
食継《めしつぎ》と猫と夫婦《めおと》と火燵哉《かな》　挙白《きょはく》［江戸］　食継（飯継）＝ごはんを入れる木製の器
犬はそこにを［居《お》］れとて猫は火燵哉《こたつかな》　逸竹［江戸］
火燵《こたつ》をば猫もはなれぬ月の暮《くれ》　維舟《いしゅう》［江戸］
猫はあたるに居候《いそうろう》ぶうるぶる　［柳多留］
埋火燵《うめごたつ》是《これ》も猫とはのかぬ仲　［柳多留］　切っても切れない仲

こづれねこ【子連れ猫】　母猫は生まれた仔猫をかばい、どこに行くにも一緒。うれしいにゃ〜。
子を連《つれ》て猫もそろ〱御祓哉《みそぎかな》　一茶　禊＝次の恋が出来るすっきりした体になる
垣くぐる尾長《おなが》の猫の子を連れてほそり目に立つ桔梗《きちこう》の花　北原白秋《きたはらはくしゅう》　お産が終わった母猫の細り

ことしねこ【今年猫】　今年生まれた猫。
われを視《み》る眼の水色に今年猫　飯田蛇笏《いいだだこつ》
◎子どもも猫よりまし…子どもも時には役に立つ。食べるだけで何もしない猫よりはまし。

ことをきくねこ【琴を聴く猫】　うっとりと目を閉じて、猫だって音楽は好き。
琴の音に猫睡《ねむ》らせよ秋の暮《くれ》　野有《やゆう》［江戸］
琴の音をかたへ《え》の猫も聞如《きくごと》し　鶴彬《つるあきら》［川柳］　かたえ＝かたわら

こねこ【子猫・小猫・仔猫・児猫】 小さい猫。猫の子。春の季語。「小猫は、自分のお友達と遊ぶ時のよふ《う》に、／よつ《っ》ちや《ゃ》んの頭を引《ひっ》かいた。／よつ《っ》ちや《ゃ》んは、わけなくころんだ。／小猫は、そのうへ《え》に乗《のっ》かつ《っ》た。／よつ《っ》ちや《ゃ》んは泣きだした。／小猫には、よつ《っ》ちや《ゃ》んが何故《なぜ》泣くんだかわからなかつ《っ》た。」 竹久夢二《たけひさゆめじ》の詩「人の子と猫の子」

スリツ《ッ》パを越えかねてゐ《い》る仔猫かな　高濱虚子《たかはまきょし》

宵《やみ》の間《ま》や小猫が恋のあわたゞし　正岡子規

餅《もち》ついて春待顔《はるまちがお》の小猫かな　正岡子規　春が待ち遠しい様子

衣《え》桁《こう》垂《た》る帯の錦《にしき》や子猫啼《な》く　厲三［コ］　えもんかけから垂れた帯

あとの人も溝《みぞ》の子猫を覗《のぞ》きける　諾人［サ］

舟漕《こ》ぐを見かけて子猫洲《す》に啼《な》けり　岳居［サ］

うちまもりうちまもりつついかが思ふ《う》らむ《ん》、児猫よ、この貧しき主人の夕ぐれの眸《め》を　内藤鋠策《ないとうしんさく》

さみしさを児猫の眸《め》が訴《うった》ふ《う》る如《ごと》しゆふ《う》ぐれの部屋にひとり坐《すわ》れる　内藤鋠策

児猫よ、この夕ぐれの部屋に生《い》くるものは我と汝《なれ》のみ、物音もなし　内藤鋠策

ごぼうねこ【牛蒡猫】 尾の短い猫。

こま 猫の古名「ねこま」の略。猫の愛称としても用いられた。

ごまめとねこ【ごまめと猫】 ごまめは片口鰯《かたくちいわし》を干したもの。田作《たづく》り。正月などの祝儀に用いる。▽

の句はごまめを売りに来た男が一匹くれたよ。もうすぐお正月だにゃ〜。

一袋《ひとふくろ》猫もごまめの年用意《としようい》　一茶　年越し準備として飼い主が猫のために買っておく

梅さくやごまめちらばふ《う》猫の塚《つか》　一茶　猫の塚＝猫の墓

田作《たづく》りの口で鳴《なき》けり猫の恋　許六《きょりく》［江戸］　田作りの口＝ごまめを食った口で

ごまめうり猫に一疋《いっぴき》けいはく［軽薄］し　［柳多留］▽軽薄＝猫におせじを言う

こもちねこ【子持ち猫】　みごもっている猫。春の季語。関連↓孕《はら》み猫《ねこ》、身《み》籠《ごも》る猫

野良猫《のらねこ》も仔《こ》を持つ《っ》て草の中に　種田山頭火《たねださんとうか》

子をう［産］んで猫かろげなり衣《ころも》がへ《え》　白雪《はくせつ》［江戸］

松原に何をかせぐぞ子もち猫　一茶　松原を根城にする子持ちの遊女

蝶飛ぶや腹に子ありてねむる猫　太祇《たいぎ》［江戸］

こをくうねこ【子を食う猫】　本能の混乱と極度のストレスが生む猫の異常行動。

子を喰ふ《くらう》猫も見よ〱《みよ》けし［芥子］の花　一茶

子を食ふ《くらう》猫とこそ聞け五《さ》月闇《つきやみ》　吏登《りとう》［江戸］

こをはこぶねこ【子を運ぶ猫】　親猫は子猫の首のところをくわえて運ぶ。

子をくは《わ》へ《え》て秋猫《しゅうみょう》土《ど》間《ま》をさまよへ《え》り　吉岡禅寺洞《よしおかぜんじどう》　秋猫＝秋の猫

子を運ぶ猫の思ひ《い》や春の雨　里倫［江戸］

さ行

さいぎょうきのねこ【西行忌の猫】 西行忌の頃、猫は恋を求めていつも外出。

猫《ねこ》火《ひ》鉢《ばち》など捨《すて》る頃西行忌　阿豆麻［川柳］ 西行忌＝陰暦二月十五日

猫は片時《かたとき》内に居ず西行忌　鼠《そ》肝《かん》［江戸］

西行忌頃身を捨《すて》て猫の恋　［柳多留］

さいぎょうのねこ【西行の猫】 西行法師は『山家集《さんかしゅう》』の著者。『吾妻鏡《あづまかがみ》』に載《の》っている話では、源頼朝が鎌倉で西行と会い、歌の道、弓馬《きゅうば》のことについて教えを請《こ》うた。西行は頼朝の館を退出する時、銀《しろがね》の猫をもらったが、門前の子どもにやってしまったという。▽の句は西行から銀の猫を得た子どもに飴《あめ》をやって手に入れようとする悪い大人。「取替《とっかい》べい」は古金を飴と取り替える江戸時代の行商人。

おれニヤ《ヤ》アとなく西行の猫喧嘩《けんか》　［柳多留］

西行がおれなら猫をぶちこわし　［柳多留］

西行は鼠《ねずみ》とらずの猫もらい　［柳多留］

西行は猫の鼻づらこすつ《っ》て見《み》　［柳多留］

白銀《しろがね》の猫真黒な手で貰《もら》い　［柳多留］

此猫《このねこ》で俗《ぞく》のときなら銀ぎせる［煙管］　［柳多留］　銀煙管＝道楽息子のシンボル

世を捨《すて》る外《ほか》に猫まですて給《たまい》ひ　［川柳］　世を捨てる＝出家

慾《よく》に眼は替《かわ》らず銀の猫も捨て　［川柳］

墨染《すみぞめ》の袖《そで》を白猫すきとを《お》り　［柳多留］　墨染の袖＝僧服

白猫を鼠《ねずみ》の袖《そで》へ申請《もうしうけ》　［柳多留］　鼠の袖＝鼠色の法衣

銀の猫とっかいべひ《い》を人にする　［川柳］▽

さかなやのねこ【魚屋の猫】　魚に恵まれた家に住む猫。▽の句の城中の奥の女性たちを取り締まる奥家老《おくがろう》は、年取って好色な人物として古川柳に登場する。

魚屋の猫は化《ば》けずに腰が抜け　かもめ［川柳］　美食で

肴屋《さかなや》の猫の気でゐ《い》る奥家老《おくがろう》　［柳多留］▽

肴屋の猫判人《はんにん》の気で暮《くら》し　［柳多留］　判人＝遊女の身売りの証人、女衒（ぜげん）

◎**魚を猫に預《あず》ける**…最も危険な相手に物を預けることのたとえ。

さがりねこ【下猫】　尾が長く垂れている猫。飼主《かいぬし》に不運をもたらすといわれる。

さけとねこ【酒と猫】　猫は酒の匂いは嫌い。でも人間の猫（芸者）は酒が好き。

玉子酒《たまござけ》猫の五徳《ごとく》にゆだんすな　寥松《りょうしょう》［江戸］　五徳にかけた鍋の玉子酒は焦げやすい。猫の如く（五徳）に注意深く煮よ

猫の来て尻合《しりあわ》はせけりひとよ酒《ざけ》　馬貞《ばてい》［江戸］　一夜酒に一夜妻を掛ける

泡盛《あわもり》のさかなは猫のやうに《よ》く[食]ひ《い》　[柳多留]　食い意地が張っている

白鳥《はくちょう》がふへ《え》ると猫を呼《よび》にやり　[柳多留]　白鳥＝白磁の徳利

猫が来て又白鳥《はくちょう》を壱《ひと》つ取り　[柳多留]　白鳥＝白磁の徳利

猫も出ぬ酒席鼠《しゅせきねずみ》に引かれさう《そ》　静賀[川柳]

さとのははとねこ【里の母と猫】　猫の親子のように、嫁入りした娘がいつも気にかかる。

猫をなでるを里の母見てかえり　[柳多留]　猫撫声の姑の態度が後で一変するのではと心配する

嫁《よめ》ハもふ《う》猫の身持《みもち》を里へ遣《や》り　鼠弓[川柳]　自分より先に孕(はら)んだ猫を実家に送ってしまう

よごれ目の見へ《え》ない猫を母たづ《ず》ね　四眠[川柳]

ざぶとんとねこ【座布団と猫】　気持ちのよい座布団は猫も好き。

座布団を猫に取らるゝ日向哉《ひなたかな》　谷崎潤一郎

猫はいつもの坐布団の上で　種田《たねだ》山頭火《さんとうか》

さまようねこ【放浪猫】　家にいられない事情があって外歩きする猫は淋しい。

笹枯《ささか》るる明さ山中《さんちゅう》猫さまよひ《い》　橋本《はしもと》多佳子《たかこ》

すゝはきや屋根にさまよふ《う》猫の声　立季[江戸]　煤掃＝年に一度の大そうじ

宿替《やどがえ》に猫も流浪《るろう》や秋の暮　正秀《まさひで》[江戸]

親も子も宿《やど》はさだめず猫の恋　鳥酔《ちょうすい》[江戸]

さむがりなねこ【寒がりな猫】「犬は喜び庭かけまわり　猫はこたつで丸くなる」唱歌「雪」より。

ゆふ《う》べは寒い猫の子鳴いて戻つ《っ》た　種田《たねだ》山頭火《さんとうか》

魚《うお》見せて呼べど猫来《こ》ぬ寒さ哉《かな》　杉田《すぎた》久女《ひさじょ》

夜を寒《さむ》み猫呼びありく隣家《りんか》の女《じょ》　正岡子規　夜寒の季節となり

猫の子の頬《ほお》を寒がる秋の風　我則《がそく》［江戸］　前足で顔をなでる

寒がりのくせに夜遊び好きな猫　秀畝子［川柳］　夜遊び＝夜歩き

豆撒《まめまき》に猫寒《そ》さうに泣くばかり　雨音［川柳］

さらなめたねこ【皿舐めた猫】美味しいものが出ると猫は丁寧に皿を舐める。

猫の皿空《むな》しくありし寒さかな　杉田久女　粗末な猫皿の置かれたあたりを寒々しく眺めている

春の猫舐《なめ》りまは《わ》すや皿躍《おど》る　和香女［サ］　皿がくるくる回る様子

◎皿《さら》なめた猫が科《とが》を負《お》う…魚を食べた猫は逃げ、後から来て皿をなめた猫が盗んだ罪を背負わされる。罪を犯した張本人は捕《つか》まらず、周りの小者ばかりが罰を受けることをいうたとえ。

ざれねこ【戯猫】　発情期にはいった猫。春の季語。

さわぐねこ【騒ぐ猫】　ふだんは静かでおとなしい猫も、喧嘩《けんか》になると場所・時を選ばない。

夕立に猫といたちのさわぎ哉《かな》　正岡子規

ここへも恋猫のきてさわぐか闇夜《やみよ》　種田《たねだ》山頭火《さんとうか》

井戸端《いどばた》のさは《わ》ぎとなりぬ猫の恋　也有《やゆう》［江戸］
寒《さえ》かへ《え》る屋根のさは《わ》ぎや猫の恋　魯九《ろきゅう》［江戸］　立春後に寒さがぶり返す
京の夜《よ》にしてはさわがし猫の恋　鳳朗《ほうろう》［江戸］
大騒ぎ猫とたて［殺陣］するしゅろ箒《ぼうき》　［柳多留］

しかられたねこ【叱られた猫】 犬のように実直さを示せない猫は叱られやすい。関連↓猫を叱る
叱られて目をつぶる猫春隣《はるどなり》　久保田万太郎《くぼたまんたろう》　春隣＝春まぢか、冬の季語
叱られて鼾《いびき》かくなりうかれ猫　一茶
ちひ《い》さなる人形国《にんぎょうこく》の客人に小猫も交《まじ》り叱られにけり　片山廣子《かたやまひろこ》　雛壇（ひなだん）に入りこんで

じしんとねこ【地震と猫】 いきなり来る地震は猫も苦手。
地震して恋猫屋根をころげけり　正岡子規
夜着《よぎ》の地震で雉子猫《きじねこ》がなき出し　［柳多留］　夜着＝寝るときにかけるもの

した【舌】　関連↓猫の舌、猫舌《ねこじた》、舐《な》める猫、猫の化粧、猫呼《ねこよび》

したなめずりするねこ【舌なめずりする猫】 猫が舌なめずりするのは目前に獲物が近づいている時。
恋猫や口なめづ《ず》りをして逃《にげ》る　一茶
何か猫草《くさ》にとり食《は》みつくづくと舌なめずりぬけだし日は秋　北原白秋《きたはらはくしゅう》

しのびあしのねこ【忍び足の猫】 肉球というクッションがあるから猫は忍者になれる。

こひ《い》[恋]猫や何の思ひ《い》を忍びあし　正岡子規

さし足やぬき足や猫も忍ぶ恋　一茶

板葺《いたぶき》をう[憂]しとや猫の忍び足　嘯山《しょうざん》[江戸]　憂し＝いやだ

白き猫しのび足するめでたさよ笛などとりて吹きもやらまし　與謝野晶子《よさのあきこ》　吹いてやりたい

しのびがえしのねこ【忍び返しの猫】　忍び返しは盗賊などが入るのを防ぐため竹・釘《くぎ》・ガラスなど尖《とが》ったものを上に取り付けた塀。恋する猫は意を決して飛ぶ!

飛《とび》すます忍びがへ《え》しや猫の恋　昌房《まさふさ》[江戸]

身につむやしのび返しを通ふ《かよう》猫　梅室《ばいしつ》[江戸]　身につまされる

猫の恋忍び返しの内と外　不二丸[川柳]

琴の音《ね》に忍び返へ《がえ》しを猫が行《ゆ》く　晴芳[川柳]

しのびねこ【忍び猫】　食べ物を盗みに来る猫。ぬき足、さし足、しのび猫。

まないたの関はゆるさじ忍び猫　如風《じょふう》[江戸]

むめ[梅]折《おっ》て赤手拭《あかてぬぐい》やしのび猫　存義《ぞんぎ》[江戸]

しばられたねこ【縛られた猫】　自由を欲する猫は縛られるのを最も嫌う。

縛れて鼾《いびき》かく也《なり》猫の恋　一茶

鶯《うぐいす》や猫は縛られながらなく　一茶

しばられた猫はいづ《ず》れも化《ばけ》たやつ　［柳多留］

黒猫のしばられて居るむごひ事《いこと》　［柳多留］

じゃこうねこ【麝香猫】　ジャコウネコ科の哺乳類の総称。六十種以上が知られる。タヌキやイタチに似た体形で大きさは変異に富む。長い鼻づらをもち、小動物や果実を食べる。アフリカ・ヨーロッパ・アジアの森林や疎林に生息し樹上性のものが多い。多くの種は尾のつけ根に麝香腺《じゃこうせん》をもつ。香猫《かおりねこ》。霊猫《れいびょう》。［大辞林］

最期屁《さいごっぺ》で一番い、は麝香猫　［柳多留］

シャムねこ【シャム猫】　ネコの一品種。タイ原産。体はほっそりとして気品があり、美しい。短毛で、体色は四色が公認され、手足・耳先・顔などに濃色が付く。目は青い。シャム。［大辞林］

じゃれるねこ【戯れる猫】　戯《ざ》れる＝じゃれる。自分の尻尾でも一人遊び。関連→猫をじゃらす

われ物つめよ猫がそばゆる　友雪《ゆうせつ》［江戸］　連句の短句［七七音］　そばゆ＝じゃれる

猫の子のざれて臥《ふ》しけり蚊屋《かや》の裾《すそ》　史邦《ふみくに》［江戸］

猫の子の組《く》んづ《ず》ほぐれつ胡蝶《こちょう》かな　其角《きかく》［江戸］

蝶々《ちょうちょう》を尻尾《しっぽ》でざらす小猫哉《かな》　一茶

猫の子のざれそこなふ《う》や芋《いも》の露《つゆ》　一茶

猫の子のざれなくしけりさし柊《ひらぎ》　一茶　節分の夜、干鰯(ほしいわし)の頭と柊(ひいらぎ)を門にさすが柊が痛くてじゃれることができない

煤竹《すすたけ》にころ〳〵猫がざれにけり　一茶　先端に葉をつけた煤払い用の竹

泣いてゐ《い》る女《おんな》編物にぢ《じ》ゃれる猫　胡枝花［川柳］

衣屋《ころもや》の小猫がじや《ゃ》れる鈴の音　［柳多留］　衣屋＝僧の法衣の仕立て屋

うぬが尾にじや《ゃ》れる子猫の神事舞《しんじまい》　［柳多留］　神社の祭礼の舞

白き猫ひそけき見れば月かげのこぼるる庭にひとり戯《あざ》れぬ　北原白秋《きたはらはくしゅう》　おどける

じゅんれいとねこ【巡礼と猫】　お接待《せったい》を受ける遍路《へんろ》（＝巡礼）が宿で猫にお接待する。

牛がなけば猫もなく遍路宿《へんろやど》で　種田山頭火《たねださんとうか》

巡礼の宿《やど》とる軒《のき》や猫の恋　蕪村《ぶそん》［江戸］

しょうがつのねこ【正月の猫】　歯固《はがた》めは正月の長寿祝の行事。

▽の句は、食物を噛みながら猫よりも噛む力があるよと自慢して笑う。

餅花《もちばな》にとびつく猫や玉《たま》の春　正岡子規　餅花＝団子を枝につけた飾り物

餅花《もちばな》を今戸《いまど》の猫にささげばや　芥川龍之介　捧げよう

歯固《はがため》は猫に勝《すぐ》れて笑《い》ひけり　一茶▽

とぶ工夫猫のしてけり恵《え》方棚《ほうだな》　一茶　年棚

猫啼《ない》て正月めきぬ初月夜《はつづきよ》　長翠《ちょうすい》［江戸］　初月＝陰暦の月初め、夕方に出る細い月

猫の恋六日《むいか》年こし［年越し］更《ふけ》にけり　白雄《しらお》［江戸］

七草《ななくさ》にとゞろく声や猫の妻　介我《かいが》［江戸］　七草＝七草粥（ななくさがゆ）

松かざり二日立《たた》ぬに猫の恋　蒼虬《そうきゅう》［江戸］
猫の子の初杖負《はつづえおう》やさくら鯛《だい》　遅望《ちぼう》［江戸］
古猫《ふるねこ》の相伴《しょうばん》にあふ《う》卯《う》杖《づえ》かな　許六《きょりく》［江戸］　卯杖＝正月初めの卯（う）の日の魔よけの杖

しょうじのあなとねこ【障子の穴と猫】　猫の出入用に障子の一角を貼り残す家も。ありがたいにゃ〜。

家猫《いえねこ》に秋立つ障子つくろはず　石橋秀野《いしばしひでの》　秋になっても障子穴をふさがない
こほろぎを捕《と》り来《き》し猫や障子貼《しょうじはり》　青木月斗《あおきげっと》
うそ寒《さむ》や障子の穴を覗《のぞ》く猫　富田木歩《とみたもっぽ》　うそ（薄）寒＝秋寒
紙一重《かみひとえ》障子の関や猫の恋　牧之《ぼくし》［江戸］
春雨や障子を破る猫の顔　十丈《じゅうじょう》［江戸］
猫の出る障子の穴へ子がのぞき　［川柳］
その通り猫が出てくる障子穴　雀郎《じゃくろう》［川柳］
猫の声障子の穴を立田越《たつたごえ》　［柳多留］『伊勢物語』の句を引く。　猫は障子の穴から自由に出入り

◎上手の猫が爪《つめ》を隠す…才能のある人はむやみにそれを表に出したりしない。能《のう》ある鷹《たか》は爪を隠す。

しょうばんするねこ【相伴する猫】　ラストのお菜《かず》はわたしに。

相《しょう》ばんに猫も並ぶや薬喰《くすりぐい》　一茶　薬喰＝保温・滋養のために獣肉を食べること
猫の飯《めし》相伴するや雀の子　一茶　一緒に食べる

しろねこ【白猫】 全体の毛の色が白い猫。

白猫の見れども高き帰燕《きえん》かな　飯田蛇笏《いいだだこつ》　帰燕＝秋に南に渡る燕

白き猫空に吸《す》はれて野《の》はいちめん夢に眺めしうすら日《び》の照り　明石海人《あかしかいじん》

白き猫泣かむばかりに春ゆくと締《し》めつゆるめつ物をこそおもへ《え》　北原白秋《きたはらはくしゅう》　しめたりゆるめたり

白き猫秋くさむらの照りにを［居《お》］りその葉のそよぎうれしかるらし　北原白秋

白き猫繁《しみ》み身《み》動《じろ》ぐ毛のつやのしづ《ず》かを霜《しも》は外《と》にくだるらし　北原白秋

冬の土しみみ掻《か》きたる種床《たねどこ》にひとりさやけさや白き猫ゐ《い》る　北原白秋　しみみ＝さかんに

明《あ》けはやみこの家《いえ》ぬち［内］もひそみを《お》りしろき猫ひとつ廊下にねむる　石原純《いしはらじゅん》　まだ早朝なので

しろねこ【白猫】 ①おしろいをつけた芸妓《げいぎ》、芸者。②白銀《しろがね》の猫。西行《さいぎょう》の猫。関連→西行《さいぎょう》の猫

盲《めし》ひ子《こ》の座《ざ》右に白猫ながし吹く　飯田蛇笏《いいだだこつ》　客を求めて笛を吹いて歩く

西行庵《さいぎょうあん》に襟足《えりあし》の白ひ《い》猫　［柳多留］

しろねずみとねこ【白鼠と猫】 白鼠は忠実な番頭《ばんとう》の異称。白鼠がいると家が繁盛すると言われた。▽の句は、猫と手を切る（＝馴染《なじ》んだ遊女と別れさせる）談判《だんぱん》に出る番頭。

猫の手をきる掛合《かけあい》に白ねづ《ず》み　猫尾［川柳］▽

猫が付《つく》店から落《おち》た白鼠　［柳多留］　白鼠が消えて店は没落

白鼠わるい猫には寄り付《つか》ず　［柳多留］

白鼠猫の近所え《へ》よりつかず　［柳多留］

白鼠息子の猫をづ《ず》つう［頭痛］にし　［柳多留］

白鼠猫の皮をも止《や》めにさせ　［柳多留］　猫の皮＝三味線を弾く女

白鼠猫へ通《かよ》つて尾は見せず　［柳多留］　猫（遊女）で遊んでも身を持ち崩さない

しわすのねこ【師走の猫】　忙しがる世の中に猫の影は薄くなる。

師走ゆきこの捨猫《すてねこ》が鳴いてゐ《い》る　種田山頭火《たねださんとうか》

年忘《としわす》れ折々《おりおり》猫の啼《な》いて来る　正岡子規　年忘れ＝忘年会

極月《ごくげつ》や廿九日《にじゅうくにち》の猫の恋　一茶　極月《ごくげつ》＝十二月

御仲間に猫も坐《ざ》とるや年忘《としわすれ》　一茶　坐とる＝席をもらう

年《とし》の内《うち》に春は来にけり猫の恋　一茶　年内立春

年のうちに猫は来にけり二疋《ひき》づれ　竹子［江戸］

猫の声いと物すごき師走かな　百里《ひゃくり》［江戸］

しんねこ【真猫】　しんみりねっこり。男女が人目を避けて仲良く語りあうこと。

新猫やお客飛《とび》こむ三味《しゃみ》のおと　松葉［川柳］　三味線の音

真猫はやんわり〆《しめ》る首ッ玉　北斎《ほくさい》［江戸］

しん猫の部屋立聞《たちぎき》の鼠なき　［柳多留］　立聞きがばれてチュチュと啼いて鼠のふり

しん猫の部屋笄《こうがい》の鈴がなり　［柳多留］　笄＝女性の髪飾り

◎心配は猫をも殺す…猫でさえ心配事が多いと死ぬことがある。人間ならなおさら。

すいびょう【睡猫】　ねむっている猫。ねむり猫。すいみょう。関連→猫眠る

スコティッシュフォールド　イギリスに起源を持つ家猫《いえねこ》の一品種。前方に折れた耳と丸みを帯びた体、哀愁に満ちた目が特徴。性格はのんびり穏やかで遊び好き。折れ耳で有名だが立ち耳の子もいる。

すずみねこ【涼み猫】　涼風《すずかぜ》の流れを感じ取り、涼風に添う猫。

縁側《えんがわ》に猫と並んで涼みけり　岡本綺堂《おかもときどう》

樋《ひ》あはひ《わい》［庇間］に猫よく寝たり下涼《したすずみ》　其角《きかく》［江戸］　庇間《ひあわい》＝家と家との間の日がささない所

すずめとねこ【雀と猫】　雀取る猫、猫を追う親雀。一騎打ちだ、そりゃっ！

雀・仔猫《こねこ》病院やっ《つ》と露《つゆ》乾く　橋本多佳子《はしもとたかこ》

寒雀《かんすずめ》猫にとられてまろ〳〵と　吉岡禅寺洞《よしおかぜんじどう》

猫去りて矢《や》と降《ふ》り来《き》たる寒雀　辻長風［ハ］　猫がいなくなったとたん

親雀《おやすずめ》子を返せとや猫を追ふ《う》　一茶

猫飼《かわ》ずば罪作らじを雀の子　一茶　なまじ猫を飼うから雀の殺生に手を貸す形に

納屋《なや》の子に雀くは《わ》へ《え》てゆく猫と子をばとられて鳴ける雀と　岡麓《おかふもと》

◎雀の上の鷹《たか》猫の下の鼠《ねずみ》…危難が身近に迫って避けがたいことのたとえ。

すてねこ【捨猫】（飼い主に）猫はごみじゃないんだよ。関連→猫を捨てる

甃坂《いしざか》にすくむ頭勝《ずが》ちの捨仔猫《すてこねこ》　橋本多佳子《はしもとたかこ》　頭でっかちの猫

捨仔《すてこ》猫《ねこ》見捨てし罪を負《お》ひ帰る　橋本多佳子

捨猫によびかけられて見送らる　橋本多佳子

捨猫のこゑ《え》［声］が蹤《つ》きくる背《せな》を突き　橋本多佳子

こんなに晴れた日の猫が捨てられて鳴く　種田山頭火《たねださんとうか》

山里《やまざと》をのぼりきて捨猫二匹　種田山頭火

捨てられて仔猫《こねこ》が白いの黒いの　種田山頭火

捨猫泣きかは《わ》すなりさみだるるなり　種田山頭火　さみだるる＝さみだれが降る

夏草や捨猫めぐり飛ぶ鴉《からす》　勝峯晋風《かつみねしんぷう》

棄猫《すてねこ》のないて麻畑《あさばた》月夜かな　日野草城《ひのそうじょう》

捨て猫の石をかぎ居《い》つ草いきれ　富田木歩《とみたもっぽ》　捨て猫の不安な気持ち

捨《す》てられて子猫鳴《なき》けり霜《しも》の中　松瀬青々《まつせせいせい》

昼顔に猫捨てられて啼《な》きにけり　村上鬼城《むらかみきじょう》

猫の子は何処《どこ》に泣き居《お》り草を刈る　西山泊雲《にしやまはくうん》

すなどりねこ【漁猫】フィッシング・キャット。約八十五センチの大形の山猫《やまねこ》。体は灰褐色で、暗褐色

の斑点がある。海岸や湖沼の近くの茂みにすみ、巧みに泳いで魚を捕る。東南アジアからインドに分布。

するめとねこ【するめと猫】 猫にスルメをやると腰を抜かすって本当?

猫の柩《ひつぎ》に大きするめを入れにけり　日野草城《ひのそうじょう》

烏猫《からすねこ》めでたく喰《く》ふはするめ也《なり》　［柳多留］

黒猫にとう〳〵するめひかせたり　［柳多留］　ひかせる＝盗ませる

ぜいたくなねこ【贅沢な猫】 猫は着せ替え人形じゃないんだわニャン。

河豚《ふぐ》好《この》む家や猫までふぐと汁《じる》　几董《きとう》［江戸］

小袖《こそで》着ぬばかりに猫の育《そだ》てられ　宇兆《うちょう》［江戸］

猫栄耀炬燵《えようこたつ》にう［倦］んで土鉢《どばち》入れ　［柳多留］　栄耀＝ぜいたく、倦んで＝あきて

猫のネクタイ令嬢《れいじょう》の引出物《ひきでもの》　赤花［川柳］

せいびょう【成猫】 成長した猫。

◎雪隠《せっちん》へ落ちた猫…雪隠＝トイレ。きたなくて手がつけられない。つかまえどころがないこと。

せみとねこ【蟬と猫】 鳴いて飛び回る蟬は猫の格好のターゲット。

わがそばに夜蟬《よぜみ》を猫が啼《な》かし啼《な》かし　橋本多佳子《はしもとたかこ》

手《て》だゆげに青葉ぞゆるる日の暮《く》れがた蟬をくは《わ》へ《え》て帰り来《き》し猫　岩谷莫哀《いわやばくあい》　手だゆげに＝だるそうに

せをたてるねこ【背を立てる猫】 猫は怒ると背中を立てて容積を大きく見せる。関連→怒《いか》る猫

背中に知れる猫の腹立《はらだ》ち　［武玉川］
やを《お》らそびらを高《たこ》うして猫はフウ　［柳多留］　そびら＝背中、やおら＝急に
犬を見て猫は背中で腹をたち　［柳多留］
腹立ちを猫は背中へたてる也《なり》　［柳多留］

ぜんのねこ【膳の猫】　お膳は猫の好きなポジション。
猫の子の膳に随《つ》き来る旅籠《はたご》かな　松藤夏山《まつふじかざん》　膳＝料理、食事
膳先《ぜんさき》の猫にも年をとらせけり　一茶　正月膳の前の猫も少し食べ物をもらって一つ年をとる

そうぎとねこ【葬儀と猫】　霊感が強く魂《たま》取《と》ると言われて猫は通夜《つや》から遠ざけられる。
捨猫《すてねこ》の墓場で三日泣いて死に　〇丸《れいがん》［川柳］
湯《ゆ》くわん《か》［灌《かん》］場《ば》の所作《しょさ》には猫がふりを付《つけ》　［柳多留］　湯灌場《ゆかんば》は江戸時代、寺の一画に設けられた
猫も歯のたゝぬは棺《ひつぎ》の赤いわし　［柳多留］　赤鰯＝錆び刀の異名。死人の枕上に置く

そうせきのねこ【漱石の猫】　明治四十一年（一九〇八年）九月十三日死亡。漱石の出した手紙によると「うらの物置のヘッツイの上にて逝去」「埋葬の儀《ぎ》は車屋にたのみ、箱詰にて裏の庭先に」。ちなみに『吾輩は猫である』の猫（吾輩）は、ビールを飲んでよっぱらい、水甕《みずがめ》に落ちてみまかる。
この下に稲妻起《いなずまおこ》る宵《よい》あらん　夏目漱石　猫の墓標に漱石が書いた句。猫の光る眼を稲妻にたとえた
先生の猫の死にたる夜《よ》寒《さむ》かな　松根東洋城《まつねとうようじょう》　以下は漱石の猫への弔句

吾輩の戒名も無き芒《すすき》かな　高濱虚子《たかはまきょし》　漱石の飼猫と『吾輩は猫である』の猫には名前がない

猫の墓に手向《たむ》けし水の(も)氷《こお》りけり　鈴木三重吉《すずきみえきち》

蚯蚓《みみず》鳴くや冷たき石の枕元　寺田寅彦《てらだとらひこ》

そしょうねこ【訴訟猫】　猫は食べていてもまだ貰《もら》ってませんという顔をする。

飯《めし》くへ《え》ば君が方へと訴訟猫　其角《きかく》[江戸]

そとねこ【外猫】　飼い猫のように家の中で飼育せず、外で餌《えさ》を与える猫。

た行

だいがくねこ【大学猫】　大学内の地域猫。大学構内に住みついている野良猫《のらねこ》のこと。

たいわんやまねこ【台湾山猫】　ベンガルヤマネコの台湾産の亜種。石虎。

◎**たくらだ猫の隣ありき**…よその用を手伝っても自分の家の用をしないこと。

たけにねこ【竹に猫】　「竹に虎」の絵画の構図のように、竹林《ちくりん》に入った猫。

若竹に猫の寝てゐ《い》る畳かな　長谷川零余子《はせがわれいよし》

欺《こ》うかけと云《いわ》ぬばかりか猫に竹　一茶

竹の雨ざっ《つ》ぷり浴《あび》て猫の恋　一茶

竹原や二匹あ［荒］れ込む猫の恋　去来《きょらい》［江戸］
雪舟《せっしゅう》の筆と称する竹に猫　剣花坊《けんかぼう》［川柳］
竹を書くからは猫ではないと見へ《え》　［柳多留］
似《に》て非《ひ》也桐《なりきり》に鶏《にわとり》 竹に猫　［柳多留］

たけりねこ【猛り猫・哮猫】 発情期に盛んに鳴く猫。
おもひ《い》かねその里《さと》たける野《の》猫哉《ねこかな》　己百《きはく》［江戸］　恋しさのあまり
どこぞでは婆々《ばば》にやならん猛り猫　巣兆《そうちょう》［江戸］

たわらのねこ【俵の猫】 俵は遊ぶのにちょうどいいにゃ～。
春寒《はるさむ》や俵に猫のうす眠り　巌谷《いわや》小波《さざなみ》　立春後の寒さ
よい事《こと》に猫がざれけり福俵《ふくだわら》　一茶　福俵＝俵形の縁起物
福俵《ふくだわら》よい事《こと》にして猫ざれる　一茶　これはちょうどよいとじゃれる

たわれねこ【戯れ猫】 春の交尾期、恋猫となって戯《たわ》けたようにふるまう猫。春の季語。
にくまれてたは《わ》れありくや尾切猫《おきれねこ》　蘆本《ろほん》［江戸］　ありく＝歩く
竹の子に身をする猫のたは《わ》れ哉《かな》　許六《きょりく》［江戸］
黒き猫黄《き》なる猫などたは《わ》れつつ小雨《こさめ》すぎたる庭暮《く》れむ《ん》とす　明石《あかし》海人《かいじん》

ちいきねこ【地域猫】 特定の飼い主がなく、地域住民がルールを作って共同で飼育管理する猫。

ちょうとねこ【蝶と猫】 ひらひらと飛ぶ蝶の自由は猫にも羨ましい。

桶伏《おけぶせ》の猫を見舞《みまう》やとぶ小蝶《こちょう》　一茶　関連→桶伏《おけぶせ》の猫

蝶々《ちょうちょう》を尻尾《しっぽ》でなぶる小猫哉《かな》　一茶　なぶる＝からかう

若猫は胡蝶《こちょう》ちらめく日あたりに　金貞［江戸］　ちらめく＝ちらつく

蝶は忙《せわ》し猫は閑《かん》なり秋日和《あきびより》　小川芋銭《おがわうせん》

蝶を噛《かん》で子猫を舐《ねぶ》る心哉《かな》　其角《きかく》［江戸］　ねぶる＝なめる

ちょっかいするねこ【ちょっかいする猫】 前足の片方で物をかき寄せる動作。横から干渉すること。

花茨《はないばら》ちよ《ょ》つ《っ》けいを出す小猫哉《かな》　一茶　野ばらの花に

猫の子がちよ《ょ》いと押へ《おさえ》るおち葉哉《かな》　一茶

風のおち葉ちよ《ょ》い〱猫［が］押へ《え》けり　一茶

ちよ《ょ》つ《っ》かいに立つ名ぞ惜《おし》き猫の夢　自悦《じえつ》［江戸］

ちよ《ょ》つ《っ》かいでさすつ《っ》てあたる猫火鉢《ねこひばち》　［柳多留］

つかれたねこ【疲れた猫】 猫には根詰《こんつ》めた活動は無理。怠けてるわけじゃない。

母猫が子につかは《わ》れて疲れけり　一茶

恋猫のひねもす眠るつかれかな　槐堂［イ］

つきとねこ【月と猫】 「夢が気になるお月さま／黄色いお月の出る晩にや《ゃ》／黒猫さんでも来るや《ょ》う

に／うつ《っ》そりほんのり出ておくれ／三角お月が黄色なら／三角お月が出ておくれ／黒猫さんさへ《え》来てくれりや《ゃ》／夜《よ》つ《っ》ぴて夜《よ》とほ《お》しまちあかす」野口《のぐち》雨情《うじょう》の詩「黒猫さん」

春月や地上に猫が猫と会ふ《う》　橋本多佳子《はしもとたかこ》

恋猫に山の月光小枝もかくさず　橋本多佳子

街の雑音しづ《ず》もれば恋猫《こいねこ》の月　種田山頭火《たねださんとうか》　静けさが深まれば

学僧《がくそう》に梅の月あり猫の恋　高濱虚子《たかはまきょし》　修学中の僧に　梅の香りのする月夜

猫の恋片割月《かたわれづき》のあはれ《わ》なり　角田竹冷《かくたちくれい》　相手が見つからない猫は半月のように淋しい

猫の恋火入《ひい》りの月をおもふ《う》かな　久保田万太郎《くぼたまんたろう》　野焼き（火入れ）にけぶる月を見る

猫の恋隈《くま》なく月の照つ《っ》てを《お》り　久保田万太郎

猫の恋月に嘯《うそぶ》くとはいへ《え》ど　川端茅舎《かわばたぼうしゃ》　嘯く＝ほえる

炭部屋《すみべや》に猫の恋聞く二十日月《はつかづき》　三鼠［イ］　陰暦二十日の月

恋猫に有明《ありあけ》の月のかゝりけり　亜満《あま》［江戸］　夜が明けても残っている月

つきよのねこ【月夜の猫】　月夜の浮かれ歩きは猫も好き。

月夜の家根《やね》に猫が鳴く寒い村を抜ける　大橋裸木《おおはしらぼく》

見えぬ雨ふる月夜にて白き猫ゆけり　栗林一石路《くりばやしいっせきろ》

春の猫磯《いそ》の月夜を鳴きわたる　村上鬼城《むらかみきじょう》

静けさや白猫渉《わた》る月の庭　日野草城《ひのそうじょう》
大比叡《おおひえ》の表月夜《おもてづきよ》や猫の恋　鈴木花蓑《すずきかすい》　比叡山
八《や》ツ手《で》の月夜もある恋猫　尾崎放哉《おざきほうさい》
恋猫の又してもなく月夜かな　井上井月《いのうえせいげつ》
いつまでか月夜の猫の恋すらん　古洲［イ］
恋すれば猫にも照らす月夜かな　太筇［江戸］
草陰《くさかげ》の猫もけしきやけふ《きょう》の月　梅室《ばいしつ》［江戸］　今日の月＝仲秋の名月。草に半分隠れた猫も景色になるよ
白猫とジヨ《ヨ》ウカア《ア》とで［出］《て》、たは《わ》むる林檎畑《りんごばたけ》の春の夜《よ》の月　竹久夢二《たけひさゆめじ》

つしまやまねこ【対馬山猫】 長崎県対馬に生息する野生猫。ベンガルヤマネコの亜種とされる。家《いえ》猫《ねこ》よりひとまわり大きく、小動物を捕食。氷河期に朝鮮半島から渡来して対馬に隔離されたと考えられ生物地理学的に貴重な種。生息数は百頭未満。天然記念物。［大辞林］

つまこうねこ【妻乞う猫】 妻を恋《こ》い慕《した》う猫。恋をして野良猫も物のあわれを解するか。
つま恋《ごい》ひや槌《つち》引いて行《ゆ》く猫もあり　林鳥《りんちょう》［江戸］
のら猫の妻乞ふ《う》猫はこま〴〵と　一茶　ささいなことにこだわる
のら猫も妻乞ふ《う》声は持《もち》にけり　一茶
妻乞《つまごい》や一角《ひとかど》とれしのらの猫　一茶　世間を知ってとげとげしいところが取れる

よく見れば乞《こわ》る、妻やこちの猫　召波《しょうは》［江戸］　こち＝こちら

妻こふ《う》やねう〳〵と鳴《なく》猫の声　政好《せいこう》［江戸］

妻恋《つまごい》や気疎《きょうと》き野良の猫の声　正藤［江戸］　気味悪い

妻こ［恋］ふ《う》る声もけうときのらね［野良鼠］哉《かな》　一興《いっきょう》［江戸］　好物のネズミさえうとましい恋猫

つまだつねこ【爪立つ猫】　どうしても見たいものがあれば猫も爪先立つ。

土ほてり闌《た》けつつもあるか日のさかり爪立ちてしろき猫はかまへ《え》ぬ　北原白秋《きたはらはくしゅう》

つめかくすねこ【爪隠す猫】　人を攻撃する爪はないと思われた方が気が楽だ。

よい猫が爪かくす也《なり》夏座敷《なつざしき》　一茶　気持ちのよい夏座敷で爪研ぎしないお利口さんの猫

爪かくす日比《ひごろ》わすれて猫の恋　且爾《しょじ》［江戸］　ふだんは爪を隠していたことも忘れて恋敵を追い散らす

猫つめをかくして畳《たたみ》たゝくなり　［柳多留］

望まれて爪をかくして猫を出し　［柳多留］

つめとぐねこ【爪研ぐ猫】　狩猟動物としての猫の本能が目覚める瞬間。

寒《かん》の家爪とぐ猫に声を発す　西東三鬼《さいとうさんき》　やめろと叱られる

爪とぐ猫幹《みき》ひえびえと桜咲く　西東三鬼

田のくろに猫の爪研ぐ燕《つばめ》かな　村上鬼城《むらかみきじょう》　くろ（畔）＝あぜ

なま壁《かべ》に爪とがんとすうかれ猫　梅室《ばいしつ》［江戸］　生壁＝ぬりたての壁

のら猫の爪とぐ程や残る雪　一茶　日陰に残る堅雪（かたゆき）
一番に猫が爪とぐ衾哉《ふすまかな》　一茶　衾＝かけぶとん
爪立《つめたて》る猫の跡見る柳かな　紫貞女《していじょ》［江戸］
恋猫のそら爪《づめ》立てる柱かな　甫尺《ほせき》［江戸］　爪をとぐまね

つゆのねこ【梅雨の猫】　毛もむれるし、じめじめする季節はいやだにゃ〜。関連→雨の猫
梅雨の猫しきりにないてゐ《い》たりしが　久保田万太郎《くぼたまんたろう》
梅雨の猫つぶらなる目をもちにけり　久保田万太郎
五月雨《さみだれ》や又一《ひと》しきり猫の恋　白雪《はくせつ》［江戸］　五月雨の季節になって猫の恋がぶりかえしたよ

てがいのとら【手飼の虎】　飼猫《かいねこ》のこと。

てじ【手白】　「てじろ」の略。前足の先の毛が白い猫。ソックスをはいた猫。
てじが糞《まり》鏡の影にうつり来て　友雪《ゆうせつ》［江戸］　まり＝ふん
ねうといへ《え》ば枕だにせで手白《てじ》が恋　独圃［江戸］

てならしたねこ【手馴らした猫】　飼いならした猫。「手馴《てな》らし、猫の、いとら《ろ》う［臈］たげにうち鳴きて、来たるを…」［源氏物語・若菜下］　関連→女三《にょさん》の宮《みや》の猫
恋《こい》ひわぶる人の形見《かたみ》と手馴《てな》らせばなれよ何《なに》とて鳴くね［音］なるらん　柏木《かしわぎ》［源氏物語］

てぬぐいとねこ【手拭と猫】　ねこじゃねこじゃと手ぬぐい被《かぶ》って猫踊り。

化《ばけ》るなら手拭かさん猫の恋　一茶　かさん＝貸そう

手拭うせて猫もなくなる　［武玉川］　手ぬぐい被ってどこかに行ったか

手拭が見《え》へず三毛猫《みけねこ》うたぐられ　［柳多留］

手拭をかぶつ《っ》て猫は追出され　［柳多留］

てらのねこ【寺の猫】　お供《そな》え物もあって静かなお寺はいいにゃ〜。

小雨降る化物寺《ばけものでら》や猫の恋　広江八重桜《ひろえやえざくら》

大寺《おおでら》に障子は［貼］る日の猫子猫　三好達治《みよしたつじ》

猫白き宵《よい》なり夜《よ》なり春の寺　山口鶯子《やまぐちおうし》

須弥壇《しゅみだん》の猫に恋する野寺《のでら》かな　露骨［イ］　須弥壇＝仏像を安置する壇

桃咲《ももさく》や御寺の猫のおくれ恋《ごい》　一茶

蝶々《ちょうちょう》や猫と四眠《しみん》の寺座敷　一茶　四眠＝蚕が繭になるまでの四回の脱皮

こひ《い》猫やわが古寺になき別れ　暁台《きょうたい》［江戸］

嫁《とつ》ぎ来て大寺《おおでら》淋し猫の恋　五黄［コ］

妻恋《つまごい》は人やとがめん寺の猫　智月尼《ちげつに》［江戸］　色恋御法度のお寺は猫の恋でもとがめられる

近辺《きんぺん》の猫に大黒《だいこく》気を配り　［柳多留］　大黒（＝僧侶の妻）が目を光らせる

てらまちのねこ【寺町の猫】　涅槃図《ねはんず》には漏《も》れたけど恋も無常もある寺町は楽しいにゃ。

寺町や猫と涅槃《ねはん》の恋無常《こいむじょう》　也有《やゆう》［江戸］

どじょうねこ【泥鰌猫】　鼬穴熊《いたちあなぐま》の異名。

となりのねこ【隣の猫】「うちの猫」が可愛いいのは飼い主だけで、近隣は迷惑。

内《うち》のチヨ《ヨ》マが隣のタマを待つ夜《よ》かな　正岡子規

お隣の猫と聞こえる様《よう》に云《い》ひ《い》　墨水［川柳］

となりのねこをむごくぶちしらぬかほ《お》［顔］　［川柳］

升落《ますおと》し隣の猫へ使者を立《たて》　［柳多留］　升落し（ねずみを捕る仕掛）より効き目のある猫を隣の家から借り出す

うつゝなきいたづ《ず》らがきをいつのまにとなりの小猫くはへ《え》ていにし　山川登美子《やまかわとみこ》

とびつくねこ【飛びつく猫】

うしろから猫の飛びつく袷哉《あわせかな》　正岡子規　袷の着物

わが手より松の小枝にとびうつる猫のすがたのさびしきたそがれ　若山牧水《わかやまぼくすい》

とぼけるねこ【とぼける猫】　表情が抑制的な猫は大事な場面でもしらばくれて見える。

顔つきの空《そら》にもどりて猫の恋　野紅《やこう》［江戸］

のら猫も人目《ひとめ》の関《せき》にそら寝哉《ねかな》　里鳥［江戸］

叱られて鼾《いびき》かくなりうかれ猫　一茶

叱られて目をつぶる猫春隣《はるどなり》　久保田万太郎《くぼたまんたろう》　春隣＝春まぢか、冬の季語

トム・キャット　雄猫《おすねこ》。女たらしの浮気な男。

とらねこ【虎猫】　毛の色が虎斑《とらふ》、つまり虎毛《とらげ》の猫。関連→雉猫《きじねこ》

黒虎毛《くろとらげ》十《とお》が十色《といろ》の子猫哉《かな》　一茶　十猫十色、それぞれ色も模様も違う

黒虎毛《くろとらげ》十《とお》が十色《といろ》の毛なみ哉《かな》　一茶

藪《やぶ》医者の家根《やね》に虎猫さか[交]《っ》てる　[柳多留]

そら豆も苺《いちご》も花もつ菜園にとら毛《げ》の猫が草とあそべる　片山廣子《かたやまひろこ》

虎猫はうづ《ず》くむ春のひねもすを白小雲出《い》でてうつら消えたり　北原白秋《きたはらはくしゅう》　うずくむ＝うずくまる

春のねぶりともすれば覚《さ》むる虎猫の啼くなる咽喉《のみど》あかくひらきつ　北原白秋　ねぶり＝眠り

虎猫やけだし荒もの前掻きて後背《あとぜ》高むる眼のすゑ《え》どころ　北原白秋

虎猫の尾のするどかる戯《たわむ》れは春山ゆゑ《え》に将《は》た感ずらし　北原白秋

狸《たぬき》を見て虎猫を見て春ゆふ《う》べ大栗橋に来てひもじくなりぬ　北原白秋

どらねこ【どら猫】　よそのものを盗み食《ぐ》いなどするふてぶてしい猫。飼い主の定まっていない猫。

どら猫に恋の名もあり祇園町《ぎおんまち》　正岡子規　祇園町のどら猫にも恋の相手が

どら猫のけふ《きょう》もくらしつ草の花　一茶　草の花＝数々咲く野の小花

トラのし【トラの死】　久保田万太郎《くぼたまんたろう》の飼猫《かいねこ》トラの死。寒夜＝寒い冬の夜。

汝《な》が声にまぎれなかりし寒夜《かんや》かな　久保田万太郎　寒夜のかなたから聞こえてくる声はたしかにお前（猫）の声だ

汝が声の枕をめぐる寒夜かな　久保田万太郎

鎌倉にかも汝は去りし寒夜かな　久保田万太郎

汝をおもふ《う》寒夜のくらき海おもふ《う》　久保田万太郎

汝が眠りやすかれとのみ寒夜かな　久保田万太郎

汝が声の闇《やみ》にきえたる寒夜かな　久保田万太郎

とりとねこ【鶏と猫】　猫は鳥肉が好き。

鶏《とり》と猫雪ふる夕べ食べ足《た》りて　橋本多佳子《はしもとたかこ》

大根《おおね》室鶏《むろとり》捕る猫の出城《でじろ》かな　菅原師竹《すがわらしちく》

猫が鶏《とり》殺すを除夜《じょや》の月照らす　西東三鬼《さいとうさんき》

うかれきて鶏追《とりおい》まくる男猫哉《おねこかな》　一茶

七面鳥肉嘴《しちめんちょうにくし》朱《しゅ》に燃えてなげけどもかかは《わ》りもなし犬、猫、鶏《にわとり》　宇津野研《うつのけん》

どろねこ【泥猫】　泥足で帰って来た猫はどこにでも肉球《にくきゅう》スタンプを付けて歩く。

拭くあとから猫が泥足つけてくれる　尾崎放哉《おざきほうさい》

霜解《ゆきどけ》の猫の雑巾濡縁《ぬれえん》に　松本たかし

恋猫の夜毎《よごと》泥置く小縁《こえん》かな　本田《ほんだ》あふひ

雨降る日泥ふり払ふ《う》黄《き》なる猫　目頓痴［川柳］

とらえて猫の泥拭《ふい》てやる　雪瓜《せっか》［江戸］　連句の短句［七七音］

どろぼうねこ【泥棒猫】　他人《ひと》の家から好きな食べ物を盗《と》ってくる猫。関連→盗人猫《ぬすっとねこ》

稲塚《いなづか》に泥棒猫の寝《ね》こけけり　村上鬼城《むらかみきじょう》　正体なくぐっすり眠る

せま［狭］庭の横打栗《よこうつくり》やどろぼ猫　一茶

玉棚《たまだな》にどさりとねたりどろぼ猫　一茶　玉棚（魂棚）＝お盆の供え物を置く棚

恥入《はじい》てひらたくなるやどろぼ猫　一茶

みゝづ《ず》くは泥棒猫に羽《は》が生え　剣花坊《けんかぼう》［川柳］　みみずくは猫と頭と目がそっくり。違うのは羽があるなし

猫の白浪夜半《しらなみよわ》にひく沖津鯛《おきつだい》　［柳多留］　魚を盗む

引出《ひきいだ》す海鼠《なまこ》の猫はもてあまし　［柳多留］　盗んではみたものの

とをあけさせるねこ【戸を明けさせる猫】　外歩きから帰った猫は一声《ひとこえ》にゃ〜。

猫の子の襖《ふすま》あけよと鳴きにけり　増田龍雨《ますだりゅうう》

戸明《とあけ》よと猫の呼《よば》るや冬の月　四睡《しすい》［江戸］　呼ばる＝呼ぶ

門番が明《あけ》てやりけり猫の恋　一茶

戸をあけてはなちやり梟《けり》猫の恋　白雄《しらお》［江戸］

思ひ《い》あまり猫はなちやる雨夜《あまよ》かな　大江丸《おおえまる》［江戸］

閉《し》めた戸をも一度開《あ》ける猫の声　幸吉［川柳］

な行

ながぐつをはいたねこ【長靴をはいた猫】 フランスのシャルル・ペローが童話として書いた昔話。また の名を猫吉親方《ねこきちおやかた》。小猫が活躍する話。

ながしめのねこ【流し目の猫】 気にしてると思われたくない時、気取り屋の猫は横目《よこめ》遣《づか》いする。

芍薬《しゃくやく》へ流眄《ながしめ》の猫一寸《ちょっと》伝法《でんぽう》　川端茅舎《かわばたぼうしゃ》　伝法＝いなせである

餌追《えお》はれて猫の横目や鳳仙花《ほうせんか》　原月舟《はらげっしゅう》

帰り来る猫の尻目《しりめ》や植木棚　秋挙《しゅうきょ》［江戸］

流し目に時定《さだま》らぬ猫の恋　［柳多留］

猫の尻目も物盗む時　［武玉川］

◎鳴かぬ猫は鼠《ねずみ》を捕《と》る…おしゃべりでない者の方が、実行力があることのたとえ。

なくことねこ【泣く子と猫】 猫の鳴く声と赤ん坊の泣き声は似ている。

うつゝなに泣く児《こ》あやすや猫の恋　高橋淡路女《たかはしあわじじょ》　うとうとぼんやりしながら

乳《ち》のみ子《ご》は恋猫程《ほど》になきにけり　正岡子規

霜《しも》の夜《よ》や赤子《あかご》に似たる猫の声　正岡子規

啼《な》くをふと猫かとおもひ《い》しにわが児《こ》なりきを《お》かしくやがて悲しくなりぬ　土岐《とき》哀果《あいか》

◎鳴く猫は鼠《ねずみ》を捕《と》らぬ…おしゃべりな者は実行が伴わないというたとえ。

なつくねこ【なつく猫】 いい関係を作りたいから、よろしくね。

夕闇《ゆうやみ》の猫がからだをすりよせる　種田《たねだ》山頭火《さんとうか》

猫の子のなつく暇《いとま》や文使《ふみづかい》ひ　飯田《いいだ》蛇笏《だこつ》　文使い＝手紙を届ける使い

颱風《たいふう》やなき寄る猫もなつかしき　日野《ひの》草城《そうじょう》

出代《でがわ》りや猫から先へ馴《な》れ染《そ》むる　李由《りゆう》［江戸］　出代（出替）＝雇人の交替

なでもの【撫で物】 ①形代《かたしろ》。けがれをはらう禊《みそぎ》や祈禱《きとう》に用いる人形。②小袖《こそで》。③猫のこと。

なのはなとねこ【菜の花と猫】 浮かれ心で菜の花畑にまで出張ってしまった。お花がきれいだにゃ〜。

菜の花や街道ありく黒き猫　島村元《しまむらはじめ》

菜の花にまぶれて来たり猫の恋　一茶

菜の花や屋根に鶏《にわとり》畦《あぜ》に猫　梅室《ばいしつ》［江戸］

なぶるねこ【なぶる猫】 なぶるはからかう、もてあそぶの意。猫は捕った獲物をすぐには食べずに、見せびらかしたり振り回したりしてしばらくいたぶる。

冬蠅《ふゆばえ》をなぶりて飽《あ》ける小猫かな　村上《むらかみ》鬼城《きじょう》

山寺の猫夜中《よなか》虫とつ《っ》て来てあそぶ　種田《たねだ》山頭火《さんとうか》

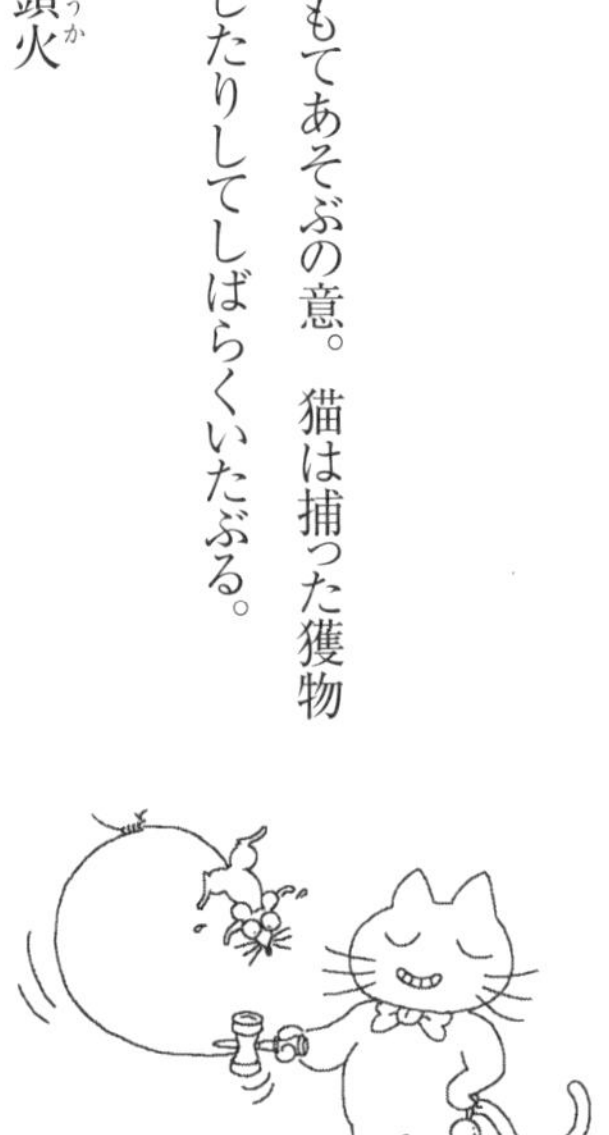

花大根《はなだいこ》黒猫鈴をもてあそぶ　川端茅舎《かわばたぼうしゃ》

大猫《おおねこ》の尻尾《しっぽ》でなぶる小蝶《こちょう》哉《かな》　一茶

猫の子の巾着《きんちゃく》なぶる涼《すず》みかな　去来《きょらい》［江戸］　巾着（小物入れ）にじゃれる

なめるねこ【舐める猫】 暑い時、舐めることは体温を下げるのにも役だっているらしい。

胸なめゐ《い》し猫炎天《えんてん》に啼《な》き上げし　川口重美《かわぐちしげみ》

猫の子の舌ちらちらとおのれ舐む　日野草城《ひのそうじょう》

蜥蜴《とかげ》食《く》ひ猫ねんごろに身を舐める　橋本多佳子《はしもとたかこ》

猫が来て氷を舐《ねぶ》りはじめたり　橋本多佳子　ねぶる＝なめる

猫の子は菫《すみれ》の花をねぶりけり　松瀬青々《まつせせいせい》

猫の子や顔なめ合つ《っ》て籠《かご》の中　冷石［サ］

たつ《っ》た今洗《あろ》うた足を猫が嘗《なめ》　貞佐《ていさ》［江戸］

足ねぶられて猫と千鳥《ちどり》を聞夜哉《きくよかな》　一笑（金沢）［江戸］

舐《ねぶ》らする指に猫の子まろびけり　露舐［江戸］　まろぶ＝ころがる

山は猫ねぶりていくや雪のひま　芭蕉　猫が雪をなめながら歩いたらしい　跡の雪がまばらになっているよ

灯《ひ》を暗《くら》め眠らむ《ん》とする部屋隅《すみ》に音なく胸をなめて猫居《お》り　相良宏《さがらひろし》

なんせんざんみょう【南泉斬猫】 禅の公案の一つで画題とされる。東西両堂が猫の子の仏性《ぶっしょう》の有無（猫に仏の心があるかどうか）について争ったとき、唐の禅僧南泉が猫の子をとらえ会《え》得《とく》したところを明らかにせよと迫り、返答がなかったためその猫を斬《き》ったという故事。［大辞林］

南泉の猫斬《き》り捨てし秋の水　正岡子規　澄み切った水、禅の境地

南泉の猫捨てられつ秋の水　正岡子規

南泉の声逃《のが》れてや猫の恋　玉英［江戸］

南泉はあらそふ《う》猫を提《ひっさ》げて　長頭麿《ちょうずまろ》［江戸］

にくきゅう【肉球】　猫や犬などの足の裏にあって地面と接する肉質球状の部分。蹠球《しょきゅう》。

にげるねこ【逃げる猫】　猫は逃げ足が速い。

灯《ひ》を出せば恋猫逃げてしまひ《い》けり　山口花《やまぐちか》笠《りゅう》

かつしかや猫の逃込《にげこ》むかや［蚊帳］のうち　一茶　かつしか（葛飾）は地名

一番に猫の逃げたる蚊遣《かやり》かな　巴雀《はじゃく》［江戸］

顕《あらわ》れて逃げるはやさし猫の恋　林紅《りんこう》［江戸］　やさし（易し）＝かるがると

猫逃げて梅動《ゆすり》けりおぼろ月《づき》　言水《ごんすい》［江戸］

尼寺《あまでら》を夜《よ》逃《にげ》にしてや猫の恋　慎車［江戸］

あかなくにまだらや逃《にぐ》る猫の妻　林元《りんげん》［江戸］

たがひ《い》に霧を吹掛《ふきかけ》て猫は逃《にげ》　［柳多留］

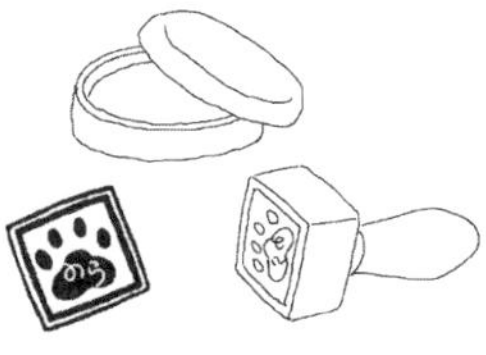

むねうちに皿をころして猫はにげ　［柳多留］　むねうち（峰打ち）で猫を懲らしめたら皿の方を殺して（割って）しまった

にょさんのみやのねこ【女三の宮の猫】『源氏物語』の女三《おんなさん》の宮《みや》に飼われた唐猫《からねこ》。『源氏物語』の中で、頭中将《とうのちゅうじょう》の息子柏木《かしわぎ》は、鞠《まり》の遊びの日に、光源氏の二番目の妻女三《おんなさん》の宮《みや》を垣間《かいま》見て以来、恋心やみがたく密通してしまう。源氏に知られた恐ろしさから柏木はやつれ死ぬが、二人の間には『宇治《うじ》十帖《じゅうじょう》』（『源氏物語』の最後の十帖）の中心人物となる薫《かおる》が生まれる。垣間見のきっかけになったのは、大猫に追われて逃げ込んだ子猫（唐猫）の紐が女三の宮の部屋の御簾《みす》を引き開けたことから。関連→唐猫《からねこ》

柏木《かしわぎ》の柳もそれかあ［上］がり猫　其角《きかく》［江戸］　柳に飛びつくようにあの猫も女三の宮の部屋に飛びこんだのだ

柏木《かしわぎ》の衣紋《えもん》に猫も恋をして　雲裏坊［江戸］

文《ふみ》の来た吟味《ぎんみ》に猫もうたがは《わ》れ　比柳《ひりゅう》［江戸］

から［唐］猫にまでも柏木《かしわぎ》身を尽《つく》し　［柳多留］

爪《つめ》で猫いきな女三《にょさん》のあら［洗］ひ《い》髪《がみ》　［柳多留］

洒落《しゃれ》た女三《にょさん》は糸でひく猫の皮　［柳多留］　猫の皮＝三味線

三味線でない猫をひく雲の上　［川柳］　唐猫が紐を引く（弾くを掛けている）。雲の上＝宮中

薬玉《くすだま》の糸に女三《にょさん》の猫はじや《ゃ》れ　［川柳］　宮中の猫

檜扇《ひおうぎ》で女三《にょさん》は猫の餌《え》を指図《さしず》　［川柳］　檜扇は高貴な女性の持ち物

猫冥加叶《みょうがかない》ひ女三《にょさん》の宮仕へ《みやづかえ》　［川柳］　猫として本望

寝ず［不寝］の番猫も女三《にょさん》の宮仕《みやづかえ》へ　［柳多留］　ねずの番をねずみに掛けている

焼き物を女三《にょさん》の宮にしてやられ　［川柳］　あぶった魚を奪われる

にらむねこ【睨む猫】　猫が睨む時は臨戦態勢。もう引かないよ。

両方で睨《にら》みあひ《い》けり猫の恋　正岡子規

どろぼう猫の眼と睨《にら》みあつ《っ》てる自分であつ《っ》た　尾崎放哉《おざきほうさい》

青空を睨《にら》んで死ぬるぬすと［盗人］猫　壽丸［川柳］

にわたずみとねこ【潦と猫】　ピチャピチャ地面の水を飲む猫。無防備でか弱く可愛い。

かげろふ《う》や猫にのまるる水たまり　芥川龍之介

つま猫の胸の火やゆく潦《にわたずみ》　言水《ごんすい》［江戸］　つまねこ＝妻猫、夫猫

わが家の猫が庭たづ《ず》みを飲みに来て楽しきが如《ごと》しくれなゐ《い》［紅］のした［舌］　齋藤茂吉《さいとうもきち》

にんぎょうとねこ【人形と猫】　人形を見てる時、猫は何を考えているんだろう。

子供と人形と猫と添寝《そいね》して　種田山頭火《たねださんとうか》

人形を見るは炬燵《こたつ》の猫斗《ばかり》　［柳多留］

人形を猫が見て居《い》るやぐら下　［柳多留］　やぐら＝こたつの四角い枠

ぬすっとねこ【盗人猫】　①泥棒《どろぼう》猫。ぬすびと猫。ぬすと猫。②他人の夫（または妻）と密通した者。

関連→泥棒猫《どろぼうねこ》

余寒《よかん》なほ《お》ぬすつ《っ》と猫の啼《な》きもせず　石橋秀野《いしばしひでの》　余寒＝立春後の寒気。春の季語
ぬすみする片手や猫の恋に鳴《なく》　車庸《しゃよう》［江戸］
肴《さかな》 引《ひき》て妻も籠《こも》れりぬす人《と》ねこ　秋詠［江戸］
あれも恋ぬすつ《っ》と猫と呼《よば》れつゝ　一茶　あんな浅ましいようなことでも恋なんだなあ
人中《ひとなか》を猫も子《こ》故《ゆえ》の盗み哉《かな》　一茶
盗ませよ猫も子ゆへ《え》［故］の出来心《できごころ》　一茶
盗人《ぬすっと》と人に呼《よば》れて猫の恋　一茶
恋ゆへ《え》［故］に盗人猫と呼《よば》れけり　一茶
ぬすと猫下女《げじょ》の不在を確かめる　沈澱子［川柳］
ぬすと猫こわれた音を聴《きい》て逃げ　紅太郎［川柳］
三味線になりそこなつ《っ》てぬすと猫　維想楼［川柳］
ゴミ溜《ため》の中で生《うま》れるぬすと猫　維想楼［川柳］
子猫よ盗　心《ぬすみごころ》をすつるなかれ　日車［川柳］
赤猫《あかねこ》の襟《えり》がみをとる鶏《とり》の主《ぬし》　剣花坊《けんかぼう》［川柳］　鶏にちょっかいを出す赤猫の首をつかんだ鶏の飼主
朝飯《あさめし》にまだありつかぬぬすと猫　弁天子［川柳］
ぬすと猫ぬすむと云《い》ふ《う》は人の口　剣花坊《けんかぼう》［川柳］　物を盗む猫という決めつけは人の勝手な取りざた

妻が眼をいたみ憚《はばか》りぬすびとの猫のごとくに釣りに行《い》でゆく　若山牧水《わかやまぼくすい》

ぬれたねこ【濡れた猫】 細い猫毛《ねこげ》はびしょ濡れになるとみじめ。濡れるのはいやだにゃん。

恋猫のびしよ《ょ》濡れの闇《やみ》野につづく　西東三鬼《さいとうさんき》

ぬれつゝもどる猫のびん［便］なき　蕪村《ぶそん》［江戸］　連句の短句［七七音］　便なき＝かわいそうだ

濡《ぬれ》たらば露《つゆ》とこたへ《え》よ猫の恋　蓼太《りょうた》［江戸］

濡れて来《き》し雨をふるふ《う》や猫の妻　太祇《たいぎ》［江戸］

妻猫《つまねこ》や濡《ぬれ》し男猫《おねこ》をひたねぶる　東皐《とうこう》［江戸］　ひたすらなめる

猫も出て何所《どこ》で濡《ぬれ》たか神送《かみおくり》　除風《じょふう》［江戸］　神送＝神々が出雲へ旅立つのを送る神事

三疋《さんびき》の猫が濡れてる春の雨　一斗［川柳］

ねこ【猫】 食肉目ネコ科の哺乳類。体長五十センチメートル内外。毛色は多様。指先にはしまい込むことのできるかぎ爪《つめ》がある。足裏には肉球《にくきゅう》が発達し、音をたてずに歩く。夜行性で、瞳孔《どうこう》は明暗に応じて円形から針状まで大きく変化する。本来は肉食性。舌は鋭い小突起でおおわれ、ザラザラしている。長いひげは感覚器官の一つ。ペルシャネコ・シャムネコ・ビルマネコなど品種が多い。古代エジプト以来神聖な動物とされる一方、魔性《ましょう》のものともされる。古名、ねこま。［大辞林］。愛玩用・ネズミ退治用として飼われたのは奈良時代に日本に渡来してから（一説に経典を鼠にかじられるのを防ぐため）。平安時代には貴族の間で唐猫《からねこ》が愛翫《あいがん》された。野生の猫は「山猫《やまねこ》」と総称し区別される。

雑炊《ぞうすい》や猫に孤独といふ《う》ものなし　西東三鬼《さいとうさんき》

忍ぶれど猫に出《い》でにけり我恋《わがこい》は　正岡子規

猫や過ぎし風なくて菖蒲《しょうぶ》落ちたるは　正岡子規　猫が通りすぎたせいか

あをい《お》しにほと賓《お》く猫や八重《やえ》木槿《むくげ》　原石鼎《はらせきてい》　ほと＝女陰

藤の花池やみどりに猫二《ふた》ッ　含粘《がんでん》［江戸］

猫も我におされて鳴くな小夜千鳥《さよちどり》　一邑［江戸］　小夜千鳥＝夜鳴く千鳥

猫も歯のたゝぬ鼠《ねずみ》は経《きょう》をくひ《い》　［柳多留］

ねこ【猫】　踊り子、芸妓《げいぎ》、芸者のこと。猫は死して皮を残し三味線となる。その三味線を使って芸者は客の心をとろけさす。

猫の二階へ上《あが》る晴天　［武玉川］

猫になっても産土《うぶすな》の側《そば》　［武玉川］　産土＝生まれた地

いたづ《ず》らな猫弁慶《べんけい》と組《く》んで落《おち》　［川柳］　弁慶＝男芸者

糸道《いとみち》がついては猫もかけ出さず　［柳多留］　三味線が上達すると居つく

御肴《おさかな》がでると箱から猫も出る　［柳多留］　箱＝三味線箱

しぼりの浴衣《ゆかた》で柳湯《やなぎゆ》へ猫が来る　［柳多留］

爪弾《つまびき》で猫のじゃ《ゃ》れてる涼《すず》み舟《ぶね》　［柳多留］　納涼船で三味線を弾く

四会目は三《み》とせ［年］なじみし猫のやう《よ》　［柳多留］　四度目の客

土佐節《とさぶし》を引《ひく》のは只《ただ》の猫でなし　［柳多留］　三味線の節（ふし）と鰹節の節（ぶし）を掛けている

品《ひん》のい丶猫江戸ぶしをかぢ《じ》つ《っ》てる　［柳多留］

品《ひん》のい丶猫土佐節《とさぶし》や河東節《かとうぶし》　［柳多留］

鼠啼《ねずみな》きするはづ《ず》客は猫のやう《よ》　［柳多留］　鼠啼き＝チョッチョッと音をたてる

猫に気が有《あっ》て三《み》めぐりから別れ　［川柳］

運不運《うんふうん》おいぬ［犬］の姉が猫に成《な》り　［柳多留］　お犬＝奥女中に仕えた少女

猫を逃《のが》して箱持《はこもち》は猿眼《さるまなこ》　［柳多留］　箱持（芸者のお伴）は目がくぼむ

通《とお》り者《もの》猫のしまい［仕舞］をつれて来る　［柳多留］　遊び人が元芸者の年増女を

又足袋《またたび》をはく御新造《ごしんぞ》の猫上《ねこあが》り　［柳多留］　元芸者の奥さん

亭主とはぐるにやア《や》でいる猫上《ねこあが》り　［柳多留］　夫と仲の良い元芸者の奥さん

猫が引《ひき》あげて兄気《あにき》はなまりぶし　［柳多留］　芸者の妹のおかげで武士に

猫のおかげで弟はなまりぶし　［柳多留］　芸者の姉のおかげで武士に

猫がはらんで一家中《いっかじゅう》　眉《まゆ》に皺《しわ》　［柳多留］　元芸者の奥さんが妊娠して

ねこ【猫】　金猫《きんねこ》、銀猫《ぎんねこ》、山猫《やまねこ》などの略称で、岡場所の私娼《ししょう》。関連↓金猫《きんねこ》、銀猫《ぎんねこ》、山猫《やまねこ》

船橋の八兵衛《はちべえ》買へ《え》と猫の恋　五黄［コ］　八兵衛＝成田山参詣の道筋に当る船橋の私娼

杉戸《すぎと》の腰に正直な猫　［武玉川］　杉戸＝品川遊廓の女郎

地獄では畳をたゝき猫をよび　［柳多留］　地獄＝売春宿

鷹《たか》の釣宿場《つりしゅくば》の猫の声が止《やみ》　［柳多留］　鷹＝夜鷹（よたか）

尼寺《あまでら》に猫がとき〳〵立つ噂《うわさ》　砂の家［川柳］

ねこ【猫】　三味線のこと。三味線の胴は主に猫の皮を張って作るので。関連→猫《ねこ》の皮《かわ》

つれびき［連弾］は猫と馬ほど音《ね》がちがい　［柳多留］　師匠と弟子の音色の差

けいこ［稽古］のは猫と馬程音《ほどね》がちがひ《い》　［柳多留］

猫に拾本《じゅっぽん》多いのが嫁《よめ》の芸　［柳多留］　三味線より十本多い十三絃の琴

猫を袋へ押込《おしこん》で瞽女《ごぜ》は持ち　［柳多留］　瞽女＝三味線を抱えて門付けした盲目の女芸人

瞽女《ごぜ》が猫袋《ねこぶくろ》で諸国あるいてる　［柳多留］

猫を弾《ひ》き馬を叩《たたい》て猿回《さるまわ》し　［柳多留］

ねこあし【猫足】　猫のように音をたてないで歩くこと。また、そのような歩き方。関連→猫の足音

ねこあしぐさ【猫足草】　植物、現《げん》の証拠《しょうこ》の異名。夏の季語。

ねこあしこんぶ【猫足昆布】　褐藻類コンブ目の海藻。根室から千島にかけての沿岸に多産する。葉の基部両縁に耳形状の突起ができ、これから新しい葉が出る。ヨウ化カリウムの原藻。食用。［大辞林］

ねこあしのぜん【猫足の膳】　机や膳などの脚が猫の足の形に似ているもの。猫足《ねこあし》。

猫足の膳にてくふ《う》や鼠茸《ねずみたけ》　重頼《しげより》［江戸］　ほうきたけの異名
猫足で夫婦夜食をじや《や》れて喰《くい》　［柳多留］
猫足も白ぶち［斑］になるはげた膳　［柳多留］
猫足の膳へこぼれる鼠米《ねずみごめ》　［柳多留］　ねずみの臭気がある米
猫足に鍋《なべ》をすゑ《え》［据］ると一分《いちぶ》なり　［川柳］　吉原遊郭の鍋代

ねこあゆむ【猫歩む】　狩猟動物の威厳を持って。

猫歩む月光の雪かげの雪　橋本多佳子《はしもとたかこ》
炎天《えんてん》きらきら野良猫《のらねこ》あるく　種田山頭火《たねださんとうか》
猫ありく八《や》ツ手《で》の下も青あらし［嵐］　前田普羅《まえだふら》
猫はいつも罪ある如《ごと》き歩み草紅葉《くさもみじ》する　安斎櫻磈子《あんざいおうかいし》
恋猫や竪横《たてよこ》むらを鳴歩行《なきあるく》　一茶
黒き猫しづ《ず》かに歩みさりにけり昇菊の絃《いと》切れしたまゆら　北原白秋《きたはらはくしゅう》　三味線の糸
雪の降るまへ《え》のしづ《ず》かさの光ありて陶然亭を黒猫あゆむ　齋藤茂吉《さいとうもきち》
霧もなく晴れすむゆふ《う》べ山畑《やまばた》の夏草みちを猫があるける　片山廣子《かたやまひろこ》
はらみ猫ひそかに来《きた》りわが庭の垣のほとりを歩めるが見《み》ゆ　平福百穂《ひらふくひゃくすい》　関連→孕《はら》み猫

ねこあらわれる【猫現れる】　すっと消え、すっと現れる猫。

白き猫今あらはれぬ青芒《あおすすき》　高濱虚子《たかはまきょし》

恋猫のあらはれ出《わ》たる戸棚かな　藤野古白《ふじのこはく》

ねこいし【猫石】　板塀などの、土台と基礎の間に入れる石。ねこ。［大辞林］

ねこいた【猫板】　長火鉢《ながひばち》の端の抽斗《ひきだし》部分に乗せる板。猫がよく乗る。

蠅《はえ》よけもかぶせて猫は猫板に　高濱虚子　猫が悪さをしないように蠅よけまでかぶせ

猫板を拭き終るのを猫は待ち　飴《あめ》ン坊《ぼう》［川柳］

海苔《のり》を焼く時猫板の猫がじやれ《や》　迷作［川柳］

猫板へ飲みかけを置く引眉毛《ひきまゆげ》　やよひ［川柳］　引眉毛（眉毛を描く）は奥さんが芸者に戻ること

猫板へ置く盃《さかずき》に気が沈み　蔦雄［川柳］

猫板へ猪口《ちょく》がのつ《っ》かる片時雨《かたしぐれ》　桃太郎［川柳］

猫板へ頰杖《ほおづえ》をつくいやがらせ　杏一［川柳］　猫にすわらせない意地悪

猫板の猫湯《ゆ》のたぎる音にさめ　子羊［川柳］

ねこいらず【猫不要】　黄燐《おうりん》を主成分とする殺鼠剤《さっそざい》の商標名。江戸時代は「石見銀山鼠取薬《いわみぎんざんねずみとりぐすり》」。

二人《ふたあり》で死ぬには野暮《やぼ》な猫イラズ　十千棒［川柳］

猫いらず包んだ紙でふく涙　一角［川柳］

猫イラズ本気と本気もう泣かず　きん坊［川柳］

ねこおうぎ【猫扇】 猫間《ねこま》の扇に同じ。関連→猫間《ねこま》

ねこおしょう【猫和尚】 なまぐさいものを好む僧侶。

栗《くり》の花山猫《やまねこ》和尚となん呼べる　正岡子規

どつ《っ》さくさ見ればゆで蛸《だこ》猫和尚　［柳多留］

寝《ね》並《なら》んで小《こ》蝶《ちょう》と猫と和尚哉《おしょうかな》　一茶

ねこおもて【猫面】 猫面《ねこづら》と同じ。関連→猫面《ねこづら》

ねこおろし【猫下】 猫が物を食い残すこと。また、その残したもの。［大辞林］

猫のとり残しや人のくふ《う》蝨《いなご》　一茶

ねこかい【猫飼】 わらを厚く組んで作ったかご。ねこかえ、ねこがい。

ねこがい【猫貝】 巻貝、喜《き》佐《さ》古《ご》の異名。

ねこがいない【猫が居ない】 猫好きは猫のいない景色に耐えられない。

いまみえてゐ《い》た猫みえず冬ざるゝ　久保田万太郎《くぼたまんたろう》　冬ざれる＝冬になって景色などが荒れさびる

大切の猫も留守なり朧月《おぼろづき》　井上井月《いのうえせいげつ》

荒寺《あれでら》や芭蕉破れて猫もなし　正岡子規

猫居《お》らず一夜やもめの泣きにけり　正岡子規

二三日内《うち》にも居《お》らず猫の恋　舎羅《しゃら》［江戸］

ねこがいねつむ【猫が稲積む】 猫が寝る。「いねつむ」は稲を積む（横に寝かす）の意味から「寝る」の忌詞《いみことば》として正月に用いられる。▽の句は、猫は正月二日から寝て暮らせていいなぁ。

一《ひと》はなに猫がいねつむ座敷哉《かな》　一茶　まず始めに

一番に猫がいねつむ座敷哉《かな》　一茶

二日にも猫いねつまんぬかまくら［糠枕］　道彦《みちひこ》［江戸］▽糠枕＝籾殻（もみがら）の枕

ねこがいる【猫が居る】 猫がいるとほっとするにゃ。

橋の上に猫ゐ《い》て淋し後《のち》の月　村上鬼城《むらかみきじょう》

猫のゐ《い》て両眼《りょうめ》炬《ひ》の如《ごと》し冬の月　村上鬼城　炬＝かがり火

仰山《ぎょうさん》に猫ゐ《い》やはるわ春灯《はるともし》　久保田万太郎《くぼたまんたろう》

春となる草にしのんで猫ゐ《い》けり　佐野良太《さのりょうた》

猫の居る縁《えん》の日南《ひなた》や福壽草《ふくじゅそう》　正岡子規　日向の縁側

貰《もら》い子の家《いえ》犬がいる猫がいる　木羊［川柳］

ねこかえらず【猫帰らず】 猫の陥《おちい》りやすい穴はあちこちに。

帰り来《こ》ぬ猫に春夜《しゅんや》の灯《ひ》を消さず　久保《くぼ》より江《え》

猫けふ《きょう》で三日かへ《え》らず鰯雲《いわしぐも》　久保田万太郎

猫の妻藁《わら》の上にも帰らずに　萩原麦草《はぎわらばくそう》

恋猫の戻らぬ二日三日かな　伊《い》藤松宇《とうしょうう》

ねこがえり【猫返】 空中で体をくるっと一回転させること。宙返《ちゅうがえ》り。

ねこかえる【猫帰る】 家に付く猫だけど飼い主も忘れないよ。関連→猫が戻る

わが飼《かい》ひて恋猫かへ《え》る雪山より　橋本多佳子《はしもとたかこ》

猫に啼《な》き帰るところあり天《あま》の川《がわ》　西東三鬼《さいとうさんき》

雷《かみなり》や猫かへ《え》り来る草《くさ》の宿《やど》　村上鬼城《むらかみきじょう》　草の宿＝粗末な住居。自分の家をさす

煙草かけて猫帰り来る夕日かな　村上鬼城

山月《さんげつ》に猫かへ《え》り来る夜《よ》寒《さむ》かな　村上鬼城

雪の上を猫かへ《え》り来る山家《やまが》かな　村上鬼城

朧月《おぼろづき》いつぞや捨《すて》し猫帰る　尚白《しょうはく》［江戸］

猫帰り狸《たぬき》の床《とこ》へ狐《きつね》来る　［柳多留］　床＝ねぐら

ねこがお【猫顔】 朝、顔を洗わないまま外出すること。

◎**猫が熾《おき》をいらう**…炭火に手を伸ばしてはすぐ引っ込める猫のしぐさ。

ねこがかおかく【猫が顔掻く】 猫が顔を洗う（顔をかく）と天気が変わるという俗信が各地にある。

折々《おりおり》に猫が顔かく木《こ》の目［芽］かな　一茶

かい曲《まが》り猫が面《つら》かく木の目哉《かな》　一茶

ねこがかく【猫が掻く】背中以外、猫の足はどこにでも届くにゃ。

のどをかく肢《あし》のはやさや二月猫《にがつねこ》　原石鼎《はらせきてい》

脚《あし》をあげて股掻《またか》く猫や夏の露《つゆ》　長谷川零余子《はせがわれいよし》

梅が香《か》や耳かく猫の影ぼうし［法師］　也有《やゆう》［江戸］

秋日向《あきひなた》我《わ》が読むそばに仔《こ》の猫の後脚《あとあし》をあげてうなじ掻きつつ　北原白秋

ねこがき【猫掻き】藁《わら》で編んだむしろ。蹴鞠《けまり》などの時、庭に敷いた。関連→ねこだ

ねこがくる【猫が来る】自分の気持ちだけで動く猫。お腹が空《す》けばことに。

鮎《あゆ》やけば猫梁《うつばり》を下《お》りて来《き》し　杉田久女《すぎたひさじょ》　梁＝屋根を支える柱

飯《めし》びつ［櫃］に又乗る猫や秋隣《あきどなり》　増田龍雨《ますだりゅうう》　秋隣＝馬肥ゆる秋も近い。おなかすいたにゃん

住むより猫が烏《からす》がくる人もちらほら　種田山頭火《たねださんとうか》

芍薬《しゃくやく》にけふ《きょう》も来て見る小猫哉《かな》　及甫《きゅうほ》［江戸］

木《こ》の芽ふく庭の鳥籠《とりご》や猫来《きた》る　正岡子規　とりご＝とりかご

ぬかるみをよけて猫来る漱石忌《そうせきき》　耶舟　漱石忌は十二月九日

山ひとつあなたの猫の来る事よ　道彦《みちひこ》［江戸］　あなた＝かなた（彼方）

あらゝとて独寝《ひとりね》たれば猫が来る　也水《やすい》［江戸］

鏡台を離れた妾《しょう》へ猫が来る　雪村［川柳］

塩まぐろやけばありたけねこが寄《より》　［柳多留］

◎猫がくるみを回すよう…猫がちょっかい出したりじゃれつく様。

◎猫が肥《こ》えれば鰹節《かつおぶし》が痩《や》せる…一方がよければ他方は悪くなるたとえ。

ねこがこをうむ【猫が子を産む】 関連→猫《ねこ》の産《さん》

ねこがさる【猫が去る】 居なくなるには、理由があるにゃ。

枯園《かれその》や白き大猫《おおねこ》よぎり去る　木下夕爾《きのしたゆうじ》　よぎる＝横切る

青柿の夜の土から猫が去る　西東三鬼《さいとうさんき》

置かれたるところを去らぬ子猫かな　日野草城《ひのそうじょう》

猫去つ《っ》て猫の子二つ残りけり　日野草城

野良猫《のらねこ》が来て失望していつ《っ》た　種田山頭火《たねださんとうか》

あけぼのや恋捨《す》て行《ゆく》猫の声　魚赤《ぎょせき》［江戸］

ねこがしょうにん【猫が証人】 おなじみさんの膝だもの。猫は黙ってご注進。

猫が証拠人金子《きんす》五両出し　鼠弓［川柳］　密通の示談金は五両とされた

甘えてもいい膝《ひざ》猫は知っている　○丸《れいがん》［川柳］

其人《そのひと》の膝へのさ〳〵三毛《みけ》の猫　雨声［川柳］　女主人が気持ちを向けている相手

密夫《みっぷ》とはひざへ上《あが》りしねこで知れ　［川柳］　密夫＝間男（まおとこ）

間《ま》の者は猫で見出《みだ》した御捌《おんさば》き［柳多留］　間の者＝間男（まおとこ）

ねこかたあるき【猫肩歩】　猫背《ねこぜ》の姿勢で歩くこと。

ねこがついてくる【猫がついてくる】　「猫は時計のかは《わ》りになりますか。／それだのに／どこの家にも猫がゐ《い》て／ぶらぶらあしをよごしてあそんでゐ《い》る。／猫の性質は／人間の性質をみることがうまくて／やさしい人についてまは《わ》る、／きびしい人にはつかない、／いつもねむつ《っ》てゐ《い》ながら／はんぶん眼をひらいて人を見てゐ《い》る。／どこの家にも一ぴきゐ《い》るが、／猫は時計のかは《わ》りになりますか。」　室生犀星《むろうさいせい》の詩「猫のうた」

船猫《ふなねこ》のつきまとふ梅雨《つゆ》夕べかな　吉田冬葉《よしだとうよう》［八］

鈴つけし猫従《つ》いて来る萩《はぎ》の径《みち》　水野民子［八］

真夜中に起きると猫がついてくる　菊人［川柳］

飼猫《かいねこ》がしばらくの間《ま》もつき歩くかかるかそけき吾《われ》の日日《にちにち》　津田治子［八］

ねこがとおる【猫が通る】　猫は家庭で飼える虎である。

赤い実《み》くらがりを恋猫通す　栗林一石路《くりばやしいっせきろ》

落葉吹く蔵間《くらあい》ひ猫のぬけてゆく　臼田亞浪《うすだあろう》

当然のように座敷を抜ける猫　秋無草［川柳］

ねこがとびでる【猫が飛び出る】　「ゆったり」と「いきなり」が同居する猫。

蠅打《はえうち》に猫飛出ルや膳《ぜん》の下　汶江［江戸］　はえたたきにびっくりして

屑籠《くずかご》の倒れて出《い》でし子猫かな　迷水［サ］
飛出《とびいで》る娘の手より猫の恋　桃先《とうせん》［江戸］
壇《だん》に花《はな》猫は飛出《とびで》て口《くち》ばしり　高政《たかまさ》［江戸］

ねこがとぶ【猫が飛ぶ】 猫の跳躍はしなやかで美しい。時に猫は、むささびになる。

昼月《ひるづき》も寒月《かんげつ》恋の猫跳《と》べり　西東三鬼《さいとうさんき》
恋猫やたしかにやねをとんだ音　正岡子規
戸棚をゆらりと飛猫《とぶ》の声　正友《せいゆう》［江戸］　連句の短句［七七音］
黒き猫夜《よ》は狂《くる》ほしくかきいだき五月蠅《うるさ》きものに昼は跳《は》ねやる　北原白秋《きたはらはくしゅう》
秋も今日道化《どうけ》役者のごとくありカンナかつ散り白き猫とぶ　尾山篤二郎《おやまとくじろう》
火の上を上手にとぶはうかれ猫　一茶

ねこがなく【猫が鳴く】 嬉しい時も悲しい時も。

のどかさや娘が眠る猫が鳴く　正岡子規
冬ごもり折ゝ《おりおり》猫の啼《な》いて来る　正岡子規
空襲に冬の陽射《ひさ》して猫の啼《な》く　田中貢太郎《たなかこうたろう》
後《うしろ》から猫が鳴きけり秋の暮　中川四明《なかがわしめい》
猫なくや中を流るゝ角田川《すみだがわ》　一茶

猫啼《な》いて内《うち》ぞゆかしき青すだれ［簾］　虚白《きょはく》［江戸］　青すだれは夏座敷の必需品

あたまからないて見せけり猫の恋　枳色［江戸］　頭から＝最初から

霊と肉別るゝ時に猫が鳴き　龍二［川柳］

狂ひ《くるい》死《じ》に空一ぱいで猫が啼《な》き　正次［川柳］

巻舌《まきじた》で鰯《いわし》を読めば猫が鳴き　角恋坊《かくれんぼう》［川柳］　読む＝数える

ねこカフェ【猫カフェ】　猫と触れあうことができるカフェ。キャット・カフェ。猫喫茶《ねこきっさ》。

ねこかぶり【猫被り】　本性を隠して、おとなしそうな振りをしていること。また、その人。［大辞林］

ねこがまつ【猫が待つ】　飼い主が帰って来る気配を猫は遠くから感じ取る。

猫も鳴いて主人の帰りを待つてゐ《い》る　種田山頭火《たねださんとうか》

籐椅子《とういす》に猫が待つなる吾家《わがや》かな　久保《くぼ》より江《え》

きは《わ》ずみ［際墨］や妻まつ顔のかまど猫　宣寛［江戸］　際墨＝額や眉を美しく見せる墨

ねこがみ【猫神】　猫の霊が取り憑《つ》くとされた現象。

ねこがみている【猫が見ている】　何でもわかっていたい猫。

眼《め》そらさず枯《かれ》かまきりと猫と人　西東三鬼《さいとうさんき》

流水《りゅうすい》を見てゐ《い》る秋の子猫かな　高橋淡路女《たかはしあわじじょ》　流水＝流れ動く水

ふとん干す女の力見てる猫　響太郎［川柳］

硝子《ビードロ》の金魚ふしぎな顔で猫　［柳多留］

驚きて猫の熟視《みつ》むる赤トマトわが投げつけしその赤トマト　北原白秋《きたはらはくしゅう》

児猫《こねこ》よ、いま、何に耳をかす、さかしき眸《め》は夕ぐれのガラス戸を凝視《みつ》む、我の膝よりして　内藤鋠策《ないとうしんさく》

◎**猫が耳を洗うと雨が降る**…猫が耳を洗うように手でこする時は雨が降るという言い伝え。

ねこがも【猫鴨】　猫鳥《ねこどり》。

ねこがもたれる【猫が凭れる】　じんわりと重たくなる猫。

片手しびれ眼覚《めざ》むやはら［孕］み猫がを《お》［居］る　川口重美《かわぐちしげみ》

あつい〳〵に猫のもたりやんな　壺中《こちゅう》［江戸］

ねこがもどる【猫が戻る】　帰るべき時には帰る猫。関連→猫帰る

いつ戻つ《っ》て来たか寝てゐ《い》る猫よ　種田山頭火《たねださんとうか》

真夜中はだしで猫がもどつ《っ》て来た　種田山頭火

浮かれ猫奇妙に焦《じれ》てもどりけり　一茶

恋猫のぬからぬ顔でもどりけり　一茶　ぬからぬ顔＝油断のない顔、失敗などしないという顔

恋猫の鳴かぬ顔してもどりけり　一茶

ねこがやく【猫が妬く】　猫はジェラシーに生きる。

菜箸《さいばし》をくは《わ》へ《え》て猫の連理哉《れんりかな》　午寂《ごじゃく》［江戸］　紐で繋がった菜箸のように愛が深い

膝枕《ひざまくら》猫は不平な眼を見張《みは》り　一角［川柳］　自分が乗るはずの膝に別な奴（人間）が頭を乗せているよと

妻乞《つまごい》に髭黒猫《ひげくろねこ》の物妬《ものねた》み　［柳多留］

猫がふり付《つけ》やれ刀《かたな》それ箒《ほうき》　［柳多留］　嫉妬する芸者の狂乱ぶり

ねこがゆく【猫が行く】 しなやかに風のように歩く。

六月猫が曲つ《っ》た方へ曲ろう　川口重美《かわぐちしげみ》

夜や氷《こおる》猫の行音《ゆくおと》帰る音　一笑《いっしょう》（金沢）［江戸］

ねこがり【猫狩り】 猫（＝遊女）に大枚を費《つい》やす自藩の武士の風紀取り締り。

猫狩りやうらみをかへ《え》す真葛原《まくずはら》　東順《とうじゅん》（其《き》角《かく》の父）［江戸］

国家老《くにがろう》不時《ふじ》の出府に猫を狩《かり》　［柳多留］　取り締りのため国元から家老が出て来る

◎猫可愛《かわい》がり…ひたすらかわいがること。

ねこぎぎ【猫義義】 ナマズ目ギギ科の淡水魚。全長約十〜十二センチメートル。体は黄褐色で腹部は色が薄く、暗褐色の斑紋が頭部・背びれ・あぶらびれ・尾びれにある。上・下顎に二対のひげが、背びれ・胸びれには棘《とげ》がある。三重県および愛知県の川の中流域に分布。個体数は減少している。天然記念物。［大辞林］

ねこぎらい【猫嫌い】 猫嫌いの理由は猫好きの理由の数ほどある。

猫の眼がきらひ《い》だ　尾崎放哉《おざきほうさい》

我事《わがこと》となくてものうし猫の恋　正岡子規

猫の恋円《まる》きはもの丶うとましき　尾崎紅葉《おざきこうよう》　猫ぎらいのあまり

きらひ《い》なる猫も撫《なづ》らん冬籠《ふゆごもり》　百里《ひゃくり》［江戸］

啼《なく》恋ぞとはおもひ《い》けり猫ぎらい　半残《はんざん》［江戸］

猫の恋かまは《わ》ぬ事のいと憎し　嘯山《しょうざん》［江戸］　人の迷惑もおかまいなしに

のら猫や恋する顔のなほ《お》憎き　素雀［江戸］

ねこくぐり【猫潜】　猫の出入用に障子の隅の一こまの紙を貼り残す。

ねこぐさ【猫草】　①猫が好んで食べる草の総称。関連→草を食《は》む猫　②植物、翁草《おきなぐさ》の異名。春の季語。

誰《た》が墓ぞ猫草狗草《いぬくさ》名《な》なし草《ぐさ》　寺田寅彦《てらだとらひこ》　狗草（犬草）＝エノコログサ

ねこぐま【猫熊】　パンダ。

ねこぐるま【猫車】　土砂などを運ぶ工事用の一輪の手押し車。ひとつ車《くるま》。ねこ。

雪をゆく二押《ふたお》し三押《みお》し猫車　飯田蛇笏《いいだだこつ》

ねこくわず【猫不食】　方言で魚のことをいう場合がある。

ねこげ【猫毛】　①産毛《うぶげ》。②植物、松葉藺《まつばい》。

ねこげら【猫げら】　猫。

ねこご【猫子】　猫の子。子猫。

壁炉《へきろ》冷え猫子あくまでしろたへ《え》に　飯田蛇笏　冷えたストーブの前で白猫は一層寒そうに見える

絨毯《じゅうたん》に手籠《てかご》の猫子はなたれぬ　飯田蛇笏

七日目にころ〳〵もどる猫子哉《かな》　一茶

ねここえる【猫肥える】 食べてばかりで外に出ない（出られない）猫は肥満する。

恋過ぎし猫よとかげ［蜥蜴］を食《く》い太れ　西東三鬼《さいとうさんき》

猫も腹肥《こや》す子年《ねどし》の春景気　昇旭［川柳］　春景気（春景色）＝新年のありさま

此間《このあいだ》鼠《ねずみ》をたべてこのとを《お》り　［柳多留］

陽《ひ》は窓に、部屋にくまなしわが児猫《こねこ》くるくる肥《こ》えて冬に入《い》りけり　内藤鋠策《ないとうしんさく》

ねこざ【猫座】 いろり端《ばた》の座席の中で末席。

ねこさかる【猫交る】 猫の交尾。猫の恋に同じ。春の季語。

かう《ごう》〳〵と松風を背に猫交る　久米正雄《くめまさお》

雲赤し石のなか猫がさかりを《お》る　種田山頭火《たねださんとうか》

全《まった》しや寒《かん》の太陽猫の交尾　西東三鬼　全し＝完全

猫さかる声夕霙《ゆうみぞれ》雲の中　河東碧梧桐《かわひがしへきごとう》

猫交《さ》かる夜《よ》の庇《ひさし》畳《たた》む影　河東碧梧桐

さかる猫あと白波《しらなみ》の鼠《ねずみ》かな　青楓［江戸］　あとは知らない

さかる猫あるにあられぬ声と声　鶴英《かくえい》［江戸］　あるにあられぬ＝無我夢中

さかる猫人の居るのも忘れけり　嘯山《しょうざん》［江戸］
さかる猫猪早太《いのはやた》つと参《まいり》けり　子曳《しえい》［江戸］　さっと
忍ぶ戸や鴫《しぎ》のはしがきさかり猫　松針［江戸］
みんなるす［留守］猫のつるむをよつ《っ》く見る　［川柳］

ねこさぎ【猫鷺】　猫鳥《ねこどり》。

ねこざめ【猫鮫】　ネコザメ目の海魚。全長約一メートル。体は円柱形で、背びれは二基あり、各ひれが大きい。頭部が丸みを帯び、顔つきは猫に似る。全身茶褐色だが濃淡による横縞がある。サザエなどをかみつぶして食う。卵生《らんせい》。かまぼこなどの原料。本州中部以南の沿岸に分布。サザエワリ。ネコブカ。

ねこじぎ【猫辞儀】　必要以上に遠慮すること。冬の季語。［大辞林］

ねこじた【猫舌】　猫のように、熱い食べ物が苦手なこと、苦手な人。猫舌は食べるのに時間がかかるので、旅先で置いてけぼりになったり、渡し船に間に合わなかったり、何かと不便。

ねこ舌にうどんのあつし日短《ひみじ》か　久保田万太郎《くぼたまんたろう》　日暮れが早くなった
旅籠《はたご》払いに残る猫舌　［武玉川］
猫舌は舟が出ますに大困《おおこま》り　［柳多留］
猫舌はいつ《っ》ち跡《あと》から船にのり　［川柳］　一番あとから

猫舌のこまる出船《でふね》に煮《え》へづくい　［柳多留］　煮えずくい＝炊き立ての熱いご飯
猫舌で取《とり》のこされた宮《みや》の舟　［柳多留］
猫舌と長雪隠《ながせっちん》は旅のきず　［柳多留］　トイレが長い
猫足《ねこあし》と見《え》へて朝湯《あさゆ》をやたらうめ　［柳多留］　熱い風呂が苦手。猫舌をもじった表現
◎猫舌の長風呂入《ながぶろいり》…ぬる湯が好きな人は入浴の時間が長い。

ねこじたい【猫辞退】　内心では欲しいのに、それを表に出さずに遠慮すること。

ねこしで【猫四手】　植物、裏白樺《うらじろかんば》の別名。

ねこじま【猫島】　舳倉島《へくらじま》。日本海にある島で、春から秋にかけて輪島市の海士《あま》町から海女が集団移住してアワビ、サザエ、海藻などを採取する風習で知られる。奥津島。

ねこじゃねこじゃ【猫じゃ猫じゃ】　江戸時代の流行歌。歌詞は色々に変化している。「猫じゃ〳〵《ねこじゃ》とおしゃますが、猫が下駄はいて、提灯ともさせ、うちかけ姿で来るものか。ナント此の書入《かきい》れは新らしからう《ろ》。はやり唄もかう《こ》久しくおぼえてゐ《い》れば、とくなものだ。（馬琴、珍紋図彙）」［江戸語事典］

ねこじゃらし【猫じゃらし】　①エノコログサの別名。穂で猫をじゃれさせて遊ぶことに由来する。秋の季語。②結んだ端をだらりと下げた帯の結び方。猫をじゃらすように見えるのでいう。
秋晴《あきばれ》や栗《くり》にかも似て猫じゃ《や》らし　吉岡禅寺洞《よしおかぜんじどう》
恋や［病］みへ母の細工《さいく》は猫じゃ《や》らし　［柳多留］　猫じゃらしで猫をじゃらして恋病みの娘を慰めた

ねこじゅうと【猫姑】 猫のように眼が利《き》き耳のさとい姑。

万歳《まんざい》に罷《まかり》引《ひ》っ込《こ》む猫姑　［柳多留］

猫の目によくにた顔に嫁《よめ》くろう［苦労］　［柳多留］

猫が水呑《の》むかと姑《しゅうと》声をかけ　［柳多留］

ねこずき【猫好】 ①猫が好きで大変にかわいがる人。②芸者（＝猫）遊びが好きな人。▽の句は②

猫ずきの尚垂《なおた》れ籠《こ》めて五月雨《さつきあめ》　河東碧梧桐《かわひがしへきごとう》

猫好も男の方《ほう》は金がい［要］り　［柳多留］▽

ねこずきん【猫頭巾】 火事頭巾の一。紺木綿《こんもめん》の刺《さ》し子《こ》。目だけが出るようにしたものもある。

ねこすな【猫砂】 室内で飼う猫の、排泄用の砂。

ねこする【猫する】 こっそりと盗む。ねこばばする。関連→猫糞《ねこばば》

ねこぜ【猫背】 猫背《ねこぜ》中《なか》。

いつからの猫背のくせぞ根深汁《ねぶかじる》　久保田万太郎《くぼたまんたろう》　根深汁＝ネギ汁

冬立ちて十日猫背の鵙《もず》・雀《すずめ》　橋本多佳子《はしもとたかこ》　冬になって

蒟蒻《こんにゃく》掘る夫の猫背を聳《そび》えしめ　橋本多佳子

埋火《うずみび》に猫背あらは《わ》れ給《たま》ひけり　太祇《たいぎ》［江戸］　埋火＝灰にうずめた炭火

跡取《あととり》も猫背で下駄《げた》の減り工合《ぐあい》　飴《あめ》ン坊《ぼう》［川柳］

鳩胸《はとむね》と猫背の夫婦反《そ》りが合い　［柳多留］
鳩胸と猫背茶杓《ちゃしゃく》の裏表《うらおもて》　［柳多留］
自画像を抱《え》へて猫背に帰りゆくきみの独身《ひとりみ》なほ《お》続くべく　中城《なかじょう》ふみ子《こ》
老歌人《ろうかじん》猫背にまぎれゆきし灯《ひ》はみな靄《もや》となる暈《かさ》かむりつつ　中城ふみ子

ねこぜなか【猫背中】　猫背《ねこぜ》。
早乙女《さおとめ》やひとりは見ゆる猫背中　召波《しょうは》［江戸］　早乙女＝田植え女
及びごし［腰］に牡丹をお［折］るや猫ぜなか　吉勝［江戸］　及び腰＝へっぴり腰
猫背中《ねこぜなか》ろの字のなりにかしこまり　［柳多留］
濡鼠《ぬれねずみ》猫背中にて軒伝《のきづた》ひ　［柳多留］
能《よ》く見れば鼠《ねずみ》はみんな猫背中　［柳多留］

ねこそうどう【猫騒動】　鍋島《なべしま》騒動。江戸時代初期、佐賀藩のお家騒動。藩主鍋島氏の旧主龍造寺氏の再興運動が秘密裏に行なわれたことと関係し、後世これに潤色が加わり怪猫談《かいびょうだん》が仮託され、広く流通した。［大辞林］
お隣りは鍋島様《なべしまさま》や猫の恋　大江圭虫［ナ］

ねこぞく【猫族】　さまざまな猫たち。猫たちに惹《ひ》かれる資質をもった人たち。
猫の子の眷族《けんぞく》ふゑ《え》て玉《たま》の春《はる》　正岡子規　眷属＝親族。玉の春＝新年

猫一族の音なき出入り黴《かび》の家　西東三鬼《さいとうさんき》　かびくさい家

蘚苔《せんたい》も夜《よ》の猫族も威《い》をふるふ《う》退化《たいか》の窓は北を指《さ》したり　明石海人《あかしかいじん》

ねこそだつ【猫育つ】　猫は一年で人間の成人に達すると言われる。

ありたけの力来《く》猫が育つ朝々《あさあさ》　河東碧梧桐《かわひがしへきごとう》

猫の子が猫になりゆき寒くなる　日野草城《ひのそうじょう》

こほ《お》ろぎを炉辺《ろべ》にも追うて猫育つ　飯田蛇笏《いいだだこつ》

目にみえて猫のそだちし夜長《よなが》かな　久保田万太郎《くぼたまんたろう》

猫の子もそだちかねてや朝寒し　元灌《げんかん》［江戸］　晩秋の猫

替《かわ》り目の度《たび》に見度《みたし》と云《い》ふ《う》小猫　柳岳［川柳］

ねこだ　わらで編んだむしろ。ねこ。猫掻《ねこが》き。敷いて寝るござ。

ねこだをく［組］みしあとの秋風　在色《ざいしき》［江戸］　ねこだに編まれてわらくずが散る。連句の短句［七七音］

人のいゝ車力《しゃりき》ねこだを敷いてくる　［柳多留］

ねこだ敷く車力は人にうらやまれ　［柳多留］　車力＝荷車ひき

百姓はねこだの上で死にたがり　［川柳］「畳の上で」と同じ。農家では畳の代わりに用いた

ねこたいじ【猫退治】　古典落語の演目。二代目三遊亭金馬《さんゆうていきんば》が演じた。

ねこだまし【猫だまし】　相撲で、立ち合いに相手の目の前でパンと手を叩き、相手がひるんだすきに

組み付いたり、技《わざ》を掛けたりすること。

ねこだんご【猫団子】 猫が寄り集まり、団子状になって寝ている様子。猫溜《ねこだまり》。

捨猫《すてねこ》の寄りかたまるを日がぬく[温]め　橋本多佳子《はしもとたかこ》

仔猫《こねこ》かたまる日溜《ひだま》り落葉吹き溜《たま》り　橋本多佳子

猫の子の皆集まりし白さかな　落葉女[サ]

ねこぢゃや【猫茶屋】 江戸時代、回向院《えこういん》前で、金猫《きんねこ》・銀猫《ぎんねこ》と称する私娼《ししょう》を抱《かか》えていた茶屋。

ねこづか【猫塚】 ①猫のお墓。猫の塚。関連→猫《ねこ》の墓《はか》。②飼主に恩返しをした猫や化《ば》け猫を埋めたなどの伝承をもつ塚。

ちらちらと陽炎《かげろう》立ちぬ猫の塚　夏目漱石　飼い猫の墓に

猫の塚お伝《でん》の塚や木下闇《こしたやみ》　正岡子規　高橋お伝の墓

猫塚に恋草《こいぐさ》生《お》ふる小雨かな　内藤鳴雪《ないとうめいせつ》　恋心がつのる

猫塚《ねこづか》に正月させるごまめ哉《かな》　一茶　ごまめ＝正月の祝儀用。猫の好物

正月や猫の塚にも梅の花　一茶

猫塚を発《あば》けば人の様《よう》な骨　痩浪人[川柳]

ねこっかぶり【猫被】 猫被《ねこかぶり》の転。

ねこっかわいがり【猫可愛がり】 猫可愛《ねこかわい》がりの変化した語。

ねこつぐら【猫つぐら】 稲を脱穀《だっこく》した後のわらはいろんな使い道があるけれど、「猫つぐら」（寒さを防ぐため入口を狭く編んだブース）を作ってもらえるので、うれしいにゃ〜。

新藁《にいわら》の香《か》のこのもしく猫育つ　飯田蛇笏《いいだだこつ》

わせわら［早稲藁］や猫から先へ安堵顔《あんどがお》　一茶

つぐらから猫が面《つら》出すいろり哉《かな》　一茶

初雪や猫がつら出スつぐらから　一茶

ねこっけ【猫っ毛】 猫の毛のように、やわらかい頭髪。

ねこっしょう【猫性】 表には出さないが、内心は猫のように執念深く貪欲《どんよく》であること。猫根性《ねここんじょう》。

ねこづな【猫綱】 猫をつないだ綱。また、強情で人の言うことに従わないこと。▽の句は、牡丹《ぼたん》に見とれて言うことをきかず、帰りが遅れるのも道理だという意味。

妻恋《つまごい》やひけどひかねど猫の綱　風鈴軒《ふりょうけん》［江戸］

猫づなも牡丹《ぼたん》の陰は道理《どうり》哉《かな》　重頼《しげより》［江戸］▽

妄執《もうしゅう》はしらを廻《めぐ》る猫の綱　蟻凸《ぎとつ》［江戸］ 妄執＝逢いたいという気持ち

これきりと猫の碇《いかり》を繋《かけ》て置《おく》　遊糸［江戸］ 猫の碇＝猫の綱につけ、物にかけて猫を引き留めるもの

つま恋《ごい》や綱手《つなで》悲しき猫の声　林元《りんげん》［江戸］

ねこづら【猫面】 ①猫に似て短い顔の人のこと。ねこおもて。②魚の鱰《しいら》の異名（頭部の姿より）。

ねこつれて【猫連れて】 猫が気になって置いて出かけられない人もいる。

御袋《おふくろ》は猫をも連《つれ》てちのわ［茅の輪］哉《かな》　一茶　くぐると疫病を免れるといわれる夏越（なごし）の祓（はらえ）の輪

猫連て松へ隠居《いんきょ》や煤掃《すすはき》［煤払《すすはらい》］　一茶　煤掃（煤払）＝年に一度の大掃除

連《つれ》て来て飯喰《めしくわ》はせけり猫の妻　一茶

ねこでさばく【猫で捌く】 女房にとりついた憑《つ》きものを霊力のある猫に見立ててもらおうとする。

女房《にょうぼ》の魔《ま》ものを猫で御捌《おんさば》き　［柳多留］

二股《ふたまた》の女房《にょうぼ》を猫で御捌《おんさばき》　［柳多留］　二股＝浮気

ねこといる【猫と居る】 人は猫から安らぎを、猫は人から食べ物と安全をもらう。

金沢のしぐれをおもふ《う》火鉢《ひばち》かな　室生犀星《むろうさいせい》　本書の表紙の愛猫ジイノちゃんと

火が灰になり行《ゆ》く猫と静けさ　尾崎放哉《おざきほうさい》

猫と居る庭あたたかし賀客《がきゃく》来る　松本たかし　賀客＝正月の年始客

微熱《びねつ》ありきのふ《う》の猫と沖をみる　西東三鬼《さいとうさんき》

小脳《しょうのう》を冷《ひや》しちひ《い》さき猫とゐ《い》る　西東三鬼

天籟《てんらい》を猫と聞き居《い》る夜半《よわ》の冬　佐藤春夫《さとうはるお》　天籟＝風の音

海棠《かいどう》に女郎《じょろう》と猫とかぶろ［禿］かな　卜宅《ぼくたく》［江戸］　禿＝遊女に仕える見習い少女

猫ともに二人ぐらしや朝蚊《あさか》やり［遣］　一茶　朝蚊遣＝朝の蚊取り

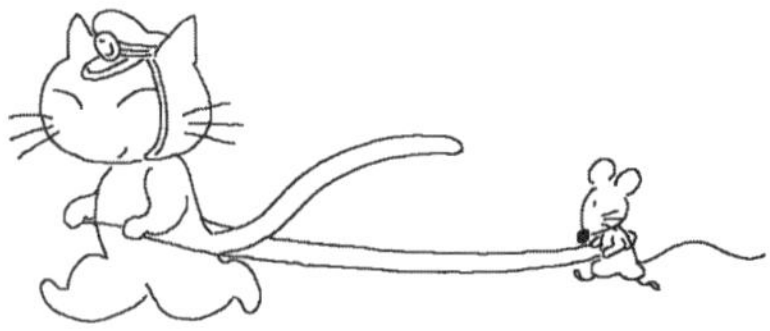

寝《ね》並《なら》んで小蝶《こちょう》と猫と和尚哉《おしょうかな》　一茶

寝ころんで猫さし上げて職がなし　敬介［川柳］

梅《うめ》が香《か》が匂う火鉢《ひばち》へネコといる　案山子［川柳］

むごい事《こと》うきが友には猫ばかり　［柳多留］　うさ晴らしの相手は猫ばかり

ねことかつおぶし【猫と鰹節】 猫の好物をそばに置くと間違いが起きやすい。

麗《うらら》かに鰹節《かつぶし》乾《ほ》せば野猫《のねこ》かな　飯田蛇笏《いいだだこつ》

猫の妻かの生節《なまぶし》を取り畢《おわ》んぬ　太祇《たいぎ》［江戸］　乾燥しきらない生の鰹節を取ってしまった

貫之《つらゆき》は猫を追ひ《い》〳〵荷をほどき　［川柳］　船荷の鰹節を猫がかぎつけた

せわしない猫かつぶしでくらわされ　［柳多留］　強くなぐられ

猫の歯は立《たた》ぬ御国の鰹ぶし　［柳多留］

ねことしゃくし【猫と杓子】 江戸川柳では猫は芸者、杓子は飯盛女《めしもりおんな》（宿場の私娼《ししょう》）の異称。

猫となり杓子と成《な》るも孝《こう》の道　［柳多留］

むごひ《い》親娘を猫や杓子にし　［柳多留］

繁昌《はんじょう》は猫も杓子も金に成《な》り　［川柳］

高輪《たかなわ》の猫は杓子《しゃくし》の邪魔になり　［川柳］

ねこととら【猫と虎】 猫は家で飼える虎。虎は家で飼えぬ猫。

虎に似たり或《ある》夕暮のねこのつま　青波［江戸］
虎つるむ恐ろしなども猫の恋　素丸《そまる》［江戸］
大磯も虎はむかしに猫の恋　也有《やゆう》［江戸］
妻恋《つまごい》や虎におとらぬ遊君《ゆうくん》ども　保俊［江戸］　遊君＝遊び女（め）、遊女

ねことねる【猫と寝る】　猫は温かく柔らかく心が落ち着く。
美しきふとんに猫と共寝《ともね》かな　竹下《たけした》しづの女《じょ》
猫の子が腋《わき》の下にて熟睡《じゅくすい》す　日野草城《ひのそうじょう》
人と寝る肌わすれてや猫のこひ《い》［恋］　里史［江戸］
さびしさに猫とぬ［寝］る夜《よ》の蚊帳哉《かちょうかな》　城北郎［コ］　寝（ぬ）＝眠るの古語
猫と寝てゐ《い》て仇討《あだうち》を早く知り　玉章［川柳］

ねこどの【猫殿】　猫間《ねこま》中納言光高《みつたか》のこと。関連→猫間《ねこま》
猫殿と云《い》はれた公家《くげ》は鼠まひ《い》［舞］　［川柳］　鼠舞＝ためらうこと

ねことり【猫捕・猫取】　猫を捕まえる専門業者。三味線屋に売った。

ねこどり【猫鳥】　①梟《ふくろう》の異名。②海猫《うみねこ》（＝かもめ）の異名。夏の季語。関連→海猫《うみねこ》
ねこ鳥の山田にうつる霰《あられ》かな　昌房《まさふさ》［江戸］
猫鳥の行列もなき時雨哉《しぐれかな》　荻人《てきじん》［江戸］

ねことわかれる【猫と別れる】 尾を引く猫との別れ。
別れともない猫がもつれる　種田山頭火《たねださんとうか》
さびしげに猫別れ行赤椿《ゆくあかつばき》　寂芝《じゃくし》［江戸］
出《で》かは《がわ》［替］りや猫抱《だき》あげていとまごひ《い》　慈竹《じちく》［江戸］　出替＝雇人の交替
ひざの猫ひざへ渡していとまごひ《い》　［柳多留］　いとまごい（暇乞）＝別れの挨拶
女客《おんなきゃく》猫から先へいとまごひ《い》　［柳多留］

ねこなでおや【猫撫親】 わが子に対してあまい親のこと。

ねこなでごえ【猫撫声】 やさしく媚《こび》るような甘い声。猫撫声《ねこなぜごえ》。ねこなで。下声音《したこわね》。
いづ《ず》れもの猫なで声に年の暮れ　嵐雪《らんせつ》［江戸］　あちこちの
おく露《つゆ》や猫なで声の山烏《やまがらす》　一茶
御袋《おふくろ》も猫なで声の十夜哉《じゅうやかな》　一茶　お十夜
霜《しも》がれて猫なで声の烏《からす》哉《かな》　一茶
爪弾《つまびき》は猫なで声でうたつ《っ》てる　［柳多留］　爪弾＝琴や三味線を弾くこと
猫撫《ねこなで》の姑《しゅうと》時々眼がかは《わ》［替］り　［柳多留］
猫撫の姑に嫁《よめ》の鼠舞《ねずみまい》　［柳多留］　とまどう嫁

ねこにあおられる【猫にあおられる】 猫が発情する時期は人もそわそわ。▽の句は、庚申待《こうしんま》ちの夜にできた子は泥棒になるという俗信から禁欲的に過ごすのが建て前。それに比べて猫はいいなぁ。

恋猫や主人は心地例《れい》ならず　夏目漱石　例ならず＝普通ではない

恋猫や急《いそ》ぎの化粧紅《べに》を過ぎし　松根東洋城《まつねとうようじょう》　紅が濃くなった

女ばかり庚申待《こうしんまち》や猫の恋　岡本松濱《おかもとしょうひん》▽

眠り薬利《き》く夜《よ》利かぬ夜猫の恋　松本たかし

ねこにあたる【猫に当たる】 無力な猫に八つ当たりするなんて、ひどいにゃ〜。

うき人に石投げらるゝ猫の恋　正岡子規

残暑に倦《う》み猫を邪慳《じゃけん》に扱へ《え》り　日野《ひの》草城《そうじょう》

大寒《だいかん》の猫蹴つ《っ》て出《い》づ書《しょ》を売りに　西東三鬼《さいとうさんき》

うっぷんを晴らすに丁度《ちょうど》猫がお［居］り　天望子［川柳］

茶椀酒《ちゃわんざけ》本気になって猫を蹴《け》り　臥龍坊［川柳］

ぶちのめせいけやかましい猫の恋　［柳多留］

御不勝手《ごふかって》むざん猫までぶちこわし　［柳多留］　武家の家計が苦しくて

◎猫に会った鼠《ねずみ》猫に追われた鼠…猫の前の鼠。畏縮して策略も浮かばず、危難を回避できない様。

ねこにいしぼとけ【猫に石仏】「猫に小判」に同じ。石仏は石で作った仏像。

ねこにおわれる【猫に追われる】 胡蝶《こちょう》になった夢を見た荘周（荘子）は、めざめてから荘周が蝶に

なったのか、蝶が荘周になったのかと不思議の感に打たれた。

猫におわれたで荘子はうなされる　［柳多留］　荘子＝荘周

荘周《そうしゅう》も猫に追はれ《わ》てうなされん胡蝶《こちょう》となりし春の日の夢　四方赤良《よものあから》

ねこにかがれる【猫に嗅がれる】　猫の鼻は利《き》くので、怪《あや》しげなことまで嗅ぎ当てる。

のら猫の鼻つけて見る海鼠哉《なまこかな》　正岡子規

金柑《きんかん》や嗅いでは猫の逐《お》ひ《い》まは《わ》し　自来［江戸］

猫の子に嗅《かが》れてゐ《い》るや蝸牛《かたつむり》　才麿《さいまろ》［江戸］

恋猫に嗅がれて萌《も》える壁の草　成美《せいび》［江戸］

嗅《かい》で見てよしにする也《なり》猫の恋　一茶

猫にかゞせる女房《にょうぼ》とくさい奴《やつ》　［柳多留］

ねこにかつおぶし【猫に鰹節】　猫の近くに好物の鰹節を置くのは危険なことだ。

柏木《かしわぎ》と女三《にょさん》は猫に鰹節　［川柳］　関連→女三《にょさん》の宮《みや》の猫

ねこにかまれる【猫に噛まれる】　甘噛み、警告噛み、本気噛み、使い分けてるにゃ。

恋猫の足をかまれて戻りけり　村上鬼城《むらかみきじょう》

しほ《お》〳〵と恋猫噛《かま》れ戻り鳧《けり》　麦天［シ］

噛まれしが思ひ《い》もすてず猫の声　太祇《たいぎ》［江戸］

うき友にかまれてねこの空《そら》ながめ　去来《きょらい》［江戸］つれない恋の相手にかまれ魂が抜けたように空を眺めている

うかりける妻をかむやらはつせ［初瀬］猫　一茶『百人一首』「うかりける人を初瀬の…」の本歌取り

なき尽くし首玉《くびたま》をかむ猫の妻　鳥蓁［江戸］

花に日のさして蝶《ちょう》噛む猫の声　百池《ひゃくち》［江戸］

猫の色事《いろごと》襟元《えりもと》へくらい込み　［柳多留］

ねこにからざけ【猫に乾鮭】「猫に鰹節《かつおぶし》」に同じ。▽の句は台所に吊ってある乾鮭を欲しがって鳴く猫の声が山彦《やまびこ》のようだの意。前句《まえく》は「から鮭の尾上《おのえ》にちかき台所　卜尺《ぼくせき》」。

から鮭《ざけ》は猫の分別《ふんべつ》ぶくろ哉《かな》　越人《えつじん》［江戸］　分別袋＝分別の詰まった袋、知恵袋

猫のにや《ゃ》ぐ〱いづ《ず》れ山びこ　松臼《しょうきゅう》［江戸］▽　連句の短句［七七音］

ねこにかんぶくろ【猫に紙袋】①猫に紙袋をかぶせる。②猫に紙袋をかぶせると後ろへさがるところから、あとずさりすることをいう。あとじさり、あとしざり、あとしさりとも言う。

まづ《ず》猫に袋かぶせる国家《くにが》老《ろう》　［柳多留］

手踊りで狂ふ《う》袋を着せた猫　［柳多留］

張替《はりかえ》の猫にかぶせる紙袋　［柳多留］三味線の張替用に猫を捕まえる

紙袋かぶらされたる猫の子のあとしさりする恋ごころかも　佐佐木信綱《ささきのぶつな》

留守《るす》もりて入《い》り日《ひ》紅《あか》けれ紙ふくろ猫に冠《かぶ》せんとおもほ《お》えなくに　齋藤茂吉《さいとうもきち》

ねこにきゅう【猫に灸】 二日灸《ふつかきゅう》は陰暦二月二日にすえる灸。この日にすえると効能が倍あり、病気をせず、災難をのがれ、長寿を保つとされた。ふつかやいと。春の季語。〔大辞林〕

かくれ家《が》や猫にもすへ《え》る二日灸《ふつかきゅう》　一茶

隠家《かくれが》や猫にも祝《う》ふ二日灸　一茶

猫に灸ばかして居る三絃屋《さんげんや》　〔柳多留〕　灸ばかりしている三味線屋

似せ猫で灸すへ《え》〔据〕などをかぢつ《っ》てる　〔柳多留〕

ねこにきょう【猫に経】 物の価値がわからないことのたとえ。牛に経文《きょうもん》。馬の耳に念仏《ねんぶつ》。

時雨《しぐる》るゝや泥猫《どろねこ》眠る経の上　夏目漱石

ねこにくわれる【猫に食われる】 美味しい魚は猫に先を越される。油断はできない。

人喰《くい》ひし猫の潜《ひそ》める花糸瓜《はなへちま》　久米正雄《くめまさお》

白猫やとかげ〔蜥蜴〕喰《くう》ふてふ《ちょう》閨《ねや》の秋　飯田蛇笏《いいだだこつ》　閨＝寝室

黒《くろ》とんぼ猫に食《く》は《わ》るる声も無く　日野草城《ひのそうじょう》

野《の》ら猫に鵙《もず》の草茎《くさぐき》喰《く》は《わ》れたり　柴雫《さいてき》〔江戸〕　鵙が保存していたいけにえ

喰《くい》ひてけり猫一口《ひとくち》にあめの魚《うお》　信徳《しんとく》〔江戸〕　あめのうお＝びわます

ねこにくわせろとハ遣《や》リ手《て》なさけ無シ　〔川柳〕　やぼな客は猫に食わしてしまえ

あかんぼを黒き猫来て食《は》みしといふ《う》恐ろしき世にわれも飯食《いいは》む　北原白秋《きたはらはくしゅう》

ねここばん【猫に小判】 価値のわからない者に高価な物を与えても無駄であることのたとえ。

世の師走《しわす》猫にみせても小判哉《かな》　可容［江戸］　師走の風景を見せることが

ねこにさかなのばん【猫に肴の番】 猫のそばに好物である魚を置くこと。安心できないことのたとえ。［大辞林］

猫のまん中に焼《やい》てる塩まぐろ　秋江［川柳］　塩鮪＝塩漬けの鮪

そろ〳〵と猫が引《ひき》だす車海老《くるまえび》　［柳多留］

ねこにしかず【猫に如かず】 人の世には猫に及ばないことが多々ある。

我恋《わがこい》のかくても猫に劣《おと》りけん　正岡子規

鼠《ねずみ》をとる猫に如かずと大《おお》いなる覚者《かくしゃ》コツ《ッ》ホが言《こと》の尊《とう》とさ　伊藤左千夫《いとうさちお》

ねこにずきん【猫に頭巾】 猫ずきんちゃん、可愛いにゃ〜。

頭巾きていづ《ず》ち行覧《ゆくらん》猫の胴　尚白《しょうはく》［江戸］　どこに行くのだろう

毛頭巾《けずきん》をかぶれば猫の冬籠《ふゆごもり》　史邦《ふみくに》［江戸］　毛皮で作った頭巾

春雨や頭巾を猫にかぶせけり　［武玉川］

ねこにちぶみ【猫に血文】 客に対する愛の契《ちぎ》りの証文として遊女が自分の指の血でしたためた血《ち》文《ぶみ》。客はそれを猫にかがせて、人の血かどうか（鯛の血や赤貝の代用ではないか）を確かめた。

魚《うお》のかと猫に血文を見て貰《もら》ふ《う》　［川柳］

赤貝《あかがい》の血ぶみを猫のかぎ出して　［川柳］

ねこにとわれる【猫に問われる】　猫は飼い主の変調に敏感。

忍《しの》ぶかと巨燵《こたつ》の猫に問《と》はれけり　正岡子規

けふ《きょう》の頭痛を猫に訪《と》わる丶　岩獅［江戸］　連句の短句［七七音］

人の恋季《こいき》はいつなりと猫とはゞ《わば》面目《めんぼく》もなし何とこたへ《え》ん　也有《やゆう》［江戸］

◎猫には遊女《ゆうじょ》が成《な》る…遊女が死ぬと猫に生まれかわる。「傾城《けいせい》（＝遊女）には猫が成る」ともいう。

ねこにひっかかれる【猫に引っ掻かれる】　薔薇《ばら》に棘《とげ》があるように猫には爪《つめ》がある。

のら猫に引《ひっ》か丶れけり梅の花　一茶

黒猫をいぢ《じ》り代脈《だいみゃく》ひつ《っ》か丶れ　［柳多留］　代脈＝代診の医者

膝《ひざ》へ来《こ》ぬ猫へ手を出しひつ《っ》か丶れ　［柳多留］

ひつ《っ》かいた新田の猫は位附《くらいつき》　［柳多留］

ねこにまたたび【猫に天蓼】　またたびは猫の大好物。猫の気分が高揚する。

さかる猫は気の毒たんとまたたびや　［芭蕉撰・歌合せ「貝おほひ」］　たくさんまたたびをあげよう

山の辺《べ》や天蓼拾《ひろ》ふ青あらし［嵐］　白雄《しらお》［江戸］　青嵐＝青葉の頃の強風

天蓼に花見顔《はなみがお》なる小猫かな　存義《ぞんぎ》［江戸］　花見酒を飲んだような顔して

かきほ［垣穂］より姿をちらとみけ猫のまたたび〳〵《たび》に思ひ《い》みだる丶　すは子［川柳］

◎猫にまたたび、お女郎《じょろう》に小判《こばん》…どちらも大好物。相手の機嫌をとるのにきわめて効果的なもののたとえ。

下総《しもうさ》の猫は小判を嬉しがり　［柳多留］

猫を小判でころばした面白さ　［柳多留］　金の力で遊女をいいようにする

そこが江戸猫に小判を蒔《まき》ちらし　［柳多留］

ねこにみずをかける【猫に水をかける】　水祝いは新婚の婿《むこ》に集落の若者が水をかけたり手荒く祝うこと。ここは騒がしい盛り猫に柄杓で水をかけること。

婚礼の猫へ柄杓《ひしゃく》の水祝《みずいわい》ひ　［柳多留］

◎猫にもなれば虎《とら》にもなる…優しくもなれば猛々《たけだけ》しくもなるたとえ。

ねこにものいう【猫に物言う】　返事をしてくれる猫もいる。話し甲斐がある。

うららかや猫にものいふ妻のこゑ［声］　日野草城《ひのそうじょう》

物言へど猫は答へぬ寒さ哉　寺田寅彦《てらだとらひこ》

恋猫と語る女は憎むべし　西東三鬼《さいとうさんき》

逝《ゆ》く春を猫に物言ふ若き尼《あま》　角恋坊《かくれんぼう》［川柳］　ゆく春＝すぎてゆく春、晩春

口説《くど》かれて娘は猫にものをいひ　［柳多留］　相手に直接返事できない娘が猫につぶやく

わびしうも甘納豆をつまみつつ猫に物いふ夜《よ》の長きかな　片山廣子《かたやまひろこ》

ねこねむる【猫眠る】 猫は「寝子」という字を当てられたり、「睡獣《ねむりけもの》」とも言われるように、いつもよく寝ている。

家深く白猫眠る雪の宿　佐藤惣之助《さとうそうのすけ》

子猫ねむしつかみ上げられても眠る　日野草城《ひのそうじょう》

石蕗《つわ》さくや猫の寝《ね》こける草の宿　村上鬼城《むらかみきじょう》

猫の子や親をはなれて眠り居る　村上鬼城

猫ねむり枯園《かれその》の陽《ひ》は黄《き》と澄《す》めり　中尾白雨《なかおはくう》

猫のよく眠ることよの鰯雲《いわしぐも》　久保田万太郎《くぼたまんたろう》

埋火《うずみび》や渋茶《しぶちゃ》出流《なが》れて猫睡《ねむ》る　正岡子規　埋火＝灰にうずめた炭火

琴の音《ね》に猫睡《ねむ》らせよ秋の暮《くれ》　野有《やゆう》［江戸］

猫の寝た迹《あと》もつかぬぞ苔《こけ》の花　一茶

門先《かどさき》や猫の寝る程《ほど》草青む　一茶　門先（門前）の春草が猫が寝転ぶくらいに伸びた

塗盆《ぬりぼん》に猫の寝にけり夏座敷《なつざしき》　一茶

ぐっすりと猫花札《はなふだ》の部屋で寝る　千両［川柳］

蒼空《あおぞら》をはら［孕］んで猫が眠つ《っ》てる　五呂八《ごろはち》［川柳］

ねこのあし【猫の足】 ①猫の足。②植物、現証拠《げんのしょうこ》の異名。

月明《あか》し萩《はぎ》にからまる猫の足　夢筆［ホ］
あと足も地におちつかず猫の恋　寂芝《じゃくし》［江戸］
妻恋《つまごい》に灰《はい》うら見るや猫の足　玉井［江戸］　灰で吉凶を占う
猫の足よごさぬ冬の朝《あした》かな　乙州《おとくに》［江戸］　寒くて不精（ぶしょう）になる
猫の足洗うてやらん春の雨　翠羽《すいう》［江戸］

ねこのあしあと【猫の足跡】　拭く足は持たない。

猫の足跡に笑《わ》はれて居る　尾崎放哉《おざきほうさい》
恋猫の足の跡あり化粧部屋　正岡子規
足跡をつまこ［妻恋］ふ《う》猫や雪の中　其角《きかく》［江戸］
足跡を妻よぶ猫や雪の中　其角《きかく》［江戸］
転《さえず》りのこゑ《え》［声］はあかるき板縁《いたえん》に猫がのこせる昨夜《よべ》の足あと　明石海人《あかしかいじん》

ねこのあしおと【猫の足音】　関連↓猫足《ねこあし》

わが眼の前を通る猫の足音無し　尾崎放哉《おざきほうさい》
猫の足音がしないのが淋しい　尾崎放哉
黒き猫跫音《あおと》も立てずよぎりたり夕日あかあかと荒《あ》れ庭あはれ《わ》　吉井勇《よしいいさむ》　よぎる＝前を通りすぎる

ねこのあだな【猫の仇名】　猫の飼い主は猫の名付け親になる。

虎《とら》といふ仇《う》名の猫ぞ恋の邪魔《じゃま》　正岡子規
下駄《げた》の緒《お》に鈴つけたれば友等《ともら》皆《みな》猫のあだ名を我《わ》れにつけたり　水原隆［八］

ねこのあな【猫の穴】 猫は小さな穴をすり抜け易々と異界に出入りする。
猫の穴から物をか［買］ふ《う》寒《さむさ》哉《かな》　一茶
猫の穴から物買《かい》て冬籠《ふゆごもり》　一茶
鼠《ねずみ》より蔵《くら》の邪魔なり猫の穴　斎水［川柳］ 猫の穴の方が大きく、こちらの方が迷惑
ねこのいえで【猫の家出】 猫に去られる家は淋しい。
猫の恋きけばこのごろ家出かな　茶雀［江戸］
出て三日《みっか》人ならいかに猫のこひ《い》［恋］　［柳多留］

ねこのいちもつ【猫の一物】 湯女《ゆな》のこと。

ねこのいどころ【猫の居所】 陰暦十月の亥《い》の日に亥《い》の子餅《こもち》をついて収穫を祝う。▽の句は、収穫した倉の穀物を鼠から守るため、見晴らしのよいところに猫を据えるという意味。
炉開《ろびら》きや猫の居所も一人前　正岡子規
炉開《ろびらき》の猫も処《ところ》を得《え》たりけり　高濱虚子《たかはまきょし》
よい所があらば帰るなうかれ猫　一茶
亥《い》の日から猫の居所たかく出来《でき》　［柳多留］▽

ねこのいとめ【猫の糸目】細く思慮深い目は猫を神秘的に見せる。
秋猫の目の糸ほどに恋《こい》ひわたる　飯田蛇笏《いいだだこつ》
昼がほ《お》［顔］や猫の糸目になる思ひ《い》　其角《きかく》［江戸］
◎猫の居ぬ間に鼠《ねずみ》が遊ぶ…目上の者がいない間に羽を伸ばすこと。

ねこのいびき【猫の鼾】くたびれ切った猫の不覚の姿。
大猫《おおねこ》が恋草臥《こいくたびれ》の鼾かな　一茶
陽炎《かげろう》にぐい〳〵猫の鼾かな　一茶
◎猫の魚辞退《うおじたい》…辞退しながら手が出てしまう、内心と違う行動をとること。

ねこのうきな【猫の浮き名】猫の恋には芳《かんば》しからぬ名いくつも。
三味線の皮のうき名や猫の恋　木導《もくどう》［江戸］　浮き名＝恋愛や情事のうわさ
子の破る障子に猫のうき名かな　其玉《きぎょく》［江戸］
猫の浮き名飼《か》ひ《い》置く人に立ちにけり　丈石《じょうせき》［江戸］
白猫に浮き名立ちけり宵《よい》の闇《やみ》　千影《せんえい》［江戸］
綱《つな》ひきや汝《なれ》も名はたつ猫の妻　常相［江戸］
野良《のら》といふ《う》うき名立《たち》けり猫の恋　田女《でんじょ》［江戸］

ねこのうしろつき【猫の後ろつき】猫の後ろ姿。

苗代《なわしろ》の畦《あぜ》つたふ《う》猫の後ろつき　會津八一《あいづやいち》

ねこのうぶごえ【猫の産声】ちっこくてもお腹いっぱいの声が出るにゃん。関連→猫の産《さん》

鳥羽玉《ぬばたま》の闇《やみ》の粟穂《あわほ》の奥ふかくするどき猫のうぶ声きこゆ　北原白秋《きたはらはくしゅう》

闇《やみ》の夜《よ》に踊り出《い》でたる金無垢《きんむく》の生《いき》の子猫のうぶ声きこゆ　北原白秋

母猫《おやねこ》の大黒《おおくろ》猫の闇《やみ》に坐り大《おお》まかに啼《な》く子を産み落し　北原白秋　おおまかに啼く＝おおように。子を産んだ母猫の貫禄

闇《やみ》の夜《よ》にうまれ落ちたる猫の児《こ》があは《わ》れあは《わ》れ猫の声すもよいま　北原白秋

闇《やみ》の夜《よ》に猫のうぶごゑ《え》聴《き》くものは金環《きんかん》ほそきついたちの月　北原白秋

ねこのうらみ【猫の怨み】うらみも感謝も忘れっぽいけど。

我恋《わがこい》のそれにも猫のうらみ哉《かな》　正岡子規　自分の恋にも猫の恋に似た恨みがある

恨《うら》みわびニヤ《ャ》〱と泣くなり猫の妻　正岡子規

ねこのえ【猫の絵】虎を描いてもいつの間にか猫になる。脇の竹で虎と察して。

冬ざれの猫の描《か》きある杉戸《すぎど》かな　中村吉右衛門《なかむらきちえもん》（初代）

猫かはい虎《とら》か左様《さよう》と下手《へた》絵かき　［柳多留］　可愛いい猫ですな、なに猫じゃなくて虎？　なんと下手な画描きだ

猫でない証拠に竹を書《かい》て置き　［柳多留］

猫ならば猫にしておけ下手《へた》の虎《とら》　［柳多留］

ねこのえさ【猫の餌】よく眠りよく食べる猫。

秋の夜《よ》や犬から貰《もらっ》たり猫に与《え》へたり　種田山頭火《たねださんとうか》

買初《かいぞめ》の小魚《こざかな》すこし猫のため　松本たかし

追《お》ひ《い》焚《だき》を猫に喰《くわ》せる朝寝坊《あさねぼう》　［柳多留］　追炊（おいだき）＝温めなおし

奴《やっこ》の首を買つ《っ》て来て猫にやり　［柳多留］　奴＝うなぎ（浅草の奴鰻《やっこうなぎ》）

を《お》りふしのいさかひ《い》事《ごと》はありもせめ犬がくは《わ》ずば猫にやれこそ　正岡子規

ねこのお【猫の尾】　①猫の尾。関連→株猫《かぶねこ》、牛蒡猫《ごぼうねこ》、下猫《さがりねこ》。②植物で「猫の尾」と呼ばれるのは、力芝《ちからしば》、岡虎尾《おかとらのお》、狗児草《えのころぐさ》。

親に似て尾長き猫や寒夜《かんや》の灯《ひ》　素月［サ］

尾は蛇《へび》の如《ごと》く動きて春の猫　高濱虚子《たかはまきょし》

黒猫の細尾《ほそお》光りて触れにけり開き切りたる緋牡丹《ひぼたん》の花　岡本《おかもと》かの子《こ》

長き尾のさきをみつめて耳たてし顔黒き猫の瞳《まみ》のけは《わ》しさ　前田夕暮《まえだゆうぐれ》

ねこのおとしだま【猫のお年玉】　人並みのお年玉来《こ》ないにゃあ。

年玉や猫の頭《あたま》へすでの事《こと》　一茶　頭を撫でてやったことがお年玉

ばか猫や年玉入れの箕《み》に眠る　一茶　箕＝穀物をふるいわけるかご

年玉やかたり猫にぞ打《うち》つける　一茶　かたり猫＝人をだます猫

門礼《かどれい》や猫にとし玉打《だまうち》つける　一茶　門礼＝門口だけで新年の挨拶をすること

猫の年玉爪《つめ》とぎはおもひ《い》つき　［柳多留］

ねこのおもい【猫の思い】　春の交尾期、恋の相手に焦《こ》がれる猫の気持ち。春の季語。

五器《ごき》の飯《めし》ほとびる猫の思ひ《い》かや　正岡子規　ほとびる＝涙でふやける

くるめかす猫の思ひ《い》や春の草　りん女《じょ》［江戸］　くらくらするような恋心

にくまれて見れども猫のおもひ《い》哉《かな》　りん女

抜穴《ぬけあな》をかまへ《え》て猫のおもひ《い》かな　野紅《やこう》［江戸］

どの家根《やね》の窓がおもひ《い》ぞ猫の鳴く　道彦《みちひこ》［江戸］

ねこのおもいね【猫の思い寝】　恋しい相手が夢に出れば、猫の耳が動く。

思ひ《い》寝の耳に動くや猫の恋　太祇《たいぎ》［江戸］

おもひ《い》寝の尾に蛇《へび》もしつ猫の恋　蓼太《りょうた》［江戸］　寝ていて動く尾は蛇のようだが、これも恋猫の情念ゆえ

ねこのおもさ【猫の重さ】　重たからず軽からず。

親猫はずつ《つ》しり重し冬ごもり　日野草城《ひのそうじょう》

旅のひざ仔猫《こねこ》三つの重さぬく［温］さ　橋本多佳子《はしもとたかこ》

いだきたる子猫は軽し綿《わた》のごと　阿乎美［サ］

人はいざ猫よりかるし猫の恋　沾圃《せんぽ》［江戸］

猫が来て重《おも》りにかゝる衾哉《ふすまかな》　嵐青《らんせい》［江戸］　衾＝かけぶとん

大夜着《おおよぎ》や重きがうへ《え》のねこのつま　松昨思［江戸］　夜着＝夜、寝るときに掛けるもの
草臥《くたびれ》を母とかたれば肩に乗る子猫もおもき春の宵《よい》かも　長塚節《ながつかたかし》

ねこのおや【猫の親】　親らしい振る舞いとは何かを教えてくれる存在。春の季語。関連→親猫《おやねこ》
猫の親屑茶《くずちゃ》の上を歩《あ》るきけり　前田普羅《まえだふら》
猫の親子《こ》を転《こ》ろばして遊んで居《い》　白水子［川柳］
蚤《のみ》かんで寝せて行也《ゆくなり》猫の親　一茶

ねこのかお【猫の顔】　どれも似ているがどれも似ていない。
猫の顔もみがきあげたり玉《たま》の春《はる》　正岡子規　玉の春＝新春、年の初め
猫の大きな顔が窓から消えた　尾崎放哉《おざきほうさい》
やぶ入《いり》のたらずや猫のうつら顔《がお》　嘯山《しょうざん》［江戸］　休み足りなかったか
顔つきの空にもどりて猫の恋　野紅《やこう》［江戸］　うわの空になって
恋猫の片顔見ゆる小夜砧《さよぎぬた》　一茶　小夜砧＝夜打つ砧

ねこのかげ【猫の影】　影絵遊びをしに行こう。
恋すてふ猫の影さす障子かな　井上井月《いのうえせいげつ》
陽炎《かげろう》や障子《しょうじ》に映《うつ》る親子猫　近藤緑春［八］
恋猫の我《わ》が影をふむこだま哉《かな》　寂芝《じゃくし》［江戸］

わが影や月になほ《お》啼《な》く猫の恋　探丸《たんがん》［江戸］
病《や》める眼の至近《しきん》を白き浮遊物となりて漂よへ《え》り人のかげ猫のかげ　木谷花夫［八］
うちかがむ毛《け》の柔《にこ》ものの黒きかげ葱《ねぎ》はかがよふ《う》月夜《つきよ》落窪《おちくぼ》　北原白秋

ねこのかげぼうし【猫の影法師】 急に見るとこわいかも。
窓の月恋する猫の影ぼうし　石友《せきゆう》［江戸］
竹の子や面《つら》かく猫の影法師　一茶　竹の子が生え伸びる頃
梅咲《うめさく》やせうじ《しょう》［障子］に猫の影法師　一茶
綿《わた》くりやひ《よ》よろりと猫の影法師　一茶　綿くり＝綿を繊維と種に分ける作業

ねこのかよいじ【猫の通い路】 常の住まいと別宅を猫は自由に往《ゆ》き来《き》する。以下の句は『小倉《おぐら》百人一首』の「天《あま》つ風《かぜ》雲のかよひ路《いじ》吹きとぢ《じ》よを《お》とめの姿しばしとどめむ《ん》」の本歌取り。関連↓通《かよ》う猫、猫の恋路《こいじ》
淡雪《あわゆき》や通ひ路《い》細き猫の恋　寺田《てらだ》寅彦《とらひこ》
垣の梅猫の通路咲《かよいじさき》とぢ《じ》よ　一茶
菜《な》の花も猫の通ひぢ《いじ》吹《ふき》とぢ《じ》よ　一茶
門《かど》の山《やま》猫の通《かよいじ》ぢ付《つき》にけり　一茶
対《たい》の屋《や》や猫のかよひ路《い》蕗《ふき》の薹《とう》　千那《せんな》［江戸］

ねこのかわ【猫の皮】 ①猫の皮。②三味線。▽の句は、江戸浄瑠璃の土佐節《とさぶし》と鰹節《かつおぶし》を掛けている。

ざれごとも冷《すさま》じ虎《とら》と猫の皮　羅人《らじん》［江戸］　鬼や雷神は虎革のふんどしを着け、遊女は
鬼の子のふんどし猫の革でする　［柳多留］　猫の皮（三味線）で稼ぐ。どちらもすごい
虎猫《とらねこ》の皮はジャンジャンジャカジャンといふ《う》　だるま［川柳］▽
土佐節《とさぶし》を猫の皮にてうまくひき　［柳多留］▽
殿様とじや《ゃ》れて斗《ばかり》か居る猫の皮　［柳多留］　猫の皮＝ここでは芸者

◎猫の寒恋《かんごい》…冬を嫌う猫でも、さすがに真夏には冬の寒さを恋しがるということ。

ねこのきず【猫の傷】　恋の勲章だにゃん。
春のオリオン旗《はた》なす窓辺《まどべ》傷嘗《な》む猫　川口重美《かわぐちしげみ》
茨垣《ばらがき》をくゞりし猫の逆毛《さかげ》かな　矢田挿雲《やだそううん》
梅のきず桜のとげや猫の恋　一茶
老猫《おいねこ》や茨《いばら》からたち恋の関《せき》　調古《ちょうこ》［江戸］
柊《ひらぎ》ふむ夜半《よわ》もあるべし猫の恋　蓼太《りょうた》［江戸］　節分の夜に出歩く猫は柊の棘も踏むことだろう

ねこのきば【猫の牙】　小さくても虎に似る牙。
骨を噛《か》む仔猫《こねこ》の牙にふとおびゆ　鶴彬《つるあきら》［川柳］

ねこのきんたま【猫の金玉】　南瓜《かぼちゃ》をいう（盗人仲間の隠語）。

ねこのくいのこし【猫の食い残し】　食いちらした様子のたとえ（猫は食い残すくせがある）。

ねこのくさめ【猫のくさめ】 猫も風邪を引く。

寒食《かんじき》や猫のくさめのあまたたび　會津八一《あいづやいち》　冷えきったものを食わされ猫は何度もくしゃみ

耳ふつ《っ》てくさめもあへ《え》ず鳴音哉《なくねかな》　其角《きかく》［江戸］

破風《はふ》くゞる噴鼻《くさめ》にしれて猫の恋　りん女《じょ》［江戸］　破風＝切妻屋根の三角の板

ねこのくすし【猫の薬師】 薬師＝医師。患者様である猫にも気を遣って。

猫に来る賀状や猫のくすし［薬師］より　久保《くぼ》より江《え》

ねこのくそ【猫の糞】 ①見かけが猫の糞《ふん》に似た駄菓子。②植物で「ねこのくそ」と呼ばれるのは、靫草《うつぼぐさ》、酢漿草《かたばみ》、通草《あけび》、通草の実、虫狩《むしかり》、権萃《ごんずい》、紫華鬘《むらさきけまん》、胡麻木《ごまぎ》。

ねこのくび【猫の首】 首っ玉を掴《つか》まれると動けなくなるんだけど、乱暴だにゃん。

猫の首ぶらさげた格好《かっこう》　尾崎放哉《おざきほうさい》

首玉《くびたま》も忘れてや猫の恋《こい》すとて　桃江［江戸］

猫の子の首にかけたり袋蜘《ふくろぐも》　一茶　袋蜘＝袋状の巣にいる蜘蛛

頸玉《くびたま》にぬけるなみだや猫の恋　曲言［江戸］

◎猫の首に鈴を付ける…鼠《ねずみ》が猫の首に鈴をつけるのは至難のわざであることから、とてもできない相談のたとえ。困難な役目を誰が引き受けるかが一番の問題であるという時などに用いる。

ねこのくびわ【猫の首輪】 猫のおしゃれはここから。飼い主の趣味が出る。

友禅《ゆうぜん》の首輪が燃える猫の妻　左右［川柳］

水《みず》いろの首輪あたらしき白猫はまだを《お》さな猫えん［鉛］筆《ぴつ》をかじる　片山廣子《かたやまひろこ》

ねこのくよう【猫の供養】 死んだ遊女の供養。「生まれては苦界《くがい》死しては浄閑寺《じょうかんじ》　花又花酔《はなまたかすい》」と詠われた浄閑寺（東京都台東区三ノ輪）は遊女を回向《えこう》した寺で「投げ込み寺」とも呼ばれた。

向《むこう》ふの寺へかつぎこむ死んだ猫　加多留［川柳］

面《つら》に怒りの猫の屍《しかばね》　［江戸］連句の短句［七七音］

ねこのくらがえ【猫の鞍替え】 鞍替えは、①芸者・娼妓などが勤め場所をかえること。②別のことを始めること。職業を変えること。▽の句では、遊女が身請《みう》けされて家庭の主婦になること。

くらがへ《え》は猫と杓子《しゃくし》を取《とり》かへ《え》る　［柳多留］▽杓子は主婦権の象徴

猫のくらがへ《え》風呂敷の中でなき　［柳多留］もらわれていく猫

ねこのけ【猫の毛】 猫の毛は細く、水気《みずけ》に弱い。関連↓猫の抜毛《ぬけげ》

恋猫の毛皮つめたし聖家族　西東三鬼《さいとうさんき》

猫の毛のエレキ蓄《たくわう》ふ小《こ》春《はる》かな　松本たかし

猫の子の十《とお》が十《と》色《いろ》の毛《け》なみ哉《かな》　一茶

猫の毛にはさまれて来るあられ哉《かな》　許六《きょりく》［江戸］

猫の毛やぱかりと破《わ》れて春の風　菊阿《きくあ》（許六《きょりく》）［江戸］

猫の毛が娘には［生］へ《え》て快気《かいき》也《なり》　［柳多留］　黒猫の毛が生えて病気全快

猫の毛で炬燵布団《こたつふとん》が羅紗《らしゃ》に成《な》る　［柳多留］　猫の毛が一杯ついて毛織物のようになる

十二単《じゅうにひとえ》をはたく猫の毛　［武玉川］　関連→女三《にょさん》の宮《みや》の猫

ねこのけしょう【猫の化粧】　猫は両手両足櫛《くし》代わりの舌を使って身だしなみを調《ととの》える。

化粧《けわい》する果《はて》やなき出す猫のこひ《い》［恋］　史邦《ふみくに》［江戸］　けわい＝化粧

海棠《かいどう》や日うけ［受］に猫の薄《うす》けはひ《わい》　昌房《まさふさ》［江戸］　日受＝日向（ひなた）

切石《きりいし》にうづ《ず》くむ猫のねちねちと腋毛《わきげ》つくろふ《う》をみなへ《え》しの花　北原白秋《きたはらはくしゅう》

ねこのけはい【猫の気配】　猫は忍者のように忍び寄る。

夜の雪よぎりしものを猫と見る　橋本多佳子《はしもとたかこ》　よぎる＝横切る

猫と知るまでに間《ま》がある屋根の音　雀郎［川柳］

また猫が来ている何か落ちた音　北斗［川柳］

鼠《ねずみ》啼《な》きするはづ《ず》客は猫のやう《よ》　［柳多留］

夜おそくかけしふすま［衾］に匍《は》ひ《い》のぼる黒きけもののけはひ《い》こそすれ　北原白秋

ねこのけんか【猫の喧嘩】　喧嘩は好きじゃないが、平和主義者でもない猫。

喧嘩とも恋とも知らず猫の声　正岡子規

三匹になりて喧嘩す猫の恋　正岡子規

わか[若]葉《ば》して猫と烏《からす》と喧嘩哉《かな》　一茶

一方《いっぽう》は猫の喧嘩やむし[虫]の声　一茶

逢度《あうたび》に女《め》夫《おと》喧嘩《けんか》やねこの恋　嘯山《しょうざん》[江戸]

さる事《こと》ぞむつかしき物猫の口舌《くぜつ》　春澄《しゅんちょう》[江戸]　口舌＝痴話げんか。ほんとに猫の痴話(ちわ)げんかは困ったもんだ

猫の恋すてつ《っ》ぺんから喧嘩腰《けんかごし》　剣珍坊[川柳]　すてっぺんから＝最初から

負背《まけぜ》中《なか》立つ《っ》てかみ合《あう》猫げんくわ《か》　[柳多留]　背中を丸めて

ねこのこ【猫の子】 俳諧では春に生まれた子猫を言う。春の季語。関連→猫の産《さん》

猫の子のいづ《ず》れに伝ふ《う》柳かな　會津八一《あいづやいち》　どこに行こうとしているのか柳の下を伝い歩きして

猫の子は壁の隅々廻《すみずみめぐ》りけり　増田龍雨《ますだりゅうう》

猫の子に膝をすべりし絵本かな　厲三[コ]　猫の子に当たった

猫の子に魍魎《もうりょう》長く覗《のぞ》きけり　失名[コ]　魍魎＝精霊

猫の子の二つに春を惜《おし》む人　瓜鯖[コ]

ねこの子やいづ《ず》く筏《いかだ》の水《み》馴竿《なれざお》　言水《ごんすい》[江戸]　水馴竿＝水につかっていた竿

どさ〳〵と猫の子に湯を浴《あび》せ　[柳多留]

◎猫の子一匹《いっぴき》いない…どこにも人の姿が見えないことのたとえ。

◎猫の子の貰《もら》いがけ嫁《よめ》の取りがけ…もらったばかりのときだけ大切に扱われることのたとえ。

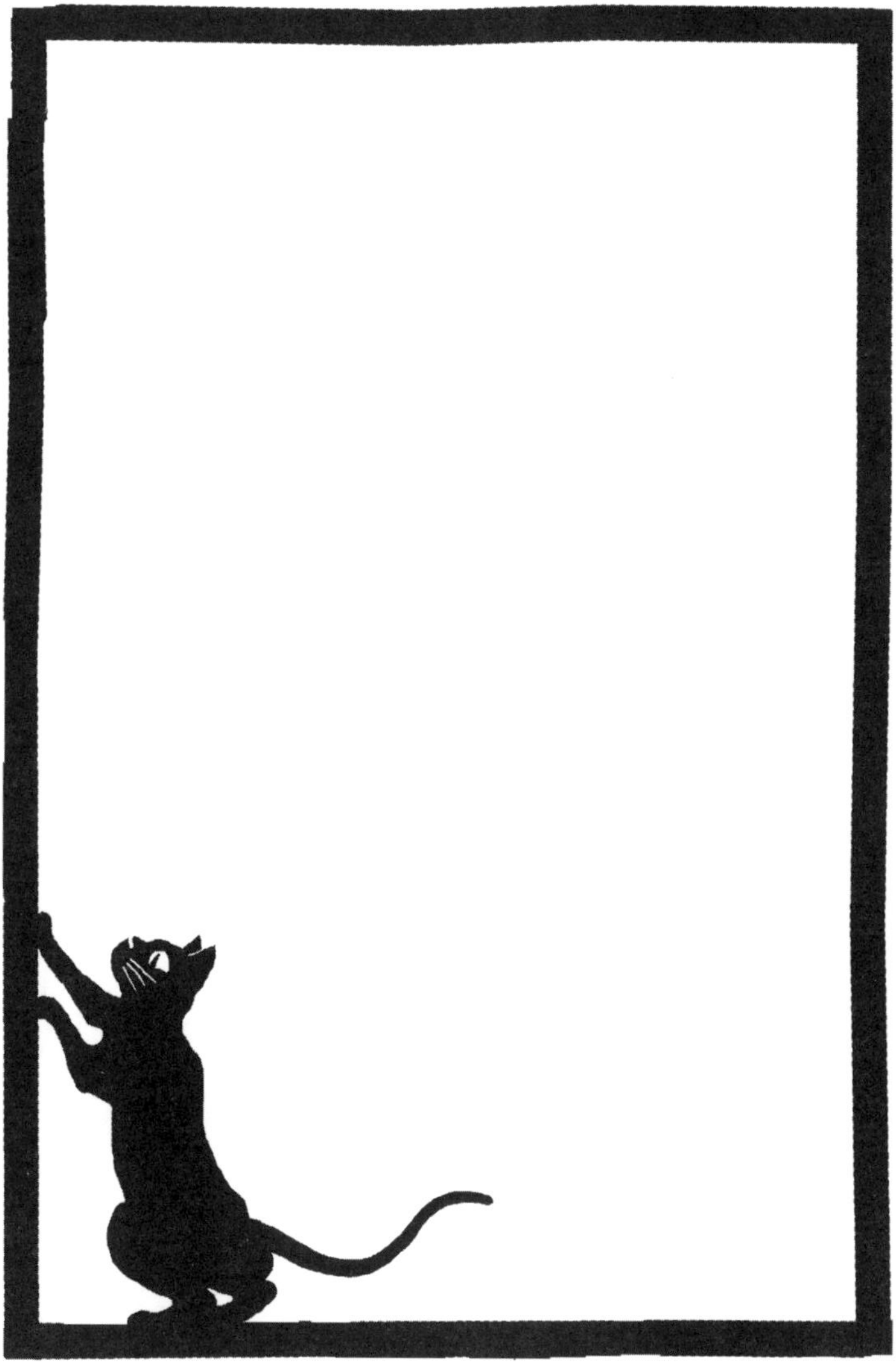

◎猫の子も只《ただ》は貰《もら》えぬ…何かをもらうのに無料《ただ》ということはない、必ず謝礼が必要だ、ということ。

◎猫の子を貰《もら》うよう…縁組などが手軽・無造作に行われるさま。

ねこのこい【猫の恋】 猫の妻恋《つまごい》。猫交《ねこさか》る。春の季語。関連→恋猫、猫の恋激し まだ寒さの残る頃、恋の相手を求めて歩きまわる猫の声は、うとましくもあわれである。▽の句は、懸命に鳴いている恋猫を見習って鶯《うぐいす》よ、もう少しいい声で鳴きなさいの意。

きけばやさし見ればこは《わ》らし猫の恋　正岡子規　こわらし＝こわい
あの声は何いふ《う》事ぞ猫の恋　正岡子規
二つ来てしばしはよらず猫の恋　正岡子規
よもすがら簀子《すのこ》の下や猫の恋　正岡子規　よもすがら＝一晩中
目も見えぬやう《よ》なふり也《なり》猫の恋　正岡子規
種彦《たねひこ》の死んでこのかた猫の恋　久保田万太郎《くぼたまんたろう》　江戸の戯作者、柳亭種彦
金屏《きんびょう》に灯《とも》さぬ間《ま》あり猫の恋　原石鼎《はらせきてい》
炭斗《すみとり》にとぼしき炭や猫の恋　原石鼎
真向《まむかい》に坐《すわ》りて見れど猫の恋　夏目漱石
椎茸《しいたけ》がうまる丶夜の猫の恋　萩原麦草《はぎわらばくそう》
猫の恋馬も寝《ね》ぬ夜《よ》の厩《うまや》かな　河東碧梧桐《かわひがしへきごとう》　猫がうるさくて馬も眠れないよ

猫の恋木幡《こはた》の森の奥よりも　河東碧梧桐

猫の恋明《あ》けて鳴くのは鴉《からす》かな　菅原師竹《すがわらしちく》

猫の恋老松町も更《ふ》けにけり　日野草城《ひのそうじょう》

波荒《あ》るゝ島の夜《よ》ありぬ猫の恋　松根東洋城《まつねとうようじょう》

猫の恋今夜《こよい》の春も過ぎにけり　申斎[江戸]

猫の恋初手《しょて》から鳴きて哀《あわ》れ也《なり》　野坡《やば》[江戸]　最初の対面から

猫の恋竹の御門《ごもん》の夜《よ》は深き　万和《まんわ》[江戸]　竹の御門＝竹林の入口

猫の恋啼《な》きも弱らで哀《あわ》れなり　歌袋[江戸]

鶯《うぐいす》もなまりを直せ猫の恋　一茶▽

ねこのこひ《い》鶯《うぐいす》のなくひる[昼]日中《ひなか》　蒼虬《そうきゅう》[江戸]

鳴《なき》ぞめによしといふ《う》日か猫の恋　一茶　鳴初め＝新年、初めて鳴く日

夜《よ》つ《っ》ぴてい泣《ない》た顔する猫の恋　一茶　夜っぴて＝ひと晩じゅう

あまり鳴《ない》て石になるなよ猫の恋　一茶

つりがねのや《よ》うな声して猫の恋　一茶

釣《つ》り鐘《がね》を鳴《なき》笛を鳴《なく》猫の恋　一茶

あいさつの中たゆまずや猫の恋　りん女《じょ》[江戸]　休みなく

呼び出しに来てはう［浮］かすや猫の妻　去来《きょらい》［江戸］　オス猫の呼び声にメス猫がそわそわ

せめて来て物喰《くい》て出よ猫の恋　故一［江戸］　ごはんくらい食べていって

懸《かり》がね［音］のちゑ《え》は人こそ猫の恋　林紅《りんこう》［江戸］　猫は人間のように涙を武器にはできない

くらき夜《よ》の去年《こぞ》に似たれど猫の恋　奇淵《きえん》［江戸］

たんざく［短冊］の数にやさしや猫の恋　洒堂《しゃどう》［江戸］　遊女の親切は金（＝短冊）次第

わか〳〵［若々］と起《たち》て行《ゆき》けり猫の恋　猿雖《えんすい》［江戸］

鴛鴦《おしどり》のしづ《ず》かさを見よ猫の恋　一草《いっそう》［江戸］

虎《とら》つるむ恐ろしなども猫の恋　素丸《そまる》［江戸］　虎がつるむような騒ぎ

にや《ゃ》あとこき［放］合《あ》ふ《う》猫の煩悩《ぼんのう》　千石［江戸］　のろけをぬかしあう。連句の短句［七七音］

高砂《たかさご》やみの［美濃］と近江《おうみ》の猫の恋　露川《ろせん》［江戸］　高砂＝夫婦になった祝言の謡（うたい）

人はまだ朝飯《あさめし》まへ《え》ぞ猫の恋　窓雪［江戸］

余《よ》の事《こと》は思ひ《い》捨てたか猫の恋　可幸［江戸］

二階からひとりで見たる猫の恋　釣壺《ちょうこ》［江戸］

猫のこひ《い》燕《つばめこ》　来ぬ間《ま》のよひ《い》［宵］じまひ《い》　桃先《とうせん》［江戸］　宵じまい＝遊里で暮れから夜半まで遊女を買い切ること

猫の恋逢《あ》ふ《う》夜《よ》がちにて哀《あわ》れなり　樗堂《ちょどう》［江戸］　逢えるのは夜ばかりで

猫の恋況《いわ》んや人に於《おい》てをや　林鐘子［川柳］

ねこのこいがたき【猫の恋敵】 恋の季節、敷居《しきい》をまたげば猫にも七匹の敵。

恋敵をいぢ《じ》めにいぢ《じ》め猫かへ《え》る　橋本多佳子《はしもとたかこ》

恋猫や互《たがい》に天窓《あたま》はりながら　一茶　頭をはる＝猫パンチ

屋根うらの出《で》合頭《あいがしら》や猫と猫　井上井月《いのうえせいげつ》

ねこのこいごころ【猫の恋心】 理想の相手はどこにいるのかにゃん。

初恋の心を猫に尋《たず》ねばや　正岡子規　尋ねたい

初雪も降《ふら》ぬに猫の恋心　史邦《ふみくに》［江戸］

天水《てんすい》に息つぐ猫の恋心　正秀《まさひで》［江戸］　天水＝雨水、天水桶の水

恋せずば猫のこゝろの恐ろしき　秋色《しゅうしき》［江戸］　猫が恋をしないなんて…

羨《うらや》まし声も惜《お》しまぬのら猫の心のままに恋をするかな　藤原定家《ふじわらていか》

ねこのこいじ【猫の恋路】 鳴きながら歩いた恋。関連→猫の通い路《かよいじ》

桟橋《さんばし》と舟との猫の恋路かな　高田蝶衣《たかだちょうい》

又こゝに猫の恋路とき［聞］ゝながし　高濱虚子《たかはまきょし》

倉《くら》と倉《くら》間を猫の恋路かな　枝英［イ］

袖《そで》なくも鳴《なか》るゝ猫の恋路哉　土芳《どほう》［江戸］　涙をしぼる袖がなくても鳴く

のら猫の罠《わな》にま［待］たるゝ恋路かな　青蘿《せいら》［江戸］　わなが待ちかまえる

ねこのこいのせき【猫の恋の堰】猫の恋には邪魔が多いにゃ。

恋猫を一歩も入《い》れぬ夜《よ》の襖《ふすま》　杉田《すぎた》久女《ひさじょ》

猫の恋不破《ふわ》の関屋《せきや》はあれにけり　李由《りゆう》［江戸］　関屋＝関所の番小屋

恋守《こいもり》や猫こ［越］さじとは箱根山　東順《とうじゅん》（其《き》角《かく》の父）［江戸］　猫は出女（でおんな）

声合は《わ》す妻戸《つまど》の関や猫の恋　嘯山《しょうざん》［江戸］　妻戸＝両開き戸

妻恋《つまごい》の関や戸《と》障子《じょうし》猫の声　正春《せいしゅん》［江戸］

不破《ふわ》の関恋する猫にふみぬかれ　［柳多留］　朽ちた板庇を

緋鹿《ひが》の子《こ》の扱帯《しごき》で猫の恋を堰《せ》き　顔丸［川柳］　赤い帯でじゃまをする

ねこのこいはげし【猫の恋激し】この世の終わりかというような諍《いさか》いをする。

星星《ほしぼし》をよぶかに猫の恋はげし　原石鼎《はらせきてい》

竹縁《たけえん》を踏みわる猫の思ひ《い》かな　正岡子規　縁側の竹板をこわすほど

おそろしや石垣崩す猫の恋　正岡子規

巨燵《こたつ》の山流しの川や猫の恋　正岡子規　流し＝台所の流し台

凍《こご》え死ぬ人さへ《え》あるに猫の恋　正岡子規　春先はまだ寒い

猫の恋大長刀《おおなぎなた》をわたりけり　正岡子規

ありたけの声をつくして猫の恋　平野活潭生［ナ］

たまきは《わ》るいのちの声や猫の恋　宮部寸七翁《みやべすなお》

地にあらば連木《れんぎ》すり鉢《ばち》猫の恋　大江丸《おおえまる》［江戸］　すりばちを引っかき回すよう

角《つの》はゆる迄啼《までなき》つらん猫の恋　青蘿《せいら》［江戸］

豆をうつ音よりはやし猫の恋　越人《えつじん》［江戸］　豆をうつ＝豆をまく

一盛《ひとさか》り屋根破《やねやぶ》りとは四十猫《しじゅうねこ》　松辺［江戸］

恋猫や七尺《しちしゃく》の塀を《お》どり越え　吾萍［江戸］　七尺＝約二メートル

ねこのこいやむ【猫の恋止む】　憑《つ》き物が落ちるように。

猫の恋やんだ其夜《そのよ》や雨の音　正岡子規

猫の恋やむとき閨《ねや》の朧月《おぼろづき》　芭蕉［江戸］　閨＝寝室

転《ころ》び落《おち》し音して止《やみ》ぬ猫の恋　几董《きとう》［江戸］　どさっと落ちたとたん、恋心も消えてしまった

ねこのこえ【猫の声】　日本語「にゃあ」、英語「みゅう」、中国語「みゃう」、『源氏物語』の猫「ねうねう」。

花嫁《はなよめ》の声とも聞かじ猫の恋　正岡子規　花嫁の声とも思えないけたたましい声

寒月《かんげつ》や細殿《ほそどの》荒れて猫の声　正岡子規　冬の月に照らされた渡り廊下

死ぬや《よ》うな声あは《わ》れなり猫の恋　桜井芳水《さくらいほうすい》

恋猫の奇《き》声《せい》怪《かい》声《せい》寒《かん》ぬく［温］し　日野草城《ひのそうじょう》

きや《ゃ》つ《っ》とする妻恋《つまごい》よばる猫の声　友也《ゆうや》［江戸］

妻こふ《う》やねう〳〵と鳴《なく》猫の声　政好《せいこう》［江戸］

ねう〳〵と鳴《なく》ね［音］や汝《なれ》も恋侘《こいわび》る　艶士《えんし》［江戸］

一刀《ひとかたな》ゑ《え》ぐる声ありねこの恋　素丸《そまる》［江戸］　鋭い声

耳うとき婆々《ばば》はしらずや猫の恋　梅室《ばいしつ》［江戸］　耳が遠い

声高《こわだか》にいうてかな［叶］ふ《う》や猫の恋　雨篁《うこう》［江戸］　声の大きい猫が恋の勝者に

花に蝶ふすかとすれば猫の声　金貞［江戸］　羽を休めようとしたら

恋猫のかよわき声や川向ひ《い》　只白《しはく》［江戸］　川向い＝対岸

浅間《あさま》遠くくろくなるころ山畑《やまばた》の小猫はほそきこゑ《え》になきつつ　片山廣子《かたやまひろこ》

落椿《おちつばき》く［朽］ちたる庭は猫の声よりきたるごとたそがれとなる　與謝野晶子《よさのあきこ》

猫のこゑ《え》襖《ふすま》へだててきこゆなり風邪に早寝の宵《よい》浅みかも　杉浦翠子《すぎうらみどりこ》

まどひくきはま［浜］のやどりのまくらべにひねもすなきしねこのこのこゑ《え》　會津八一《あいづやいち》

ねこのこえがわり【猫の声変わり】　恋の季節は切なく訴えるように。

はや色に出《いづ》るや猫の声がは《わ》り　諷竹《ふうちく》［江戸］　はや＝早くも。恋をすると声まで変わる

妻こ［乞］ふ《う》やあらは《わ》に猫も声がは《わ》り　一尤［江戸］　あらわに＝はっきりと

ねこのごき【猫の五器】　猫の食事用のお椀《わん》。鮑《あわび》の貝殻も代用された。関連→猫の椀《わん》

恋は皆やせるならひ《い》か猫の五器　正岡子規

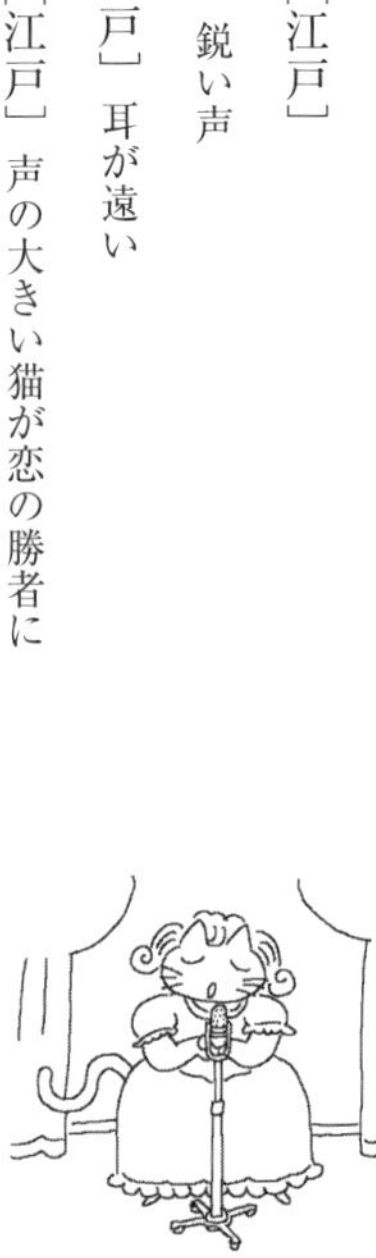

恋猫や鮑《あわび》の貝の片思《かたおもい》ひ　内藤鳴雪《ないとうめいせつ》
猫のごきあわびの貝や片おもひ《い》　琴風《きんぷう》［江戸］
猫の五器鮑《あわび》の貝や片《かた》おもひ《い》　秀和《しゅうわ》［江戸］
かたみかとおもふ《う》ほど也《なり》猫の五器　鳳朗《ほうろう》［江戸］　形見＝亡くなった人の遺品
五器の内《うち》妻にもわけぬ牡猫《おねこ》かな　梅室《ばいしつ》［江戸］
猫の恋五器は鼠《ねずみ》に引かれけり　雪膓［イ］
元日や置《おき》どころなき猫の五器　竹戸《ちくこ》［江戸］
卯花《うのはな》や身は古寺の猫の五器　三支《さんし》［江戸］　身は＝自分は
うは《わ》［浮］気づいて雀《すずめ》の物よ猫の五器　東雅《とうが》［江戸］　猫が留守がちで雀に占領されている

ねこのごと【猫の如】　猫のように。
角力取《すもうとり》着もの［着物］を着ると猫のやう《よ》　魚交［川柳］
畑に出《い》でて見ればキヤ《ャ》ベツの玉の列《れっ》白猫のごと輝きて居る　北原白秋《きたはらはくしゅう》
なになれば猫の児《こ》のごと泣くならむ鳶《とんび》とまれり電線《はりがね》の上《え》に　北原白秋
猫のごと首絞《し》められて死ぬといふ《う》ことがを《お》かしさ爪紅《つまぐれ》の咲く　北原白秋　爪紅＝ほうせんか

ねこのこび【猫の媚】「やさしい猫が窓際にやつ《っ》てきて／向《むこ》ふ側から硝子《がらす》戸に体をすりよせ／内側の私に媚《こ》びたやう《よ》な格好《かっこう》をする／少しも私が嬉しがらないことを知らない／彼女が熱心に笑《う》ふそのやう《よ》

にも／尻尾で猫はしきりに硝子を／はたはたといつまでも叩《たた》いてゐ《い》たが／急にすべてをさとつ《っ》たやう《よ》に／また従順な皮をするりと脱いで／野獣のやう《よ》な性格をちよ《ょ》つ《っ》と見せて／閃《ひら》めくやう《よ》に窓の下に落ちてみえなくなつ《っ》た」小熊秀雄《おぐまひでお》の詩「窓硝子」の一部。関連↓気引《けび》いてみる猫

わが猫が雄猫《おねこ》に媚態《びたい》示しをり《お》　日野草城《ひのそうじょう》

愛あまる猫は傾婦《けいふ》の媚《こび》を仮《かる》　才麿《さいまろ》［江戸］　甘えん坊の猫は遊女のような媚を売る

ねこのさっき【猫の殺気】　恋猫の荒々しさ。まさに飛びかかろうとする時の張り詰めた気配。

炎天に一筋《ひとすじ》涼し猫の殺気　西東三鬼《さいとうさんき》

猫の恋風《かぜ》のおこらん斗《ばかり》なり　風国《ふうこく》［江戸］

ねこの恋風《かぜ》おこるべき気色《けしき》あり　［川柳］

ねこのさん【猫の産】　猫のお産。晩春の季語。関連↓猫の産声《うぶごえ》

牛小屋のとなりで猫の子うまれた　種田山頭火《たねださんとうか》

猫が子を産んで二十日《はつか》経《た》ちこの襖《ふすま》　河東碧梧桐《かわひがしへきごとう》

生《うま》れたる子も黒猫や草《くさ》の宿《やど》　萬紅堂［サ］

旅に得《え》し消息《しょうそく》のはし猫初産《ういざん》　久保《くぼ》より江《え》　旅先の手紙の端に猫が生まれたと

むごく〳〵と猫の産巣《うみす》の破れ蓑《みの》　之道《しどう》［江戸］　生まれたばかりの子猫がうごめく

猫の産籠《さんかご》紀伊の国の竹細工　［柳多留］　産籠＝産後に静養するための道具

猫の産家《うぶや》にぼろの出るお鉢入《はちい》れ　［柳多留］　おひつを包むわら製の器
みちのくの遥《はる》かなる町に住む子より文《ふみ》来たりけり猫が子を産みしと　片山廣子《かたやまひろこ》
差並《さしなみ》のとなりの人の置去《おきざ》りし猫が子を産む吾家《わがいえ》を家《いえ》に　伊藤左千夫《いとうさちお》
おしいれの猫の産屋《うぶや》に雨もりて夜《よ》たゞ親鳴く子を守《も》りがてに　香取秀真《かとりほつま》　一晩中心配して

ねこのし【猫の死】 事故で、病気で、老衰で、猫にも色々な死に方がある。関連↓漱石《そうせき》の猫、トラの死、ルミの死、猫の供養《くよう》

こは《わ》ばりて死にし子猫や冬の雨　杉田久女《すぎたひさじょ》
ひやゝかの竈《かまど》に子猫は死にゝけり　杉田久女
ゆきゝたえず猫がつめたく死んでを《お》［居］り　種田山頭火《たねださんとうか》
鶏犬《けいけん》に春のあかつき猫には死　西東三鬼《さいとうさんき》　にわとりと犬
猫の子や今朝《けさ》又死《お》ちて籠《かご》の中　長谷川零余子《はせがわれいよし》
のら猫の瀕死《ひんし》の瞳《ひとみ》人を射《い》る　剣花坊《けんかぼう》［川柳］
いつまで猫の死を隠すべき　鬼貫《おにつら》［江戸］　連句の短句［七七音］
猫の恋猫の死にゐ《い》る門《かど》の朝　百明《ひゃくめい》［江戸］
やゝ十日飼《い》ひし白猫　死にし後《のち》、我《わ》があることも　生き物の如《ごと》　釋沼空《しゃくちょうくう》
死んだ猫をさげし指さきに金柑《きんかん》をつみてくら［喰］へ《え》どきたなしとせず　若山牧水《わかやまぼくすい》

ねこのした【猫舌】 キク科の多年草。海岸の砂地に生える。茎はよく分枝して地をはい、長さ約五十センチメートルに達する。葉は両面に粗毛があってざらつくので「ねこのした」の名がある。七〜十月、茎頂に黄色の頭花を一個つける。異名に浜車《はまぐるま》。［大辞林］

ねこのした【猫の舌】 ざらざらした舌は皿を舐《な》めるのにも毛繕《けづくろ》いにも便利。

うら、かや波紋《はもん》の中の猫の舌　宮林菫哉《みやばやしきんさい》

水をのむ猫の小舌《こじた》や秋あつ［暑］し　徳田秋声《とくだしゅうせい》

猫の子に舐《な》めらる小《ち》さきぬくき舌　日野草城《ひのそうじょう》

ざら〱と舌のさゝけや猫の恋　木導《もくどう》［江戸］

大根おろしの手ざは《わ》りになめる猫　［柳多留］

猫の舌のうすらに紅《あか》き手ざは《わ》りのこの悲しさを知りそめにけり　齋藤茂吉《さいとうもきち》

猫の舌のうすらに紅き手の触《ふ》りのこの悲しさに目ざめけるかも　齋藤茂吉

ねこのしっぽ【猫の尻尾】 居ても居なくてもよい人。あってもなくてもよいもの。

ねこのしと【猫の尿】 しっこはナワバリの道具だから臭《にお》うよ。

大猫《おおねこ》が尿かくす也《なり》花の雪　一茶

ねこのしのぶこい【猫の忍ぶ恋】 恋の隠し事はできない猫だが、好きな相手には忍びのように通う。

猫のこひ《い》巨燵《こたつ》をふんで忍びけり　正岡子規

欄間《らんま》より忍び出《い》でけり猫の恋　羅蘇山人《らそさんじん》
恋猫が声のんでゆく槙暮《まきく》れて　安藤甦浪《あんどうそろう》
しのびあふ《う》恋は知らずや猫の声　里美［江戸］　ゆかしく忍ぶ恋を知らないのか
町の夜《よ》や猫も人目《ひとめ》をしのぶ恋　一茶
夜《よ》すがらや猫も人目を忍ぶ恋　一茶　夜すがら＝ひと晩じゅう
忍ぶとき白きをうらめ猫の恋　吐月《とげつ》［江戸］　白猫は目立つ
忍ぶれど声に出《い》でにけり猫の恋　五仙《ごせん》［江戸］　古今集の句「しのぶれど色に…」を引く

ねこのしゃみせん【猫の三味線】　植物、薺《なずな》の異名。

◎猫の尻に才槌《さいづち》…ふさわしくないこと、また、つり合わないことのたとえ。

ねこのすず【猫の鈴】「大きい猫が頸《くび》ふりむけてぶきつ《っ》ちよ《ょ》に／一つの鈴をころばしてゐ《い》る、／一つの鈴を、ころばして見てゐ《い》る。」中原中也《なかはらちゅうや》の詩「春」の一部
あしもとに猫の小鈴《こすず》や萩《はぎ》の宿《やど》　中尾白雨《なかおはくう》
葬《はふ》る時むくろ［骸］の猫の鈴鳴りぬ　日野草城《ひのそうじょう》
そら耳にきこゆる猫の鈴夜長《よなが》　久保田万太郎《くぼたまんたろう》
つけてやりし鈴ふりならす子猫かな　久保田万太郎
猫の子につけたる鈴の小《ちい》ささよ　失名［コ］

草深く子猫の鈴の聞《きこ》えけり　湘南［サ］

猫の鈴ぼたん［牡丹］のあつ《っ》ちこつ《っ》ち哉《かな》　一茶

猫の鈴夜永《よなが》の菊の咲《さき》にけり　一茶

小猫からころがるや《よ》うな鈴の音　素好［川柳］

ねこの子のくびのすゞがね［音］かすかにもおとのみしたる夏草のうち　大隈言道《おおくまことみち》

わが手もて児猫《こねこ》の頸《くび》の銀の鈴ふれば音する冬の朝かな　内藤鋠策《ないとうしんさく》

ねこのせい【猫のせい】▽の句は、生娘《きむすめ》に手を出して引っ掻かれた跡を猫のせいにした。

猫めとは君ふりむけのまぎらかし　［川柳］　恋文を渡す相手を振り向かせるため

猫にかづ《ず》［被］ける木娘《きむすめ》の爪《つめ》の跡　［柳多留］▽　木娘（生娘）＝おぼこ娘

ねこのせのび【猫の背伸び】「衣桁《いこう》の帯からこぼれる／艶《なま》めいた昼の光の肉色《にくいろ》。／その下に黒猫は目覚《めざ》めて、／あれ、思《う》ふぞんぶんに伸びをする。／世界は今、黒猫の所有《もの》になる。」與謝野晶子《よさのあきこ》の詩「猫」

猫の子の親の背伸を仰《あお》ぎけり　日野草城《ひのそうじょう》

夢深き女に猫が背伸びせり　種田山頭火《たねださんとうか》

猫の伸び尺取虫《しゃくとりむし》に背を立《たて》る　［柳多留］

まだ寒い巨燵《こたつ》の上で猫の伸《のび》　是水《ぜすい》［江戸］

ねこのそうし【猫の草紙】『御伽草子《おとぎぞうし》』にある猫と鼠《ねずみ》の因縁話《いんねんばなし》。

猫の草紙さながらの宿《やど》や花の昼　富田木歩《とみたもっぽ》

ねこのそらね【猫の空寝】 寝たふりも得意だよ。

のら猫も人目《ひとめ》の関《せき》にそら寝哉《かな》　里鳥［江戸］

ねこのたばけ【猫のたばけ】 猫糞《ねこのくそ》。

ねこのちぎり【猫の契り】 猫の繁殖期は主に春。春の季語。

大和窓《やまとまど》こんど契《ちぎ》るや猫の妻　宗岷［江戸］　今度こそ

寂蓮《じゃくれん》の詠歌《えいか》ちぎるか猫の妻　露沾《ろせん》［江戸］　寂連の詠んだ歌のように。寂連は鎌倉初期の歌人

よそにだによどこ［夜床］もしらぬのらねこのなくねは誰に契《ちぎ》りおきけん　寂蓮法師《じゃくれんほうし》

ねこのちち【猫の乳】 クロウメモドキ科の落葉小高木。関東以西の山地に自生。葉は互生し、楕円形。初夏、葉腋《ようえき》に黄白色の小五弁花を数個つける。果実は楕円形で、黒く熟す。果実を猫の乳頭に見たてた名称。［大辞林］

ねこのつくりごえ【猫の作り声】 甘えて媚《こ》びる声。

山猫《やまねこ》も作り声して忍びけり　一茶

大猫《おおねこ》や呼出《よびだ》しに来て作り声　一茶

ねこのつま【猫の妻】 春の交尾期、雄猫《おすねこ》の恋の相手の雌猫《めすねこ》。▽の句は憑《つ》き物がついたような恋をして。

振袖《ふりそで》を着せてやりたや猫の妻　正岡子規

あさがほが在処《ざいしょ》へやりぬ猫の妻　寥松《りょうしょう》［江戸］　里に送った
おきいろふ心中《しんちゅう》よはし猫の妻　尚白《しょうはく》［江戸］　起きて返事する
このほどやうとくなりゆく猫の妻　白雄《しらお》［江戸］
さればこそ狐《きつね》かよひけり猫の妻　自悦《じえつ》［江戸］▽
火のもゆるかたをたよりや猫の妻　路青《ろせい》［江戸］　暖かい火のある家を頼りに戻る
渡場《わたしば》へ来て泣《なき》にけり猫の妻　礎一［江戸］　渡船場
日南《ひなた》にも尻のすわらぬ猫の妻　鬼貫《おにつら》［江戸］　大好きな日向にもじっとしていられない浮かれ猫
猫の妻子安《こやす》の塔《とう》にこもりけり　木禿［江戸］　子安の塔＝子安観音
猫の妻梅盗人《うめぬすっと》をおどしけり　星譜《せいふ》［江戸］
別れきや犬の八声《やごえ》に猫の妻　好昌［江戸］　犬の声がうるさくて別れてしまった
忘れ音《ね》に鳴く妻猫《つまねこ》や春の霜《しも》　二柳《じりゅう》［江戸］　忘れ音に鳴く＝季節はずれに鳴く
小夜《さよ》ふけた部屋爪弾《つまびき》も猫の妻　［柳多留］　爪弾＝弦楽器を爪先ではじいて鳴らす

ねこのつま【猫の夫】　春の交尾期、雌猫《めすねこ》の恋の相手の雄猫《おすねこ》。春の季語。
窓あけし僧を睨《ね》めあげ猫の夫　静雲［江戸］　下から見上げ
猫の夫やさしく鳴いて戻りけり　句堂［江戸］
猫の夫古駅《こえき》の月を淋しうす　青嵐［コ］

調子さへ《え》やたらにくるう猫のつま　［柳多留］

ねこのつめ【猫の爪】　①猫の爪。関連↓爪隠す猫、爪研《と》ぐ猫　②植物で「ねこのつめ」と呼ばれるのは、盗人萩《ぬすびとはぎ》、茨《いばら》、日陰蔓《ひかげのかずら》、万年草《まんねんぐさ》、鷹爪《たかのつめ》、爪蓮華《つめれんげ》、猫柳《ねこやなぎ》、和活油《かかつがゆ》、酸葉《すいば》。

こがれてや琴を鳴らせる猫の爪　竜眠《りゅうみん》［江戸］　猫＝芸者

恋《こえ》る妻戸《と》か［掻］き尽してよ猫の爪　露言《ろげん》［江戸］　外で恋をして来た猫が戸をあけてとガリガリ

ねこのつら【猫の面】　小さい顔に個性いっぱい。関連↓猫の顔

こがらしや瞬《またたき》しげき猫の面　八桑《はっそう》［江戸］　寒さに眼をパチパチさせている

面の皮いくらむいてもうかれ猫　一茶

うかれ猫どの面《つら》さげて又来たぞ　一茶

野良猫《のらねこ》のつらよ弥生《やよい》の河豚《ふぐ》の腸《わた》　史邦《ふみくに》［江戸］

立帰りあはれ《わ》なつらや猫の恋　芙雀《ふじゃく》［江戸］

ねこのつれ【猫の連】　猫はつるんで行動することはないが、恋猫は別。

出がは《わ》［替］りにその連れもあり猫の恋　也有《やゆう》［江戸］

連れて来て飯《めし》を喰《くわ》する女猫哉《めねこかな》　一茶

ねこのて【猫の手】　餌を採《と》る手であり、撫《な》でる手であり、パンチを食《く》らわす手である。

草の戸の菖蒲《しょうぶ》や猫の手もとゞく　一茶　草の戸＝わびしい住居

猫の手も江戸《えど》拵《ごしらえ》や夏ごろも　李由《りゆう》［江戸］　夏になって猫の毛がうすくなりすっきり

◎猫の手も借りたい…きわめて忙しく、一人でも人手がほしいと望む様子。

ねこのでいり【猫の出入り】　勝手知ったる者のように、どこでも自由に出入りする。

玄関を出る恋猫《こいねこ》を見とどけぬ　辻長風［八］

三つ飼《う》ふ猫の出入りの日脚《ひあし》伸ぶ　松本たかし　昼の時間が長くなり春もまぢか

猫が斜に出て行つ《っ》た庫裡《くり》の昼すぎである　尾崎放哉《おざきほうさい》　庫裏＝寺の台所

冬の夜《よ》の猫が開《あ》けたる襖《ふすま》かな　幼瞳［ホ］

恋猫や恐れ入《いり》たる這入口《はいりぐち》　一茶　恋に血道をあげたばつの悪さに身を縮めて

猫の出し入れさへ《え》せぬと九月いゝ　［柳多留］

ねこのてつき【猫の手つき】　にぎにぎもする猫の手。案外に器用。

笹粽《ささちまき》猫が上手にほどく也《なり》　一茶

猫の子のほどく手つきや笹粽　一茶

前足で茶碗《ちゃわん》の持てる烏猫《からすねこ》　一斗［川柳］

ねこのな【猫の名】　大事につけてにゃ。　関連→猫の浮《う》き名、猫の仇名《あだな》

給《たま》はりし名や忘れけん猫の妻　普成《ふせい》［江戸］

なつかしき人のな［名］つけん猫のつま　女［江戸］

うちの猫三代目たまを襲名す　やすを［川柳］

夜《よ》のくだち何か訴《う》ふる猫のこゑ《え》［声］名を呼べばちかく寄り来て啼《な》けり　半田良平《はんだりょうへい》　夜のくだち＝夜ふけ

ねこのなわ【猫の縄】　猫は縛《しば》られるのが嫌い。▽の句は、葬儀の場に入らないよう繋《つな》がれていた猫の縄が解《と》かれると、錫杖《しゃくじょう》をふりたてる山伏《やまぶし》の祈禱《きとう》が始まる。

恋猫や縄目《なわめ》の恥をかきながら　一茶　和尚につかまった猫

ねこのなわとくとしや《ゃ》くじやう《ょ》［錫杖］ふりたてる　［柳多留］▽

ねこのぬけげ【猫の抜毛】　夏近くなると暑さに備え抜け毛が多くなる。関連→猫の毛

身のほとり暑き日なか［中］や眼につきて畳に猫の毛はつまみをる《お》　北原白秋《きたはらはくしゅう》

薄《うす》ら寒き独身のともが尋《たず》ね来ぬ猫の抜毛をズボンにつけて　中城《なかじょう》ふみ子《こ》

ま昼どき畳のうへ《え》にほうほうと猫の抜毛の白く飛びつつ　古泉千樫《こいずみちかし》

ねこのぬすみぐい【猫の盗み食い】　欲しいと思ったらずっと気になって。関連→盗人猫《ぬすっとねこ》

うき恋にたえでや猫の盗喰《ぬすみぐい》　支考《しこう》［江戸］

盗喰《ぬすみぐい》する片手間《かたてま》も猫の恋　一茶

ねこのねごと【猫の寝言】　猫も夢を見る。寝言も言う。

陽炎《かげろう》に何やら猫の寝言哉《かな》　一茶

◎猫の鼠《ねずみ》を伺《うかが》うよう…いったん体を伏せてねらいを定め、一気に飛びつく様子。

ねこのねどころ【猫の寝所】 毎日一番好きなところに寝る。

炉《ろ》を閉《とじ》て猫の寝処《ねどころ》かは《わ》りけり　正岡子規

あら涼し身はのら猫の床《とこ》めづ《ず》ら［珍］　鬼貫《おにつら》［江戸］　常珍（常に新鮮）→床珍（床も新鮮）

ねこののどなり【猫の喉鳴り】 ごろにゃん。

黒猫の喉鳴りも火《ひ》桶《おけ》抱く夜《よ》にて　中川四明《なかがわしめい》

猫の喉業平《のどなりひら》かよひ《い》給《たまい》ひけり　春澄《しゅんちょう》［江戸］

ねこののみ【猫の蚤】 主に猫に寄生するノミ。人や犬につくこともある。褐色で体長二ミリ内外。全世界に広く分布。

秋立つ日猫の蚤取眼《のみとりまなこ》かな　夏目漱石　真剣な顔で猫がノミをとっている

でく〳〵と蚤まけ［負］せぬや田舎猫《いなかねこ》　一茶　でっぷり太って

のら猫が負《おっ》て行也庵《ゆくなりいお》の蚤　一茶

芝原《しばはら》にこすり付《つけ》るや猫の蚤　一茶

痩蚤《やせのみ》を振《ふるう》ふや猫も夕祓《ゆうはらい》　一茶　夕祓＝夏越（なごし）の祓

草原《くさはら》にこすり落《おとす》や猫の蚤　一茶

猫の蚤こすりおとすや草原《くさはら》へ　一茶

猫の蚤はらく〳〵戻る夜《よ》さり哉《かな》　一茶　夜さり＝夜になる頃

ねこのみとり【猫の蚤取り】 猫の蚤を取ること。また、それを業としたもの。

国《くに》ばなしつ［尽］きれば猫の蚤をとり　［柳多留］　奉公人どうしで国話（＝故郷の話）をして

毛財布《けざいふ》で猫の蚤取代二《に》銭《せん》　［川柳］　蚤取り専門業者が毛巾着で

ねこのはか【猫の墓】 戒名は要《い》らないから、ちっこくても欲しいお墓。

草枯るる猫の墓辺《はかべ》に猫遊び　松本たかし

猫うめし庫裏《くり》のうしろや枇杷《びわ》の花　芥川龍之介《あくたがわりゅうのすけ》

盆の月猫も御《お》墓《はか》を持ニ《もちに》けり　一茶

梅さくやごまめちらばふ《う》猫の墓　一茶　好物のごまめを墓に手向ける

ねこのはな【猫の鼻】 ①猫の鼻。②常に冷たいもののたとえ。

恋猫の鼻に患《わずらい》ひしたりけり　菅原師竹《すがわらしちく》

猫の子の鼻に消えたり石鹼玉《しゃぼんだま》　一松［八］

秋風の吹通《ふきとお》し也《なり》猫の鼻　浪化《ろうか》［江戸］

石蕗《つわぶき》の日陰は寒し猫の鼻　抱一《ほういつ》［江戸］

鼻先に飯粒《めしつぶ》つけて猫の恋　一茶

猫蔵が鼻あぶる也《なり》菊の花　一茶

線香《せんこう》の火で猫の鼻あたゝまり　東洲［川柳］

鼻づらをこすつ《っ》て見てもむくの猫　［柳多留］　むくのねこ＝本物の猫
いれたての鼻はつめたい猫火《ねこひ》鉢《ばち》　［柳多留］

ねこのはながら【猫のはながら】　植物、露草《つゆくさ》。

ねこのはら【猫の腹】　この人は安心できると思ったら、お腹《なか》を触《さわ》らせるにゃん。

腹毛《はらげ》白う見するほむらや猫の夫《つま》　安斎櫻磈子《あんざいおうかいし》　ほむら＝炎
産《う》みさ《そ》うな腹干す猫や若楓《わかかえで》　菅原師竹《すがわらしちく》
うら道の露《つゆ》のふかさや猫の腹　夕兆《せきちょう》［江戸］

ねこのばん【猫の番】　番犬は居ても「番猫」は居ない。

摂待《せったい》や猫がうけとる茶釜番《ちゃがまばん》　一茶　摂待＝摂待茶
ひなさまへやろう［野郎］来て居る猫の番　［柳多留］

ねこのひ【猫の日】　日本の猫の日実行委員会が一九八七年に制定した記念日で二月二十二日。

ねこのひげ【猫の髭】　抜け穴の間隔や天気や気配を知る優れたアンテナ。

冰《こお》る夜《よ》や顔に寄り来る猫の鬚　寺田《てらだ》寅彦《とらひこ》
髭焦《こ》げし猫がを《お》［居］るなり冬日《ふゆび》宿《やど》　吉田《よしだ》冬葉《とうよう》
髭先《ひげさき》に飯粒《めしつぶ》つけて猫の恋　一茶
髭前《ひげさき》に飯《めし》そよがせて猫の恋　一茶

髭につく飯《めし》さへ《え》見えず猫の恋　太祇《たいぎ》［江戸］

つまごひ《い》やかのひげくろ［髭黒］の猫の殿《との》　松扇子［江戸］

両方に髭がある也《なり》猫の妻　来山《らいざん》［江戸］　オスメス両方に

両方で髯《ひげ》と髯との猫の恋　呑樂［川柳］

白猫の髭に猫の血なるべし　鶴彬《つるあきら》［川柳］

ねこのひたい【猫の額】　場所が狭いことのたとえ。猫額《ねこびたい》。

けふ《きょう》とてぞ猫のひたひ《い》に玉はゝき　巣兆《そうちょう》［江戸］　今日もまた狭い家をほうきで掃く

呉《ご》ふく店《だな》猫のひたいへ竹がはへ《え》　［川柳］　小さな庭（中庭）に竹が生える

江戸の地は猫の額も小判金《こばんがね》　［柳多留］

猫の額におしろいが咲《さき》みだれ　［柳多留］　おしろい＝白粉花（おしろいばな）

紫《し》蘇《そ》蓼《たで》のたぐひ《い》は黒き猫の児《こ》のひたひ《い》がほどの地に植ゑ《え》たり　若山牧水《わかやまぼくすい》

◎猫の額《ひたい》の物を鼠《ねずみ》の伺《うかが》う…大胆不敵なこと。到底できそうもないこと。

ねこのふしゅび【猫の不首尾】　その時の気分で動く猫にはテーマの一貫性がない。

猫の恋がらす［硝子］障子に無分別《むふんべつ》　正岡子規　ガラスも障子もなんのその

猫の恋鼻毛《はなげ》ぬかるゝ夜《よ》もあらん　山口花笠《やまぐちかりゅう》

恋猫の足嚙《かま》れたる不《ふ》首尾《しゅび》哉《かな》　射水庵［シ］

猫の恋あは《わ》れや今日も逢《あ》は《わ》ぬげな　李坪［イ］

ぬすみして見かぎられけり猫の恋　乙由《おつゆう》［江戸］　見限る＝見下げる

双六《すごろく》へ出て不意打《ふいうち》を食《くら》つた猫　当百《とうひゃく》［川柳］　双六の紙を踏んでたたかれた

ねこのふたごころ【猫の二心】　二心は裏切りの心。浮気心。

仕出《しだ》し屋《や》の家根《やね》恋猫の二心　［柳多留］

ねこのふとん【猫の布団】　小さな布団ですむよ。

十匹の猫を飼ひ《い》ゐ《い》る油団《ゆとん》かな　青木月斗《あおきげっと》　油団＝夏の敷物

短さに蒲団《ふとん》を引けば猫の声　正岡子規

百敷《ももしき》の都《みやこ》は猫もふとん哉《かな》　一茶

旅すれば猫のふとんも借《かり》にけり　一茶

侘《わび》ぬれば猫のふとんをかりにけり　一茶

干《ほし》ふとんどこの猫だかいい気持　爪人［川柳］

土《ど》用干《ようぼし》猫縮緬《ちりめん》の上に寝る　日皃［川柳］　土用干＝夏の虫干

お妾《めかけ》と猫と夜具《やぐ》から起きて出る　式三馬［川柳］

ねこのふん【猫の糞】　①猫の排泄物。関連→猫のたばけ　②はったい粉《こ》（麦こがし）や大豆を飴《あめ》で練り固めた長さ三センチ余りの棒状の駄菓子《だがし》。

啼《な》きやめて糞したりけり猫の恋　藤野古白《ふじのこはく》
のら猫の糞して居るや冬の庭　正岡子規
猫の子の糞しに行《ゆ》くや古き重《じゅう》　失名［コ］　重＝重箱
猫の糞かを《お》り［香］をよきよ秋の風　均朋《きんぽう》［江戸］
恋猫の屎《くそ》ほり埋《うめ》るおち葉哉《かな》　一茶
砂園《すなぞの》や石竹《せきちく》ふとる猫の糞　一笑《いっしょう》（金沢）［江戸］　石竹＝ナデシコ科の多年草
跡《あと》ねんごろにうめて置く猫の屎《くそ》　北斎《ほくさい》［江戸］
猫役人が叱られる糞《くそ》掃除　老狐《ろうこ》［江戸］　猫の世話係
うろたへ《え》た小猫盆画《ぼんが》へ屎《くそ》をたれ　［柳多留］　盆画＝山水の景を彩色した砂や小石で描いた画
九太夫《くだゆう》は手の裏へふむ猫のふん　［柳多留］　仮名手本忠臣蔵に現れる敵役
大笑ひ夜這《いよばい》ひ手に踏《ふむ》猫の屎《くそ》　［柳多留］

ねこのへそ【猫の臍】　遊女のへそくり（金）の意。
いわしや［鰯屋］を又引《ひい》て来る猫の臍　［柳多留］
お肴《さかな》を臍の当《あた》りへ猫はさみ　［柳多留］
ごろつきの兄がきて取る猫の臍　［川柳］

ねこのほだし【猫の絆】　猫の心の結びつき。句の「百夜《ももよ》」は小野小町《おののこまち》のもとに九十九夜通った深草《ふかくさの》少将《しょうしょう》の物語にちなむ。

恋ねこのほだしも廿日《はつか》ばかり也《なり》　暁台《きょうたい》［江戸］

破風板《はふいた》や百夜《ももよ》かず［数］かくねこの妻　松影［江戸］　屋根の破風板を何度もひっかく

恋衣《こいごろも》　百夜《ももよ》の猫の繋《つな》がれて　蓼太《りょうた》［江戸］

◎猫の前の鼠《ねずみ》の昼寝…危害が迫っているのに気付かないで油断していることのたとえ。

ねこのまくら【猫の枕】　猫だって頭を乗せて眠るものが欲しいにゃ。

葉《は》がくれの瓜《うり》を枕に子猫哉《かな》　一茶

のら猫が仏《ほとけ》のひざを枕哉《かな》　一茶

前巾着《まえきんちゃく》に枕する猫　［武玉川］　前巾着（＝腰につける小銭袋）がひざの猫の枕に

ねこのまね【猫の真似】　甘い声で相手を恋《こ》うしぐさ。

猫の恋猫の口真似《くちまね》したりけり　久保田万太郎《くぼたまんたろう》

ざれあひてつな引《ひき》するや猫のまね　捨女《すてじょ》［江戸］　遊女のお座敷遊び

声まねる丁稚《でっち》をかしや猫の恋　太祇《たいぎ》［江戸］

声真似る小者《こもの》をかしや猫の恋　太祇［江戸］

人間の猫に似る夜《よ》を躍《おどり》かな　鯉風［江戸］

ねこのこわいろでおつ《っ》てるぶしや《ゃ》うもの［不精者］　［柳多留］　猫の声をまねて鼠を追う

京町《きょうまち》の遣手《やりて》の声で猫の真似　［武玉川］　遣手＝遊里の女管理人
時ありて猫のまねなどして笑ふ《う》三十路《みそじ》の友のひとり住《ず》みかな　石川啄木《いしかわたくぼく》
時ありて猫の真似などして笑ふ《う》友を此頃《このごろ》哀《あわ》れと思ふ《う》　石川啄木

ねこのまぶた【猫の瞼】　閉じるともなく開くともなく。
ひるがほ《お》や猫の瞼《まぶた》のおもいとき　可由［江戸］

ねこのまゆ【猫の眉】　いたずら描《が》きしないで。
どこでやら眉かゝれたる女猫《めねこ》かな　五明《ごめい》［江戸］
蝶とぶや睡《ねむ》るに動く猫の眉　仙臥［コ］
春ながら夜《よ》ごと空ゆく風さきをうつらねむらず眉しろき猫　北原白秋《きたはらはくしゅう》

ねこのまろね【猫の丸寝】　寒い時淋しい時の猫の寝方。
顔かくす猫のまろ寝や秋の蝿《はえ》　菅原師竹《すがわらしちく》
日向《ひなた》なる猫丸々と牡丹《ぼたん》の芽　小見思案［ハ］
とし玉《だま》の上にて猫のぐる寝《ね》哉《かな》　一茶　ぐる寝＝丸くなって寝る
切火《きりび》の側《そば》に丸くなる猫　［武玉川］

ねこのみずかがみ【猫の水鏡】　水鏡は澄んだ水面に顔を映《うつ》してみること。猫が己を知る一瞬。
水盤《すいばん》をめぐりて猫の水鏡　本田《ほんだ》あふひ

浄破利《じょうはり》のかゞみは見ぬか猫の恋　一茶　浄破利の鏡＝澄み切った鏡

浄はりのかゞみそれ見よ猫の恋　一茶

浄はりの鏡見よ〳〵猫の恋　一茶

恋せじと猫水桶《みずおけ》をのぞきけり　可久［江戸］

天水《てんすい》やたがひ《い》に影を猫のつま　志計《しけい》［江戸］　天水＝雨水、天水桶の水

ねこのみち【猫の道】　わたしの後に道はできる。

のし餅《もち》の中や一《ひと》すじ猫の道　一茶

二道《ふたみち》や大屋根《おおやね》高塀《たかべい》ねこのつま　義忠［江戸］

ねこのみみ【猫の耳】　①植物、虎耳草《ゆきのした》の異名。②猫の耳。「むつかしげなるもの、縫《ぬ》ひ《い》物《もの》の裏。猫の耳のうち。」［枕草子］　むつかしげ＝むさ苦しく見えるもの

猫そこにゐ《い》て耳動く草紅葉《くさもみじ》　高濱虚子《たかはまきょし》　紅葉した草

散花《ちるはな》や猫はね入《いり》てうごく耳　什佐［江戸］

雪の日や現《うつつ》にうごく猫の耳　存義《ぞんぎ》［江戸］

猫の耳動かして見るやなぎかな　涼岱《りょうたい》［江戸］

木枯《こがらし》や更行夜半《ふけゆくよわ》の猫のみゝ　北枝《ほくし》［江戸］

急度《きっと》雨地震げじ〳〵猫の耳　［柳多留］

蠅《はえ》が来てからかつ《っ》て居る猫の耳　［柳多留］

猫の耳を引つ《っ》ぱりてみて、にや《ゃ》と啼けば、びつ《っ》くりして喜ぶ子供の顔かな。　石川啄木《いしかわたくぼく》

しろき猫春夜《しゅんや》はねむれひたひたと畳《たたみ》につくる内紅《うちあか》き耳　北原白秋

ねこのむくろ【猫の死骸】　むくろを晒《さら》すのは横死《おうし》した猫。

ぶらつきに出る猫の屍《むくろ》の冬の水　河東碧梧桐《かわひがしへきごとう》

みづ《ず》すまし猫の屍《むくろ》とあそびを《お》り　日野草城《ひのそうじょう》

樹影雲影猫の死骸が流れてきた　種田山頭火《たねださんとうか》

爛《ただ》れたる猫の死骸に澱《よど》む昼　吉之介［川柳］

街上《がいじょう》に轢《ひ》かれし猫はぼろ切《きれ》か何かのごとく平《ひら》たくなりぬ　齋藤茂吉《さいとうもきち》

ねこのむつごと【猫の睦言】　人目もはばからず無心に愛の交歓をする猫。

猫のむつごと大音《だいおん》で大《おお》よがり　［柳多留］

ねこのめ【猫の目】　猫の瞳は明るさに応じて大きさが変わるので、猫の目の大きさで時間を表す猫の目時計と言われる工夫もあった。▽の句などがそれに当たる。

ねこの眼に海の色ある小春《こはる》かな　久保《くぼ》より江《え》

後苑《こうえん》の牡丹《ぼたん》に猫の目午《ばかり》なり　正岡子規　後苑＝裏畑

朝顔の葉影《はかげ》に猫の眼玉かな　夏目漱石

猫の眼の螽《いなご》に早しけさの冬　村上鬼城《むらかみきじょう》　いなごに対して素早く目配りした
むらしぐれ猫の瞳子《どうし》のかはり《わ》行《ゆ》く　旨原《しげん》［江戸］　瞳子＝ひとみ
猫の目も昼になりたる若葉かな　吾雀《ごじゃく》［江戸］▽
昼顔も猫の目でしれ花盛《はなざかり》　正直《せいちょく》［江戸］▽
猫の眼はついに闇《やみ》をば知らで果《は》て　鶴彬《つるあきら》［川柳］
猫の目の動きのまゝに虫が這《は》ひ《い》　苦笑子［川柳］
猫の目の時計はせはし《わ》冬牡丹《ふゆぼたん》　柳居《りゅうきょ》［江戸］▽
猫の眼を斗卦《とけい》に遣《つか》ふ《う》村師匠　［柳多留］▽
猫の目でしまる女三《にょさん》の七《なな》ツ口《ぐち》　［柳多留］▽　七ツ口＝夕七つ時（午後四時頃）に閉じる大奥の出入口
親船の時計狂わぬ女猫《めねこ》の眼　［柳多留］▽
猫の目を鐘の代りにする野寺《のでら》　一水［川柳］▽
くさむらに我をうかがふ《う》猫の眼の青貝《あおがい》いろの光うごかず　植松寿樹《うえまつひさき》

◎猫の目のよう…猫の瞳がまわりの明暗によって大きさが変化することから、物事がその時どきの事情によって目まぐるしく変わる様子。移り変わりがはげしいことのたとえ。
猫の目のかはる《わ》につけて時々のはやりとも見よ身をばかく袖《そで》　竹久夢二《たけひさゆめじ》

ねこのめいにち【猫の命日】家族の一員だから猫の死んだ日も忘れない。

猫の子の命日をとぶ小《こ》てふ《ちょう》哉《かな》　一茶

ねこのめし【猫の飯】　ネギ、チョコ、スルメ、気をつけてね。

永《なが》き日や飯くれといふ《う》猫の声　正岡子規　永き日＝春は暮れるのが遅い

秋の夜《よ》や猫を集めて飯くるゝ　長谷《はせ》川《がわ》零余子《れいよし》

猫の子に飯を冷やしてあたえけり　中野三王子［八］

干飯《ほしいい》に猫の事二軒あらがへ《え》り　須磨［コ］　干飯＝乾燥させて貯えておく飯

朝飯《あさめし》を髪にそよ〳〵猫の恋　一茶

猫の飯打《うち》くらひ《い》けりきり〴〵す　一茶

頬《ほお》べたに飯粒《めしつぶ》つけて猫の恋　一茶

猫の食干《めしひ》からびてある寒さかな　山店《さんてん》［江戸］

居候《いそうろう》猫のを奪ひ《い》返し食ふ《くう》　目頓痴［川柳］

ねこのめし入れ添《そえ》て遣《や》る花ざかり　［柳多留］　花見の日は留守番の猫にも飯を追加する心づかい

ねこのめそう【猫目草】　ユキノシタ科の多年草。山野の水辺に多い。全体に軟らかく無毛。花茎は高さ約十五センチ。広卵形の葉を対生。四、五月、茎頂に黄緑色の小花を十数個つける。果実は袋果で、熟して裂開したのを猫の目に見たて、この名がある。春の季語。［大辞林］

ねこのめひかる【猫の目光る】　猫の心模様は眼の輝きに現れる。

コスモス抜きすてしあとに黒猫眼《め》光らし　尾崎放哉《おざきほうさい》
冬の月に眼《まなこ》ひからす小猫かな　村上鬼城《むらかみきじょう》
寒月《かんげつ》や猫の眼《め》光る庭の隅《すみ》　正岡子規　寒月＝冬の月
木《こ》がらしに恋の黒猫眼《め》ぎら〳〵　松瀬青々《まつせせいせい》
猫の目の竈《かまど》に光る寒《さぶ》さかな　暁台《きょうたい》［江戸］
猫の目は暗《やみ》にぞ光るそを思ひ《い》君とむかひ《い》て灯《ひ》を明《あか》くしぬ　石川啄木《いしかわたくぼく》

ねこのもん【猫の門】　四天王寺西門の略称。

天王寺芸子《げいこ》の這入《はい》る猫の門　［柳多留］　芸子＝芸者

ねこのやけど【猫の火傷】　寒がりだからつい火のそばに寄る。

一夜《ひとよ》さに猫も紙子《かみこ》もやけどかな　丈草《じょうそう》［江戸］　紙子＝紙で作った衣服
火傷《やけど》ねこかくても春はわすれぬか　道彦《みちひこ》［江戸］　やけどをしても恋の季節は忘れない
炬燵《こたつ》でやけど猫に迄《まで》とばッちり　亜閑坊［川柳］
雪に小便《しょうべん》したやう《よ》に猫やけど　［柳多留］　汚なくただれている

ねこのゆくえ【猫の行方】　気まぐれ猫に見えてルーティンがあるよ。

白猫の行方わからず雪の朝　正岡子規
紅梅《こうばい》にあ［荒］れ行《ゆく》猫のゆくへ《え》かな　士朗《しろう》［江戸］

ねこのゆたんぽ【猫の湯たんぽ】 猫は時に湯たんぽになる。▽の句の「温《ぬく》め鳥《どり》」は、鷹《たか》が足を温《あたた》めるために小鳥を捕《つか》まえること。翌朝は小鳥を放してやり、その日は鷹は小鳥の飛び去った方へは餌を求めに行かないという。関連→猫火鉢《ねこひばち》

のら猫をかゝえて寝たる寒さ哉《かな》　正岡子規

小蒲団《こぶとん》や猫にもたるゝ足のうら　一茶

暁《あかつき》や猫かきよせてぬくめどり　百里《ひゃくり》［江戸］▽

ねこのゆめ【猫の夢】 猫もちゃんと夢見るさ。

猫の夢上《うえ》に胡蝶《こちょう》の狂ひ哉《かな》　正岡子規

おもしろの夢かけぬけて猫の恋　五雄［江戸］

初夢に猫も不二《ふじ》見る寝《ね》やう哉《かな》　一茶　不二＝富士山

野等猫《のらねこ》の夢なぐらるゝ柳かな　杜角［江戸］

菊の影大きく映る日の縁《えん》に猫がゆめみる人になりし夢　片山廣子《かたやまひろこ》

ねこのよこざ【猫の横座】（猫のいる横の座席の意から）その家で最も下位の座。嫁座敷《よめざしき》。

ねこのよこれんぼ【猫の横恋慕】 恋の略奪。掟《おきて》やぶりの恋は人も猫も一緒。

よこざまに恋奪ひ《い》尾の長き猫　橋本多佳子《はしもとたかこ》

ねこのよそごころ【猫の余所心】 喜びを全身でアピールしない猫は、よそよそしく見える。▽の句

は独吟《どくぎん》（＝独《ひと》りでする連句）で、前句《まえく》（「お内儀《ないぎ》の断りきかぬ花に風」）と合わせて、おかみさんの気持ちをよそに花は気ままに散ってしまった、外で勝手に恋狂いしている猫のようにの意味。

恋猫の余所心なる昼もあり　坂本四方太《さかもとしほうだ》

我門《わがかど》をよそに見て行《ゆく》や猫の恋　貝錦［江戸］

我窓《わがまど》は序《ついで》に鳴《なく》や猫の恋　一茶

夕顔の花嚙《かむ》猫や余所ごゝろ　蕪村《ぶそん》［江戸］

猫さへ《え》恋の余所《よそ》狂《ぐるい》ひする　杉風《さんぷう》［江戸］▽

ねこのわかれ【猫の別れ】 猫の恋が終わり相手の猫から離れること。春の季語。

恋猫の声も別れか　種田山頭火《たねださんとうか》

恋猫の別れを惜《おし》む戸口かな　正岡子規

猫の恋打切棒《ぶっきらぼう》に別れけり　一茶

溝《みぞ》越して手をふる猫の別《わかれ》かな　野坡《やば》［江戸］

猫の恋接木《つぎき》折らして別れけり　也有《やゆう》［江戸］

物音にかひ《い》なき猫の別れ哉《かな》　吟江《ぎんこう》［江戸］

屛風《びょうぶ》にて押出《おしだ》す猫の別哉《わかれかな》　土芳《どほう》［江戸］

軒《のき》の妻落ちたを猫の別れかな　梅室《ばいしつ》［江戸］

声たてぬ時がわかれぞ猫の恋　千代尼《ちよに》［江戸］
さびしげに猫別れ行赤椿《ゆくあかつばき》　寂芝《じゃくし》［江戸］
こひ猫やわが古寺になき別れ　暁台《きょうたい》［江戸］
芦火踏《あしびふん》で飛《とび》わかれけりねこの恋　青々処《せいせいしょ》（卓池《たくち》）［江戸］
猫の恋ぶたれる時がわかれなり　［柳多留］　人にぶたれて

ねこのわん【猫の椀】 時々は食器とりかえて欲しいな。関連↓猫の五器《ごき》
春風や猫のお椀《わん》も梅の花　しう（九歳）［江戸］
黒猫のわんにはきざ［気障］なあわび貝《がい》　［柳多留］
黒猫のわんもやっ《つ》ぱり片思《かたおもい》ひ　［柳多留］　あわびの片貝からの連想

ねこばいどめ【猫這い止め】 袖壁《そでかべ》（＝建物の外に飛び出した壁）。火返し。

ねこはぎ【猫萩】 マメ科の多年草。草地に自生。全体に長い軟毛がある。茎は細く地をはい、長さ約五十センチメートル。葉は小葉三個からなる。七〜九月、葉腋《ようえき》に黄白色の小花を数個つける。［大辞林］

ねこはしっている【猫は知っている】 猫は聡《さと》い。飼い主が外出したりお茶にしようとすると先んじて行動したりする。
神代《かみよ》より誰か教へ《え》て猫の恋　正岡子規
張抜《はりぬき》の猫も知るべし今朝の秋　尾崎紅葉《おざきこうよう》　張抜（＝張り子）の猫も秋になったことを知るだろう

飼《かい》ぬしに猫は号砲《ドン》だと眼でしらせ　［団団珍聞］　半ドンの号砲が鳴るよと

臘八《ろうはち》や猫の座禅は時を知《しる》　乙由《おつゆう》［江戸］　「時」に「斎（とき）＝食事」を掛けている

風雨《ふうう》と時を五体《ごたい》にて知るは猫　［柳多留］　全身で感じる

時知《ときし》り顔《がお》と申すのは猫の事　［柳多留］　時知り顔＝物事をわきまえているような顔つき

ねこはしる【猫走る】　持久走は苦手だけど。

みごもりて盗みて食《くい》ひて猫走る　橋本多佳子《はしもとたかこ》

妻の猫走りて白し枯山中《かれさんちゅう》　橋本多佳子

猫が人の声して走る寒《かん》の闇《やみ》　西東三鬼《さいとうさんき》

松の木の闇《やみ》にかけこむ猫の恋　正岡子規

恋猫の鈴を鳴らして走るあり　怒愛庵［サ］

ねこはち【猫八】　近世の物乞《ものご》いの一つ。猫・犬・鶏など鳥獣の鳴き声をまねて、金品をもらい歩いた。

猫八のなくこほろぎや冬隣《ふゆどなり》　久保田万太郎《くぼたまんたろう》　冬隣＝冬近し、秋の季語

◎猫は土用《どよう》に三日鼻暑し…猫は土用の三日だけ暑がるが、あとは一年中寒がっている。

◎猫は虎《とら》の心を知らず…見た目は似ていても、子供は大人の考えは理解できない。

ねこばな【猫花】　植物、翁草《おきなぐさ》の異名。

ねこばば【猫糞】　「糞《ばば》」は大便など汚いもの。猫は糞《ふん》をしたあとに泥をかけて隠すことから転じて、

悪事をごまかして知らんふりしたり、他人の物を着服すること。猫が糞踏《ばば》む。

猫ばゝで出る弁天《べんてん》の革羽織《かわばおり》　［柳多留］

ねこはまもの【猫は魔もの】 人の心をとろかす魔力を持つ猫。

猫は魔の物だに木曾《きそ》は粗忽《そこつ》なり　［川柳］　木曾義仲のこと

猫は魔のもの沈んでる気をうかし　北斎《ほくさい》［江戸］　人の心を浮き浮きさせてくれる猫

猫の魔がさして息子は踊る也《なり》　［柳多留］　遊女恋しさに

百年忌《ひゃくねんき》客に魔をさす猫を出し　［柳多留］

此世《このよ》から魔がさし隠居《いんきょ》猫とじや《や》れ　［柳多留］

耶蘇《ヤソ》誕生会《たんじょうえ》の宵《よい》に　こぞり来る魔《もの》の声。少くも猫はわが腓《こぶら》吸《す》ふ《う》　釋沼空《しゃくちょうくう》　こぶら＝ふくらはぎ

◎猫は三月《みつき》を一年とす…犬や猫の成長が早いこと。

ねこパンチ【猫パンチ】［猫が張る］①猫が興味や攻撃の対象に前足を出してたたく様子。②手先だけで繰り出す有効でないパンチ。

恋猫や猫の天窓《あたま》をはりこくる　一茶　天窓＝頭

うかれ猫天窓《あたま》はりくらしたりけり　一茶　はりくら（張り競）＝たたきあう

蒲公英《たんぽぽ》の天窓《あたま》はりつゝ猫の恋　一茶

穴を出る蛇《へび》の頭や猫がはる　一茶

面《つら》はぢ《じ》［恥］やつらか［掻］、れたる猫の夫《つま》　東雅《とうが》［江戸］　面恥＝赤恥

ねこひっかきびょう【猫引っ掻き病】 猫に噛《か》まれたり引っかかれたりしてリンパ節が炎症を起こす病気。バルトネラ菌などが原因とされる。自然治癒する場合が多いが、免疫力が低下した人では脳症など重い症状を引き起こすことがある。［大辞林］

ねこひばち【猫火鉢】 土製や陶製の火鉢。中に入れた火桶《ひおけ》をすっぽりおおい、側面に数個の穴をあけたもの。布団をかけて用いる。猫行火《ねこあんか》。ねこ。▽の句は湯たんぽ代わりに抱く猫。関連→猫の湯たんぽ

関守《せきもり》の木の葉燃やすや猫火鉢　正岡子規

餌《え》さしの腰に骸骨の猫火鉢　［柳多留］　餌さし＝鳥刺し

眼科の玄関にはげた猫火鉢　［柳多留］

炭と火と灰とで三毛《みけ》の猫火鉢　［柳多留］

涅槃会《ねはんえ》の頃にはいらぬ猫火鉢　［柳多留］▽

猫火鉢西行庵《さいぎょうあん》の銀世界　［柳多留］　銀世界＝雪景色

火傷《やけど》して眼色《めいろ》をかへ《え》る猫火鉢　［柳多留］

日当りでよく撫《なで》て張る猫火鉢　［柳多留］▽

老込《おいこ》んだ女三《にょさん》抱《だい》てる猫火鉢　［柳多留］▽　関連→女三《にょさん》の宮《みや》の猫

時雨《しぐれ》の薄寒《うすざむ》ひざへ寄る猫火鉢　［柳多留］▽

あつ《っ》たかになると追出《おいだ》す猫火鉢　［柳多留］▽

西行《さいぎょう》と一座《いちざ》して居る猫火鉢　［柳多留］▽　一座＝同席

猫火鉢淋しい顔をそつ《っ》と寄せ　角恋坊［川柳］

ねこびん【猫瓶】 ふたのできる広めの口が斜めに付いているガラス製の容器。駄菓子屋で菓子類を入れる容器としてよく用いられる。［大辞林］

ねこぶか【猫鱶】 魚、猫鮫《ねこざめ》の異名。

ねこぶき【猫籬】 和船の舷側にある錨をさばく垣。「猫」は錨《いかり》のこと。

ねこぶく【猫ぶく】 わら縄を編《あ》んで作った大形の厚いむしろ。

ねこふんじゃった【猫踏んじゃった】 世界中で親しまれているピアノ曲。作曲者不詳。国や地域ごとに様々な歌詞や曲名が付けられている。猫と付く曲名は「猫のマーチ（ブルガリア）」、「猫の踊り（韓国）」、「子猫之舞（台湾）」、「黒猫のダンス（ルーマニア）」、「猫のポルカ（フィンランド）」。他には「犬のワルツ（ロシア）」「蚤《のみ》のワルツ（ドイツ、ベルギー）」、「蚤《のみ》のマーチ（オランダ）」、「泥棒行進曲（中国）」など。

ねこべん【猫弁】 ご飯の上に削《けず》り節《ぶし》と醤油《しょうゆ》をかけた弁当。

ねこほそる【猫細る】 毛の抜ける夏、猫はほっそりする。

伽羅《きゃら》ぼくに伽羅の果《み》こもりくろき猫ほそりてあゆむ夏のいぶきに　齋藤茂吉《さいとうもきち》

ねこぼね【猫骨】 猫骨《ねこぼね》の扇《おうぎ》の略。猫間《ねこま》の扇と同じ。

猫ぼねは夏さへ《え》寒きあふき《おうぎ》哉《かな》　二休《じきゅう》［江戸］

ねこま【猫ま】 猫の古名。▽の歌の「夜離《よが》れせず」は、男猫《おねこ》が途絶えることなく通うこと。

埋《うず》み火《び》に夜《よ》がれせずなる老《お》いねこま霙《みぞれ》にぬるる妻ごひ《い》［恋］はせで　橘曙覧《たちばなのあけみ》▽

ねこま【猫間】 『平家物語』に出てくる猫間中納言光高《みつたか》。木曽義仲に勅使《ちょくし》として下るが、義仲は無理に食事などを饗《きょう》して「猫殿は少食におはするよ《わ》」と言って自分はむさぼり食ったので、光高は驚いて帰ったとある。その例句が「大《おお》ぐらいなりと木曾をば讒奏《ざんそう》する」。

鼠米《ねずみごめ》などを猫間へし［強］ひ《い》る也《なり》　鳳頭［川柳］　鼠の臭気のする米を無理じいする

焚《たき》たてで舌を焼《やい》たは猫間殿　［柳多留］

ねこまをちや《や》かし義仲は鼠嗚《ねずみな》き　［柳多留］

九《く》はいめの茶づけの所へ猫間来る　［柳多留］　大食いの義仲

そして又味噌も玉《たま》さと猫間いひ《い》　［川柳］　木曾の玉味噌

蕎麦がきを猫間の供《とも》へやたら強ひ《しい》　［川柳］　そばも木曾の名産

嬲《なぶっ》つても猫のやう《よ》なる勅使《ちょくし》なり　［川柳］

三井寺《みいでら》の鼠勅使《ねずみちょくし》は猫間どの　［柳多留］

ねこま【猫間】 扇の親骨の透《すか》し彫《ぼ》り。猫扇《ねこおうぎ》。猫間《ねこま》の扇《おうぎ》。猫間透《ねこますかし》。

蝶ぼたん［牡丹］ゑ《え》［絵］かく猫間のあふぎ《おうぎ》哉《かな》　信元《しんげん》［江戸］

ねこましょうじ【猫間障子】 障子の一部にガラスをはめ込み、その部分に上下または左右に、開閉できる小障子《こしょうじ》を組み込んだもの。猫間《ねこま》。〔大辞林〕

ねこまた【猫股・猫又】 猫の化け物。想像上の怪獣で、猫の目をもち、犬ほどの大きさで老《お》いて尾が二つに裂けている(二股)。猫は年とると尾が二つに分かれ、よく化《ば》けて人に害をなすと言われる。

猫又の頭こつ《っ》きり木の実哉《かな》　一茶　こっきり＝こつんと

ねこまたになりそうな三味《しゃみ》庄屋出《だ》し　〔柳多留〕　古めかしい三味線

遣《や》り手が綾《あや》いく度取つ《っ》ても猫俣《ねこまた》　〔柳多留〕

猫またの踊《おど》りにやんにや《や》とほめる也《なり》　〔柳多留〕

二股《ふたまた》の猫けちらかす国家老《くにがろう》　〔柳多留〕　国家老＝主君参勤の留守を預かった家老

猫股を退治《たいじ》てかへ《え》る国家老　〔柳多留〕　芸者　関連↓猫狩《ねこが》り

猫股を捕《とら》へ《え》て見れば後《のち》の母　〔川柳〕　後の母＝継母

飼犬《かいいぬ》だのに猫またよ〳〵《ねこまたよ》　〔柳多留〕　飼犬を猫股とまちがえた

ねこまたぎ【猫跨】 まずい魚。魚の好きな猫でさえまたいで通るの意。〔大辞林〕

ねこまたぶし【猫股武士】 節操なく、二心《ふたごころ》ある武士。

ねこまめ【猫豆】 植物、狸豆《たぬきまめ》の異名。

ねこまんま【猫まんま】 猫のえさ。猫飯《めし》。関連↓猫の飯《めし》

ねこみみ【猫耳】 ①猫の耳。②漫画・アニメ・ゲーム・イラストなどで、猫耳状のパーツを頭に付けた少女・幼女キャラクターのこと。おたく文化の中で、萌《も》え要素の一つとされる。ネコ耳。［大辞林］

ねこめいし【猫目石】 金緑石の一。ブラジル・スリランカなどに産し、宝石とする。猫睛《びょうせい》石。キャッツ-アイ。［大辞林］

猫眼石《びょうがんせき》の底より光るつや見せて雲雀《ひばり》の卵巣《す》にこもり居《お》り　水野葉舟《みずのようしゅう》

うるはしく猫睛石《びょうせいせき》はひかれどもひとのうれひ［憂］はせんすべもなし　宮澤賢治《みやざわけんじ》

ねこめし【猫飯】 飯に味噌汁をかけた食事。猫まんま。関連→猫の飯《めし》

ねこめんえきふぜんウイルス【猫免疫不全ウイルス】 ネコ科の動物に感染するレトロウイルス科のウイルス。一九八七年にウイルスの分離が報告された。一般的には咬傷により感染する。発症に至るものは少ない。俗に、猫エイズといわれる。［大辞林］

ねこもしゃくしも【猫も杓子も】 誰もかれも。

猫も聞け杓子も是《これ》へ時鳥《ほととぎす》　夏目漱石

爺《じじ》も婆《ばば》も猫も杓子も踊《おどり》かな　蕪村《ぶそん》［江戸］

今の世や猫も杓子も花見笠《はなみがさ》　一茶

寝たなりや猫も杓子も春の雨　一茶　寝たまんま

仕合《しあわせ》な猫と杓子よ冬牡丹《ふゆぼたん》　一茶

売り家《いえ》や猫も杓子も虫の声　支考《しこう》〔江戸〕　虫の声ばかり

ねこもち【猫餅】 円筒状の餅を輪切りにしたもの。②正月の餅を短冊《たんざく》に切って蓄《たくわ》えたもの。

◎猫も茶を飲む…分不相応《ぶんふそうおう》なことをしたり、人の真似をするたとえ。

ねこや【猫屋】 珍しい材木の切れ端を売買した店。

打《う》つ《っ》てつけ鼠入《ねずみい》らずに猫屋の木　〔川柳〕　鼠入らず（＝食物戸棚）に猫屋の木がちょうどよい

ねこやなぎ【猫柳】 ヤナギ科の落葉低木。各地の水辺に自生。庭木ともする。葉は細長い楕円形で裏は帯白色。雌雄異株。早春、葉に先だち長さ三～四センチメートルの柔らかい白毛を密生した尾状花序をつける。川柳《かわやなぎ》。エノコロヤナギ。春の季語。〔大辞林〕

あたたかや皮ぬぎ捨てし猫柳　杉田久女《すぎたひさじょ》

いきもの丶うぶ毛《げ》の夢を猫柳　佐藤惣之助《さとうそうのすけ》

老友《ろうゆう》といいしくもいへ《え》りねこやなぎ　久保田万太郎《くぼたまんたろう》　老友とよくも言ったものだよ

ぎんねずに朱《あけ》のさばしるねこやなぎ　飯田蛇笏《いいだだこつ》　銀ねずみ色に赤い筋が混じる

猫柳どうにかかう《こ》にか暮《く》らせるけれど　種田山頭火《たねださんとうか》

寒い枝であつ《っ》た猫柳となつ《っ》た　栗林一石路《くりばやしいっせきろ》

銀の爪《つめ》くれなゐ《い》の爪猫柳　竹下しづの女《じょ》

春めくや銀ほどきたる猫柳　吉岡禅寺洞《よしおかぜんじどう》

猫柳風に光りて銀鼠《ぎんねずみ》　鈴木花蓑《すずきかすい》

草《くさ》の戸《と》にふやけて咲くや猫柳　村上鬼城《むらかみきじょう》　草の戸＝わびしい住居

猫柳うつくしき雲ながれそむ　木下夕爾《きのしたゆうじ》

ねこ柳のほほ［蓬《お》］け白《しら》むや雛《ひな》の雨　室生犀星《むろうさいせい》　蓬ける＝ほつれ乱れる

山里の雛《ひいな》の花は猫柳　高濱虚子《たかはまきょし》

炉塞《ろふさぎ》や一枝投げさす猫柳　前田普羅《まえだふら》

水ぬるむ田川の岸の猫やなぎほほ《お》けて人に知られたりける　岡麓《おかふもと》

射《さ》す如《ごと》く烟《けむ》るが如き猫柳の岸辺に我執もはかなくて立つ　中城《なかじょう》ふみ子《こ》

手《て》ずれたる銀の箔《はく》をば見る如《ごと》くまばらに光る猫柳かな　與謝野寛《よさのひろし》

猫柳めぶく四畳半に飼《か》は《わ》れゐ《い》るけもののごとき吾《われ》の元日　青山歌子［ハ］

猫柳銀の芽を吹くきのふ《う》けふ《きょう》愛《うかな》しき心にこもりゐ《い》にけり　津田治子［ハ］

猫柳ものをおもへ《え》ば猫の毛をなづ《ず》るここちによき風も吹く　北原白秋《きたはらはくしゅう》

ねこよけ【猫除け】

目を眠り猫除に置く赤いわし　［柳多留］　赤鰯＝錆刀（さびがたな）の異称

ねこよび【猫呼】　猫を呼ぶときのチョッチョッという舌打ち。

◎猫よりまし…猫よりは役に立つ。少しはまし。子どもが時に役に立つ場合などにいう。

ねこるつぼ【猫堝】 猫が座ったような形に見えるガラスのるつぼ。クローズド・ポット。ねこ。

ねころぶねこ【寝ころぶ猫】 楽な姿勢。

づ《ず》う〳〵と猫の寝ころぶ扇哉《おうぎかな》　一茶

葉《は》がくれの瓜《うり》と寝ころぶ子猫哉《かな》　一茶

ほのぬくみ明《あか》る真土《まつち》や追《い》ひぬけて鼠《ねずみ》見はなち猫のころぶす　北原白秋《きたはらはくしゅう》　ねずみは放って横になる

ねこわけ【猫分】 食べ物を食べ残すこと。食べ残したもの。

ねこをうつ【猫を打つ】「打つ真似《まね》をすれば／尾を立てて後《あと》しざる黒猫／まんまろく、かは《わ》ゆく……／けれど、わたしの手は／錫箔《すずはく》のやう《よ》に薄く冷たく閃《ひら》めいた。／おお、厭《いや》な手よ。」　與謝野晶子《よさのあきこ》の詩「或手」

法師原《ほうしばら》に打《うち》たゝかれぬ猫の恋　徳田秋声《とくだしゅうせい》　法師原に＝法師たちに

夕顔に泥棒猫《どろぼうねこ》を叩《たた》きけり　佐藤紅緑《さとうこうろく》

糸巻を擲《なげう》たれけり猫の妻　松瀬青々《まつせせいせい》

我宿《わがやど》の猫打栗《ねこうつくり》よ〳〵《うつくり》よ　一茶　栗の実が落ちてきて

猫の恋内に居《お》れとてうたれけり　樗堂《ちょどう》［江戸］

さかる猫うたてうたれて戻りけり　土髪《どはつ》［江戸］　さんざん打たれて

手を上《あげ》てうたれぬ猫の夫《おっと》かな　智月尼《ちげつに》［江戸］　うるさい恋猫を手を上げて打とうとするが逃げ回って打てない

黄色なすりこ木《ぎ》［擂粉木］で猫をぶちのめし　雨譚［川柳］

お妾《めかけ》が叩《たた》けば猫が首を垂れ　泊汀［江戸］

ねこをうとむ【猫を疎む】 猫をうっとうしく思う。

恋猫をあはれ《わ》みつゝもうとむかな　高濱虚子《たかはまきょし》

夜学《やがく》の童女倦《こう》んじて猫をなかしめぬ　日野草城《ひのそうじょう》　倦んじて＝あきて

ねこをえらぶ【猫を選ぶ】 好かれる猫、好かれない猫。▽の句の「筆《ひつ》」は連句の執筆《しゅひつ》の役。

あれこれと猫の子を選《よ》るさまぐ〳〵に　筆《ひつ》［江戸］［阿羅野《あらの》］▽　はしがき(4)頁参照

猫を出し白い黒ひ《い》を分けたまひ《い》　［柳多留］

ねこをおいはらう【猫を追い払う】 追われても風のようにすり抜ける猫。

水仕女《みずしめ》の柄杓《ひしゃく》で追ふ《う》や猫の夫《つま》　高田蝶衣《たかだちょうい》　水仕女＝台所仕事をする女

猫の恋箒《ほうき》で掃《はい》てのけに梟《けり》　一具《いちぐ》［江戸］

つる［交］む猫枕《まくら》ぞうし［草紙］でおっ《つ》ちらし　［柳多留］　枕草紙＝秘画の絵本

さあ取って見おれと鴨《かも》で猫を追い　［柳多留］

猫を追ひ《い》ながらはや桶《おけ》おさへ《え》てる　［柳多留］　はや＝早くも

死ぬ事を忘れて猫は追出《おいだ》され　金松坊［川柳］

山なかに猫のあそぶを見て居《い》つゝ数ふえ来るに追ひ《い》ちらしたり　釋迢空《しゃくちょうくう》

ねこをおう【猫を負う】 背中を丸くしている。猫背《ねこぜ》。猫背中《ねこぜなか》。

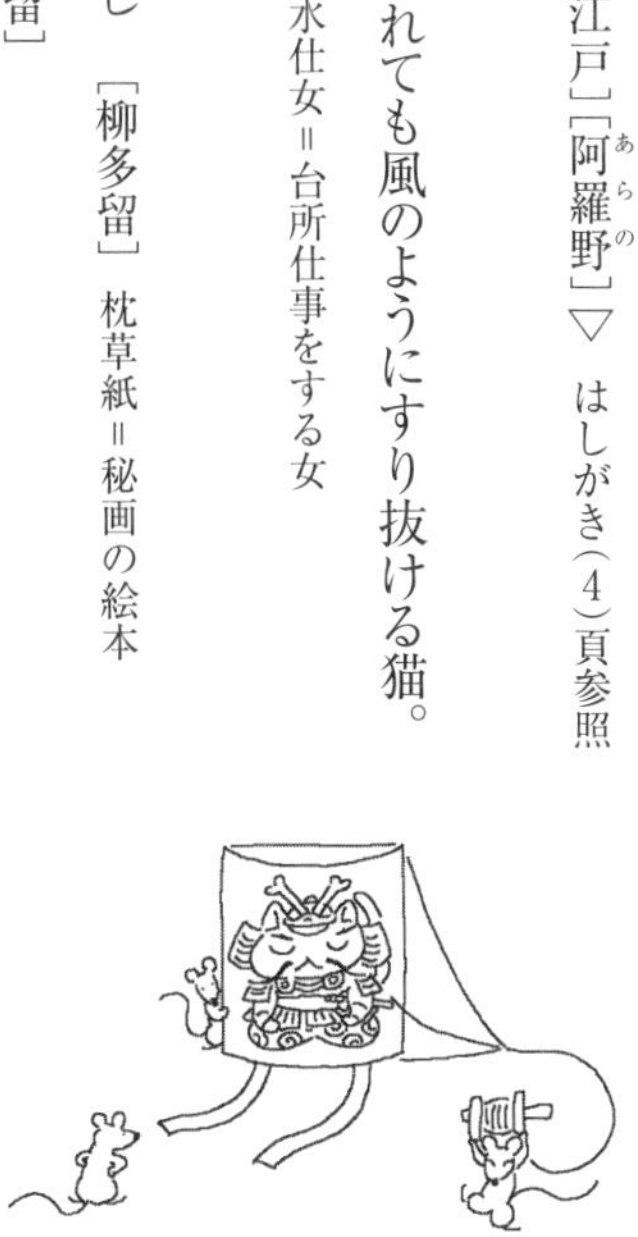

◎猫を追うより皿《さら》を引け…猫を追い払うには餌《えさ》のある皿を取り除くことが先決であることから、物事の根本原因を正《ただ》さなければ効果がないことのたとえ。猫を追うより魚をのけよ。［大辞林］

ねこをおこす【猫を起こす】 寝床で動けば猫も目を醒《さ》ます。

いねかてに寝《ね》こけし猫を起《おこ》しけり　二葉亭《ふたばてい》四迷《しめい》　いねかてに（寝られずに）ぐっすり寝ている猫をおこす

おこされて猫は背中へ腹をた［立］ち　［柳多留］

小猫「玉」花に狂ひ《い》の身を倦《う》みて眠れば蝶のまたゆり起《おこ》す　若山牧水《わかやまぼくすい》

ねこをおどす【猫を脅す】 猫はこわがりだよ。

おどされて引返す也《なり》うかれ猫　一茶

青首《あおくび》で猫などおどすりやうり人《にん》［料理人］　［柳多留］　青首＝まがもの雄（首の羽が緑色）

ねこをおどろかす【猫を驚かす】 敏感な猫はびっくりしやすい。

人も居《お》らず栗《くり》はねて猫を驚かす　正岡子規

軒《のき》のもとに遊ぶ小猫をこゝろなくおどろかしけり蟬《せみ》の一《ひと》こゑ《え》［声］　金子薫園《かねこくんえん》

ねこをかう【猫を飼う】 小さな虎を飼っているような気分。

猫もかは《わ》ず一人ぐらしよ嫁《よめ》が君《きみ》　正岡子規　嫁が君＝ねずみ（正月の忌詞）

猫飼《こ》うて猫を恐るゝ秋のくれ　正岡子規

猫飼《こ》うて恋をせらるゝ怖《おそ》ろしさ　素風郷［サ］

猫飼《え》へば猫が友呼ぶ炬燵《こたつ》かな　松本たかし

猫知らず寺に飼《わ》はれて恋わたる　夏目漱石　恋慕いながら日々を送る

ひたすらに子猫の世話や庵《いお》の妻　幼瞳［サ］

猫飼《かわ》ぬ身も涼しさの一つ哉《かな》　木因《ぼくいん》［江戸］

猫を飼《わ》はば、その猫がまた争《あらそい》ひの種となるらむ《ん》。かなしきわが家《いえ》。　石川啄木《いしかわたくぼく》

ねこをかす【猫を貸す】　猫の出稼ぎ。

猫貸して麦一升《いっしょう》や鶏頭花《けいとうか》　大村胡刀［ホ］

◎**猫を被《かぶ》る**…本性を隠しておとなしそうに振る舞う。［大辞林］

ねこをかりる【猫を借りる】　鼠が出る家は借りてでも猫を置いておきたい。

五月雨《さみだれ》や猫かりに来る船の者　卓池《たくち》［江戸］　船のねずみ退治用に

鰹節喰《かつおぶしくい》にげにするかりた猫　［柳多留］

升落《ますおと》しかたり隣の猫をかり　［柳多留］　升落し（ねずみ捕り）より生きた猫の方が効くと

三井寺《みいでら》は大津の猫を借りあつめ　［柳多留］　三井寺と延暦寺の争いの故事にちなむ

重箱《じゅうばこ》を隣へ見せて猫をかり　［柳多留］　お礼はあとでとほのめかす

ねこをくう【猫を食う】　時代と場所によっては猫を食することもあった。

農村予算が軍艦に化《ば》けて飼猫《かいねこ》までたべる冬籠《ふゆごも》り　鶴彬《つるあきら》［川柳］

くう口をへらすに飼猫《かいねこ》から食べはじめ　鶴彬［川柳］
猫喰《くらう》ふ鳶《とび》がむさいか網代守《あじろもり》　北枝《ほくし》［江戸］　むさい＝むさ苦しい
薬喰《くすりぐい》乞食猫《こじきねこ》きる庵《いおり》かな　一笑《いっしょう》（金沢）［江戸］　薬喰＝保温・滋養のために獣肉を食べること

ねこをこう【猫を恋う】　猫の可愛らしさに魅入《みい》られる。
恋すてふ《ちょう》猫探しゐ《い》る内儀《ないぎ》かな　森鷗洲［シ］　内儀＝奥さん
猫の子に胸とゞろかす蟇《ひきがえる》　村上鬼城《むらかみきじょう》

ねこをころす【猫を殺す】　暗く無情な情念に憑《つ》かれた行為。
ぶち殺しても物を言ふ《う》猫をくれ　［柳多留］
ぶち殺しても役にたつ猫をくれ　［柳多留］
鶏《とり》ぬすむ猫殺さむ《ん》と深夜《よふけ》の家に父と母とが盛《も》れる毒薬《どくやく》　若山牧水《わかやまぼくすい》
泥棒猫《どろぼうねこ》をころして埋《う》むる山際《やまぎわ》の金柑《きんかん》の根のつちの荒さよ　若山牧水

◎猫を殺せば七代《しちだい》祟《たた》る…猫は執念深い動物なので殺すと子孫七代までも祟るという俗説。［大辞林］

ねこをさがす【猫を探す】　探す声は聞こえていても猫は動けない時もある。
もう死ぬる声の捨猫《すてねこ》をさがす　種田山頭火《たねださんとうか》
子をさがす親猫のいつまで鳴く　種田山頭火
呼《よび》あり［歩］けども猫は帰らず　正秀《まさひで》［江戸］　連句の短句［七七音］

尋《たず》ねゐ《い》し手《て》飼《がい》の猫のゆくりなくわれ見てなくよ人の門《と》の上《え》に　金子薫園《かねこくんえん》　ゆくりなく＝思いがけず

ねこをしかる【猫を叱る】 叱ると猫は落ち込むよ。関連↓叱られた猫

猫の子を叱れば何か啼《な》きにけり　高橋淡路女《たかはしあわじじょ》

夜食粥《やしょくがゆ》猫叱るより術《すべ》なきか　石橋秀野《いしばしひでの》

関守《せきもり》が叱り通すや猫の恋　一茶　関守＝関所の番人

不作法《ぶさほう》を妾《めかけ》は猫に言ひ聞《い》かせ　紅衣［川柳］

ねこをじゃらす【猫をじゃらす】 子猫のうちは何にでもじゃれる。関連↓じゃれる猫

門畑《かどばた》や猫をじや《ゃ》らして飛木《とぶこ》の葉《は》　一茶

灸《きゅう》の紙丸めてじや《ゃ》らすからす猫　［柳多留］　お灸の治療

やう《よ》だい書《がき》に猫などをじや《ゃ》らし候《そろ》　［柳多留］　容態書＝診断書

ねこをじらす【猫をじらす】 ちらちらじらされると落ち着かないにゃん。

門畑《かどばた》や猫をぢ《じ》らして飛ぶ木の葉《は》　一茶

ねこをすてかねる【猫を捨てかねる】 生まれた猫や拾った猫を捨てられないでいる。

いろふかき男猫《おねこ》ひとつを捨《すて》かねて　杜国《とこく》［江戸］　愛着があって

秋霖《しゅうりん》や捨て猫をけふ《きょう》も捨てかねし　坪内逍遥《つぼうちしょうよう》　秋霖＝秋の長雨

いつくらも曲《まが》ツては行捨《ゆくすて》ル猫　運町［川柳］　いくつも曲り道して。ためらう様子

ねこをすてる【猫を捨てる】 猫を捨てられる人と捨てられない人と。関連→捨猫《すてねこ》

吾も仔猫《こねこ》捨てたりき戦時《せんじ》なりき　橋本多佳子《はしもとたかこ》　戦時＝戦争中

猫の子を草にすてるや秋の暮　高濱虚子《たかはまきょし》

猫の子を捨てるにきめぬ今日も雨　村家［サ］

猫の子を捨てる拾《ひろ》われそうな場所　北羊［川柳］

夕焼けのきれいなとこで猫を捨て　愛穂［川柳］

手桶《ておけ》で猫を捨てる町代《ちょうだい》　［武玉川］　町代＝町役人

捨《す》てた猫いや〳〵よくも似た顔だ　鉄羅漢［川柳］

◎**猫を抱く**…清酒醸造の原料の玄米を横領・窃盗することをいう酒造職人の隠語。［日本国語大辞典］

ねこをだく【猫を抱く】 猫は小さくても大きくてもやわらかく抱きやすい生き物。

いなづ《ず》まの野《の》より帰りし猫を抱く　橋本多佳子《はしもとたかこ》

優曇華《うどんげ》に妻はおびゆる猫抱きしめ　日野草城《ひのそうじょう》　おびえている猫を

猫抱いて胸を病《や》む娘《こ》や秋の風　栗原春月［ハ］

芭蕉忌《ばしょうき》の猫抱いてゐ《い》る盲《めしい》かな　藤本銭荷［ハ］　ハンセン病で視力を失った自身のこと

萩《はぎ》の月猫あたゝかく抱きもどる　中尾白雨《なかおはくう》

猫だいて呼ばれて行《ゆ》かん納豆汁《なっとじる》　文誰［江戸］

恋しい時は猫を抱上《だきあ》げ　［武玉川］

だいて居ルねこの色迄《まで》もよわむき　［川柳］

暖簾《のれん》から小猫を抱いて覗《のぞ》くなり　六厘坊［川柳］

猫抱けば猫の鼓動《こどう》もあたたかい　久子［川柳］

聞き流すつもりの膝へ猫を抱き　乾坤［川柳］

白き猫膝《ひざ》に抱《いだ》けばわがおもひ音《い》なく暮《く》れて病《や》むここちする　北原白秋《きたはらはくしゅう》

冬夜《ふゆよ》さり黒き仔《こ》の猫かき抱《いだ》きなにぞその尾の長《た》けてつやよき　北原白秋　なにぞ＝なぜ

◎猫を繋《つな》ぐ…野《の》ぐそをすること。

ねこをつなぐ【猫を繋ぐ】　繋がれた猫の気持ちがわからないのかにゃ。

諫《いさ》めつゝ繋ぎ居にけり猫の恋　太祇《たいぎ》［江戸］

琴《こと》の緒《お》に足繋がれつう［浮］かれ猫　几董《きとう》［江戸］

恋猫やつながれて居るそゞろ声《ごえ》　之房《しぼう》［江戸］　心細い声

黒猫をみじかい玉《たま》の緒《お》でつなぎ　［柳多留］　玉の緒＝命

ねこをつる【猫を釣る】　上下に揺れる物に猫は釣られるように飛び上がる。

柳たれてあらしに猫を釣る夜《よ》かな　木因《ぼくいん》［江戸］

二《に》三尺《さんじゃく》蝶々猫をつりあげる　［柳多留］　二三尺＝約一メートル

若猫を柳の糸で風が釣り　［柳多留］

ねこをなげる【猫を投げる】 受け身は取れるけど、投げるのはやめて。

相撲好《ず》き先《ま》づ《ず》飼猫《かいねこ》をとつ《っ》て投げ　剣花坊《けんかぼう》［川柳］

投《なげ》られて平気は猫と柔取《やわらとり》　［柳多留］　柔取＝柔術家

ねこをなでる【猫を撫でる】 和毛《にこげ》の猫は撫でずにはいられない。

撫でゝやれば鳴いてくれる猫　種田山頭火《たねださんとうか》

出代《でがわり》や馴染《なじん》だ猫を撫《なで》て行《ゆく》　器道［江戸］　出代＝雇人の交替

出代《でがわ》りに叱《しか》りし猫を撫《なで》て行《ゆ》き　魯光［川柳］

炬燵《こたつ》の手《て》明るい方は猫を撫《なで》　［柳多留］　もう一つの手は別のものをなで

猫の頭撫でゝ《て》我《わ》が居る世の中のいがみいさかひよそに我《わ》が居る　伊藤左千夫《いとうさちお》

ねこをぬすむ【猫を盗む】 懐《ふところ》に入れて持っていくのに丁度《ちょうど》の大きさだけれど。

盗み行《ゆく》猫のなきだす袷《あわせ》かな　木導《もくどう》［江戸］　袷（＝着物）のふところに入れた小猫

猫盗まれてからちかづきや花の宿《やど》　一茶　近付き＝知人

猫の妻いかなる君の奪《い》ひ行《ゆ》く　烈《れつ》（嵐雪《らんせつ》の妻）［江戸］　猫ぬすまれて

ねこをふむ【猫を踏む】 人の周りに寝そべるのでつい踏んでしまう。

白雨《ゆうだち》や猫の尾をふむ簀子縁《すのこえん》　小春《しょうしゅん》［江戸］

灰神楽膳《はいかぐらぜん》を抱《かか》えて猫をふみ　茶之助［川柳］　灰神楽＝火鉢からぼわっと立つ灰煙

次の間《ま》で血を躍《おど》らせて猫を踏み　柳童子［川柳］

発明家飯《めし》のたんびに猫を踏み　剣珍坊《けんちんぼう》［川柳］

恋文《こいぶみ》にうなづ《ず》きながら猫をふみ　剣珍坊［川柳］

ひどい怪我《けが》屋根《やね》屋頭で猫を踏み　剣珍坊［川柳］　屋根から落ちて下の猫に頭を打ち付けた

ねこをほす【猫を干す】　日向においておくこと。

日《ひ》あたりや綿《わた》も干し猫も寝る戸口　正岡子規

一日は猫さへ《え》鼻の土用干《どようぼし》　馬光《ばこう》［江戸］　土用干＝夏の虫干

虫干《むしぼし》に猫もほされて居たりけり　一茶　猫も虫干しの場に

ねこをまつる【猫を祀る】　霊力のある猫は特別に祀り、後日の災《わざわ》いを避ける。

子をつれて来《きた》り拝《おが》めりわが家に猫をまつりし屋敷の小祠《ほこら》　島木赤彦《しまきあかひこ》　猫の親子が拝むしぐさ

ねこをみつめる【猫を見つめる】　飼い主以外の人に見つめられるのは苦手。

猫の子のつくづく視《み》られなきにける　日野草城《ひのそうじょう》

玻璃戸越《はりどご》しつくづく猫を眺《なが》め居《い》し女狂《めきょう》と猫の眸合《ひとみあい》ひたり　岡本《おかもと》かの子《こ》　女狂＝作者自身のこと

ねこをもらう【猫を貰う】　くれたりもらったりの猫づきあい。

浅《あさ》ましやもら《ろ》うた日より猫の恋　正岡子規

猫貰《う》ふ下見など冬日暇《ひま》ある　河東碧梧桐《かわひがしへきごとう》
梅雨《つゆ》わが家《や》貰《い》ひてちさき猫もゐ《い》る　中尾《なかお》白雨《はくう》
太郎月《たろうづき》猫の子もらひ戻《い》りけり　金子《かねこ》せん女《じょ》　太郎月＝正月の異名
住みつかぬ猫で戻すや冬隣《ふゆどなり》　日比帰麓園［ナ］　馴れない猫を返すことに
はねるのをくんなと欲《よく》な猫もらひ《い》　さゝ浪［川柳］　元気のいい猫をくれという欲張り
その猫をくれさっせへ《え》と村こども［川柳］　関連↓西行《さいぎょう》の猫

ねこをやく【猫を妬く】　焼き餅を焼かれるほどの猫。時には芸者の意にも。
猫の噂《うわさ》に女房《にょうぼ》の目は替《かわ》り　予我老［川柳］
ねこを妬《や》く女房《にょうぼ》も畳《たたみ》たゝくなり［柳多留］　くやしがる様子

ねこをやる【猫を遣る】　猫を人にあげる時には、鰹節《かつぶし》を一本添えるしきたりだけれど、▽の句はちょっと格下げして鯖節《さばぶし》で。
猫の子や目笊《めざる》に入《い》れて遣《や》らんもの　松根《まつね》東洋城《とうようじょう》　目の粗いザル
茶の花や呉《く》れることにきめし日の猫のかほ《お》［顔］　宮林菫哉《みやばやしきんさい》
猫の捨子《すてご》に壱本《いっぽ》鯖節《さばぶし》　眠牛《めんぎゅう》［江戸］▽

ねこをよぶ【猫を呼ぶ】　可愛がっている猫の姿が見えなくなると落ち着かない。
窓あけて猫呼ぶ声の朧《おぼろ》かな　久保《くぼ》より江《え》

おろ〳〵し妻に呼ばる、猫の声　車庸《しゃよう》［江戸］
呼猫《よぶねこ》の萩《はぎ》のうらからにや《ゃ》ん〳〵哉《かな》　一茶
猫をよぶ妻戸《つまど》のさきや花のくれ［暮］　智月尼《ちげつに》　妻戸＝両開き戸
白《しら》〳〵《じら》と猫呼《よば》りつゝ衾《ふすま》かな　一茶　衾＝かけぶとん
ねんぶつ［念仏］とまぜて日ぐれ［日暮］にねこを呼《よび》　［川柳］
猫呼べば今度やとった娘《こ》が返事　南牛史［川柳］

ねこんけあめ【猫毛雨】　小雨《こさめ》、霧雨《きりさめ》、麦作に嫌う雨。
◎鼠《ねずみ》が猫の物を狙《ねら》う…危険なことをするたとえ。猫の額《ひたい》の物を鼠の窺《うかが》う。

ねずみきどのねこ【鼠木戸の猫】　鼠木戸は、江戸時代の芝居小屋の一般客用の入口。くぐり戸で無銭入場を防ぐために狭くつくられていた。ここで聞こえる「猫」は芝居の三味線。▽の句の木戸芸者は鼠木戸の客引きの男衆で三味線も少し弾く。
猫の皮鳴るとしづ《ず》まる鼠木戸　［柳多留］　芝居の幕開けの三味線の音
猫の音《ね》が鼠木戸までつつ《っ》こぬけ　［柳多留］
鼠木戸通る杵《きね》やの猫の音　［柳多留］
猫どこか人間を引《ひく》鼠木戸　［柳多留］
猫撫《ねこなで》ごへ《え》［声］で引いて来る鼠木戸　［柳多留］

猫もすこかぢる鼠《ねずみ》の木戸芸者《じ》　［柳多留］ すこ＝少しの略語

ねずみとねこ【鼠と猫】 猫と鼠は敵同士《かたきどうし》であるが、時に珍《ちん》プレイも。鼠には僧侶の意味もある。

▽の句は、猫の作り物では効き目はなく、鼠が来て米に鼠の臭気が混じってしまった意。

恋猫の恋を見て居る鼠《ねずみ》かな　佐藤紅緑《さとうこうろく》

がくぜんと相見《あいみ》しこの世の猫鼠　鶴彬《つるあきら》［川柳］ 相見し＝対面した

猫の眼に鼠《ねずみ》の涙見えぬなり　剣花坊《けんかぼう》［川柳］

猫の恋鼠《ねずみ》に飯《めし》をみなくわれ　［柳多留］

猫の作りを植《うえ》たのに鼠米《ねずみごめ》　［柳多留］▽ 鼠の臭気のある米

ねずみとらず【鼠不捕】 ①鼠をとらない猫。常に美食して魚にも飽食している。老いたり恋に夢中の時またぼんやりしている猫は鼠を捕らない。②働きのない男。③稼ぎもないのに一日中かけあるく男。

猫老《おい》て鼠もとらず置火燵《おきごたつ》　正岡子規

猫の恋鼠もとらずあはれ《わ》也《なり》　琴風《きんぷう》［江戸］

鼠とる思案《しあん》の外《ほか》や猫の恋　楼川《ろうせん》［江戸］ 恋に夢中でねずみなんて眼中にない

芸のない芸者鼠をとらぬ猫　みどり［川柳］ どちらも取り柄がない

薄雲《うすぐも》が猫は鼠《ねずみ》をとらぬなり　［川柳］ 美食になって。関連→薄雲《うすぐも》と猫

金猫《きんねこ》は鼠《ねずみ》とらずの行くところ　［柳多留］ 金猫＝私娼

妾宅《しょうたく》の猫天職《てんしょく》を弁《わきまえ》へず　青岸［川柳］　猫の天職は鼠捕りなのに頭の黒い鼠（間男）を捕るのを忘れている
奥の猫は溷鼠《かわやねずみ》を食《く》はず　清丸［川柳］　奥に育てられた猫は汚い厠鼠は捕らない

ねずみとるねこ【鼠捕る猫】　可愛さと鼠を捕ることで猫は人間のそばにいる力を得た。▽の句は黒猫のおかげで労咳《ろうがい》（肺結核）、ぶらぶら病（恋病《こいやみ》）が治り、鼠を捕れる働きのある男になったという意味。
小春日《こはるび》や猫が鼠をとるところ　南方熊楠《みなかたくまぐす》
鼠とるねはん［涅槃］の猫とながめけり　言水《ごんすい》［江戸］
黒猫のおかげでねつミ取《とり》に成《なり》　亀遊［川柳］▽

◎鼠《ねずみ》とる猫は爪《つめ》を隠す…才能や実力のあるものは、それをむやみにひけらかすようなことはしないというたとえ。上手の猫が爪を隠す。能《のう》ある猫は爪を隠す。

ねはんえのねこ【涅槃会の猫】　涅槃会＝陰暦二月十五日に釈迦《しゃか》の入滅を追悼する法会《ほうえ》。ちょうど猫の恋する頃。涅槃図に猫が見えないのは恋の最中だったからかも。
涅槃会や猫を飼《こう》ふたる野の小寺　広江八重桜《ひろえやえざくら》
涅槃会や猫は恋してより付《つか》ず　許六《きょりく》［江戸］
涅槃会や膝をはなれる庭の猫　其角《きかく》［江戸］
涅槃会に洩《も》れた勅使《ちょくし》と馬鹿にする　［川柳］　勅使は猫間（ねこま）。涅槃絵にもれたのは猫

ねはんぞうとねこ【涅槃像と猫】　涅槃像は涅槃会《ねはんえ》に掲げる像。猫は釈迦《しゃか》の入滅に立ち合わなかっ

たと伝えられ涅槃像に猫はいないが、東福寺の明兆《みんちょう》（通称は兆殿司《ちょうでんす》）筆の涅槃像には猫が描かれている。

里の子の猫加《え》へけり涅槃像《ねはんぞう》　夏目漱石　猫を描き加えた

山寺や猫守り居る涅槃像　不撤《ふてつ》［江戸］

兆殿司《ちょうでんす》ばかりに猫はひつ《っ》かかれ　［川柳］　引っかくと描くを掛けている

涅槃に漏《も》れたので手代《てだい》どらを打ち［川柳］　涅槃に漏れたのは猫（私娼）

ねぼけねこ【寝ぼけ猫】　夜遊びが過ぎた猫は眠くてたまらない。

恋猫の寝ぼけて竈《かま》に焚《た》かれよぞ　胡周［ナ］

陽炎《かげろう》や縁《えん》からころり寝ぼけ猫　一茶

ねむりねこ【眠り猫】　左甚五郎《ひだりじんごろう》作といわれる「日光陽明門の眠り猫」。

秋風に醒《さ》めてはならぬ眠り猫　萩原麦草《はぎわらばくそう》

絵葉書の通りに眠り猫ねむり　前田雀郎《まえだじゃくろう》［川柳］

あまねかるその名はあれど古《いにしえ》への彫師《ほりし》が遺《のこ》す猫のさびしさ　明石海人《あかしかいじん》　あまねかる＝広く行き渡った

ねらうねこ【狙う猫】　狩りの本能が甦《よみがえ》る瞬間。

老猫《おいねこ》がねらふ《う》や月の供《そなえ》へ物　日野草城《ひのそうじょう》　おそなえ

おはち入明巣《いれあきす》をねらふ《う》身《み》持猫《もちねこ》　北斎《ほくさい》［江戸］　お鉢入のご飯をねらう孕（はら）み猫

あの虫や猫にねらはれ《わ》ながら鳴《なく》　一茶

猫の目や氷の下に狂《くるう》ふ魚《うお》　一茶

ねらふ《う》猫其身《そのみ》は蝶に隙《すき》もなし　吉頼［江戸］

びいどろの中で泳ぐを猫狙ひ《い》　［川柳］

ふら〳〵とふらすこの魚狙ふ《う》猫　［川柳］

萩《はぎ》が根《ね》に動くこほ《お》ろぎを覘《うかがい》ひたる仔猫《こねこ》はあは《わ》れ居睡《いねむ》りにけり　島木赤彦《しまきあかひこ》

ねんねこ【ねん猫】　①幼児語で猫のこと。②幼児語で眠ること。子を寝かしつける時の言葉。「揺籃《ゆりかご》のうたを、カナリヤが歌ふ《う》よ、ねんねこ、ねんねこ、ねんねこよ」北《きた》原白秋《はらはくしゅう》の童謡「揺籃《ゆりかご》のうた」。③ねん猫半纏《ばんてん》。子供を背負った上から着る綿入《わたいれ》の半纏《はんてん》。

胡蝶《こちょう》もやねん猫ねぶる花の陰　弘永［江戸］　ねぶる＝眠る

ねんねこの母もつい寝て小夜時雨《さよしぐれ》　月化［江戸］

ねんねこの身《み》振天人《ぶりてんにん》琵琶をひき　［柳多留］

ねんねこの腰は左右へ少しふり　［柳多留］　子守の様子

ねん猫で寝せ犬の子でたゝき付《つけ》　［柳多留］　犬張子（いぬはりこ）で寝かしつける

のきのねこ【軒の猫】　母屋《おもや》も軒も猫のうち。

つながれて軒のつまこふ《う》［妻乞］を《お》ねこ［男猫］哉《かな》　吉氏［江戸］

鍋落《なべおと》す恋もうらめし軒の猫　其角《きかく》［江戸］

猫の子のまもれる軒の鰯《いわし》かな　幸日［江戸］

売家《うりいえ》のいせが軒端《のきば》や猫の恋　几董《きとう》［江戸］

軒からころぶ春の恋猫　素山《そざん》［江戸］　連句の短句［七七音］

のぞくねこ【覗く猫】　猫は好奇心が強い。見ないようでも見ている。

足音は野良猫《のらねこ》がふいとのぞいて去る　種田山頭火《たねださんとうか》

うそ寒《さむ》や障子の穴を覗く猫　富田木歩《とみたもっぽ》

黒猫のさし覗きけり青簾《あおすだれ》　泉鏡花《いずみきょうか》

猫に覗かれる朝の女気《おんなけ》なし　尾崎放哉《おざきほうさい》

黒猫の留主《るす》を覗くや田うゑ《え》［植］時《どき》　許六《きょりく》［江戸］

山猫も恋は致すや門《かど》のぞき　一茶

猫の恋馬蘭《ばれん》がくれに覗きけり　蒼虬《そうきゅう》［江戸］

壁の穴覗きつ鳴《な》きつねこの恋　氷下［江戸］　のぞいたり鳴いたり

垣間《かいま》見《み》やいとなまぐさきねこのつま　松若子［江戸］

のねこ【野猫】　山野に棲息する猫。山猫《やまねこ》の類。飼い主のない猫。関連→野良猫《のらねこ》

野の猫が月の伽藍《がらん》をぬけとほ《お》る　橋本多佳子《はしもとたかこ》　伽藍＝寺院

何《なん》となくかはゆ《わ》き秋の野猫哉《かな》　兀峰《こっぽう》［江戸］

妻もやと燕《つばめ》見かへ《え》る野猫かな　魚児［江戸］　恋の相手かと振り向けばつばめだった

畑中《はたなか》の雲雀《ひばり》追出《おいだ》す野猫哉《かな》　桃隣《とうりん》［江戸］

ま［舞］ふ《う》蝶にふりも直さぬ野猫哉《かな》　一茶　なりふり構わず

恋せずばあだち［安達］が原の野猫哉《かな》　一茶　安達が原＝黒塚の鬼女伝説で有名

のはずれのねこ【野外れの猫】　野の果て、郊外に出かけた猫。遠くまで出張《でば》る猫。

殿町《とのまち》や野に鳴出《なきいず》る猫の恋　野童《やどう》［江戸］

野はづ《ず》れや声をからして猫の恋　芙雀《ふじゃく》［江戸］

声霞《かす》む猫はかへ《え》って野《の》ら遠し　春澄《しゅんちょう》［江戸］　声をからした猫が遠い野良から帰ってきた

鄙《ひな》にな［無］き稲妻《いなずま》猫の背に切火《きりび》　〆湖女［川柳］　切火＝火打石を打って威勢をつける

のらねこ【野良猫】　飼い主のない猫。野原猫《のはらねこ》。関連→野猫《のねこ》

のら猫も女の声はやさしとや　正岡子規

風吹《かぜふい》てのら猫叫ぶ屋根の霜《しも》　正岡子規

のら猫や思ふ《う》がまゝに恋《こい》ひわたる　正岡子規　恋渡る＝恋い続けて日々を送る

野良猫が影のごと眠りえぬ我に　種田山頭火《たねださんとうか》

野良猫も仔《こ》を持つ《っ》て草の中に　種田山頭火

家をめぐりて鳴くは野良猫の恋　種田山頭火

野良猫も生きねばならぬ軒《のき》に居《い》る　伊藤松洞［ハ］
のら猫の野《の》に恋するぞ哀《あわ》れなる　伊藤松宇《いとうしょうう》［イ］
のら猫の目にもさやかに秋は来て　宗因《そういん》［江戸］　古今集の歌をひく
のら猫の真葛《まくず》わけ入《いる》しみづ《ず》［清水］哉《かな》　成美《せいび》［江戸］
のら猫が夜永《よなが》仕事かひたと鳴《なく》　一茶
のら猫のう［浮］かるゝ梅が咲《さき》にけり　一茶
のら猫の妻のござるはなかりけり　一茶　のら猫には妻が居ない
のら猫も妻かせ［稼］ぎする夜也《よなり》けり　一茶　女に夜鷹（よたか）をさせている
のら猫よ見よ〳〵蝶のおとなしき　一茶
三日して忘《わすれ》られぬかのらの猫　一茶　恋の相手を

のわきのねこ【野分の猫】　野分で一変する戸外が猫はとても気になる。
猫走る白斑《しらふ》野分の暮《く》れんとして　橋本多佳子《はしもとたかこ》　白斑＝白まだらの猫
野分旦猫がのつ《っ》そり樹《き》より落ちたれ　種田山頭火《たねださんとうか》　旦＝夜明け
萩《はぎ》の戸や野分の中の猫白し　子瓢［サ］

は行

はいげねこ【灰毛猫】 灰色の毛の猫。灰まみれの猫。関連↓灰毛猫《へげねこ》

さかり出てあくたれ物や灰毛猫　心哉菴［江戸］　あくたれもの（悪者）＝乱暴者、悪（あくたれ）と灰汁垂（あくたれ）を掛けている

つまごひ《い》［妻恋］やおもひ《い》にも［燃］えて灰毛猫　平仁［江戸］

妻を思ひ《い》いつも［燃］え果《はて》て灰毛猫　林元《りんげん》［江戸］

猫も妻思ひ《い》の火《ひ》たく灰毛哉《かな》　保友《ほゆう》［江戸］　灰まみれの猫もまた恋を思う

灰色の猫に墓場の風が鳴る　剣花坊《けんかぼう》［川柳］

はいねこ【灰猫】 ①灰色の猫。②火を落としたかまどの中に入って暖《だん》をとり、灰だらけになった猫。かまどねこ。［大辞林］　関連↓かまど猫、へっつい猫

灰かきに掘り出されけり猫の夫《つま》　広江八重桜《ひろえやえざくら》

灰猫のやう《よ》な柳もお花かな　一茶

灰猫の妻こ［乞］ふ《う》声やかまびすし　正彌［江戸］　かまびすし＝やかましい、騒がしい

帰り来て灰にもいねず猫の妻　太祇《たいぎ》［江戸］　いねず＝寝ず

釜の下に住《すみ》つけたりし灰猫の目が光るかとみれば埋火《うずみび》　［江戸狂歌］　埋火＝灰に埋めた火

はえとるねこ【蠅取る猫】 宮本武蔵は飛んでいる蠅を箸《はし》でつまんだ。猫は両手でパチン。

なぐさみに猫がとる也《なり》窓の蠅　一茶

なぐさみに蠅などとるや庵《いお》の猫　一茶　庵の猫＝うちの猫

我宿《わがやど》の蠅とり猫と諷《うたい》ひけり　一茶

冬の蠅逃《のが》せば猫にとられけり　一茶

冬の日のさすや蠅とる庵《いお》の猫　樗堂《ちょどう》［江戸］

ばかねこ【馬鹿猫】 猫は人間の心を映《うつ》す鏡だよ。

ばか猫や縛《しばら》れながら恋を鳴《なく》　一茶

ばか猫や身体ぎりのうかれ声《ごえ》　一茶

ばか猫や逃《にげ》たいが栗見《くりみ》にもどる　一茶

安房猫蠅《あほうねこはえ》をとるのが仕事哉《かな》　一茶　安房猫（阿呆猫）＝ばか猫

安房猫《あほうねこ》おのがふとんは知《しり》にけり　一茶

はかりのねこ【秤の猫】 句は、桃の花の咲いている門口《かどぐち》で猫を秤にかけている。

桃の門《かど》猫を秤《はかり》にかける也《なり》　一茶

猫の子や秤《はかり》にかゝりつゝざれる　一茶　戯（ざ）れる＝じゃれる

はぎにねこ【萩に猫】 花札《はなふだ》は萩に猪《いのしし》だけれど。

猫の子や萩を追ふ《う》たり追は《わ》れたり　一茶　萩は風によく揺れるので

のら猫も宿《やど》と定《さだ》むる萩の花　一茶

我庵《わがいお》や竹には烏《からす》　萩に猫　一茶

山里《やまざと》や昔かたぎの猫と萩　一茶　昔かたぎ＝気質が頑固で律儀。昔風

猫の子に萩とられてはとられては　一茶

乱れ萩鹿《しか》のつもりに寝た猫よ　一茶

夕ほてりこのごろつづく芝生には木の椅子が二《ふた》つ猫萩《ねこはぎ》の花　北原白秋《きたはらはくしゅう》　夕焼けで空が赤くなって

ばけねこ【化猫】　①人などに化ける魔力のある猫。猫の妖怪。悪猫《あくみょう》。②男をたぶらかす芸妓《げいぎ》や私娼《ししょう》。

▽の句の五十蔵《ごじゅうぞう》は東京の谷中《やなか》・本郷《ほんごう》・三田《みた》あたりにいた揚代《あげだい》五十文《もん》の私娼。

猫化《ねこば》けの行燈《あんどん》暗しきりぎりす　中勘助《なかかんすけ》　化け猫の行灯

化猫も置手拭《おきてぬぐい》やむぎ［麦］の秋　太祇《たいぎ》［江戸］　頭にのせる手拭　麦の秋＝初夏

若衆《わかしゅ》には化《ばけ》る智恵なし猫の恋　支考《しこう》［江戸］　若衆＝元服前の男子。男色関係のある少年

化猫の十二単《じゅうにひとえ》を着たがりて　［武玉川］　遊女が

化猫の身で蟹《かに》を喰《く》う五十《ごじゅう》ぞう［蔵］　［柳多留］▽

古寺にこいつと思ふ《う》猫ひとつ　［柳多留］

女房の化猫亭主とグルニヤ《ャ》ア　［柳多留］

はしらをひっかくねこ【柱を引っ掻く猫】 爪研《つめと》ぎにはちょうどいいにゃん。

猫のかくはしらもひかれ今朝《けさ》の秋　巣兆《そうちょう》［江戸］　猫のひっかいた柱

名月《めいげつ》や猫の掻《か》き付《つ》く床《とこ》ばしら　志用［江戸］　床柱＝床の間の化粧柱

はしわたるねこ【橋渡る猫】 高い橋でもこわくないにゃん。

秋の日や猫渡り居る谷の橋　原石鼎《はらせきてい》

猫の子や長柄《ながえ》の橋の中ほどに　三四郎［サ］

春の猫鳴《なく》く〳〵橋を渡るなり　五明《ごめい》［江戸］

バステト【猫神】 古代エジプトの動物神の一つで猫の女神《めがみ》。

はたけのねこ【畑の猫】 畑は土も軟らかいし(トイレによい)、虫もいっぱいいる。

黒猫の眼が畑におる三日かな　村上鬼城《むらかみきじょう》

茶畠《ちゃばたけ》へ或《ある》は別墅《べっしょ》の子猫かな　飯田蛇笏《いいだだこつ》　茶畑へ行くあの猫は別荘の子猫か

島原や畑の月に猫の恋　高濱虚子《たかはまきょし》

猫いまは冬菜《ふゆな》畑《ばたけ》を歩きを《お》り　高濱虚子

猫がか［駈］けてはいる桑畑《くわばた》の風つのる朝　河東碧梧桐《かわひがしへきごとう》

はちわれ【鉢割れ】 犬・猫などの毛色で、顔の真ん中が鼻先まで白く通り、割れ目のように見えるもの。飼うことを嫌う地方が多い。［大辞林］

はなぐろねこ【鼻黒猫】 鼻の頭の黒い猫。鼻黒《はなぐろ》。

白猫《おまえ》友猫《つれ》のうて来るその鼻黒が痩《や》せて腰骨《ふり》　河東碧梧桐《かわひがしへきごとう》　つれのうて＝連れだって

はなしをきくねこ【話を聞く猫】 本当はかまって欲しくて話の邪魔をする。犬も飼い主同士が散歩の途中長話すると吠《ほ》えたりする。▽の句は飼い主の注意を神妙に聞いているそぶり。

話してる間《あいだ》へきて猫がうづ《ず》くまる　種田山頭火《たねださんとうか》

うかれ猫いけん［意見］を聞《きい》て居《い》たりけり　一茶▽

縁談の小声《こごえ》うしろで猫が鳴き　春朗［川柳］

捨てられる話を猫は横で聞き　愁夢［川柳］

入婿《いりむこ》の相談からす猫が聞き　［川柳］　烏猫（からすねこ）＝黒猫

夜をさむみかたはら《わ》に居《い》て猫の子の人の話をうづ《ず》くまり聞く　九条武子《くじょうたけこ》　寒み＝さむいので

はなとねこ【花と猫】 一家揃って出かける花見の日はほおって置かれる猫。

爛漫《らんまん》や猫かけ登る夜《よ》の桜　虚吼［ホ］

花の夜《よ》や猫の管絃《かげん》は琴の役　野径《やけい》［江戸］

御影講《みえいこう》や泥棒猫も花の陰《かげ》　一茶

花見頃西行庵《さいぎょうあん》へ小屋の猫　［柳多留］

ねこのめし入《い》れ添《そえ》て遣《や》る花ざかり　［柳多留］　留守番の猫に飯を追加する心づかい

花の日は猫も家内《かない》の数に入《い》り　［柳多留］家族の一員として扱われる

バニー・キャット　マンクスのこと。関連↓マンクス

ははねこ【母猫】　愛情こまやかに子猫の体を舐《な》め、スキンシップを絶やさない。

子を盗《と》られ母の老猫行《おいねこゆ》きては鳴く　日野草城《ひのそうじょう》

母猫や何もて来ても子を呼《よば》る　一茶　よばる＝呼ぶ

母猫や盗《ぬすみ》して来ても子をよばる　一茶

八方白眼《はっぽうにらみ》油断なき猫の母　祖山［川柳］八方白眼＝あらゆる方向に睨（にら）みを利かせる

青梅の幹掻《か》き立つる母の猫仔猫《こねこ》は飛べる蝶を見あげぬ　北原白秋《きたはらはくしゅう》

ばばねこ【婆猫】　▽の句は、猫婆《ねこばば》、狸親父《たぬきおやじ》がいるので嫁の来手《きて》がないの意。

婆《ばば》、猫《ねこ》よをど［踊］りば［化］かさん梅の花　一茶

猫もあり狸《たぬき》もあるで嫁《よめ》が来《こ》ず　［柳多留］▽

はまねこ【浜猫】　鷗《かもめ》の異名。

ばらがきねこ【茨掻猫】　がむしゃらなもの、みだらな者のたとえ。

はらみねこ【孕み猫】　妊娠中の猫。春の季語。関連↓子持《こも》ち猫、身籠《みご》る猫

うかれ猫焼山《やけやま》にゆき孕みけり　萩原麦草《はぎわらばくそう》

病廊《びょうろう》にわれを呼び止め孕み猫　西東三鬼《さいとうさんき》

跳《と》び移りそこねて孕み猫あはれ《わ》　日野草城《ひのそうじょう》

孕み猫うしろの肢《あし》を重く踏む　日野草城

山中の一軒家の猫孕みけり　村上鬼城《むらかみきじょう》

毛がぬけて嫌われてをり《お》孕み猫　早川兎月［八］

いつくしむ猫のつはり《わ》や物思ひ《い》　嘯山《しょうざん》［江戸］

うつゝなく草くふ《う》猫のつはり《わ》かな　尚白《しょうはく》［江戸］　うつつなく＝ぼんやりと

孕み猫尻の積《つも》りで腹をなめ　［柳多留］

雨はれし庭石の上《え》にはらみ猫ひとたび吾《われ》をかへり《え》見にけり　平福百穂《ひらふくひゃくすい》

はりぬきのねこ【張抜の猫】　張抜＝張子《はりこ》。紙の人形。

はりぬきの猫もし［知］る也《なり》今朝《けさ》の秋　芭蕉

張抜の猫に見えけり今朝の秋　芭蕉

はるさめのねこ【春雨の猫】　細い春雨に濡れた猫。関連↓雨の猫

猫の恋やんだ其夜《そのよ》や春の雨　正岡子規

春の雨あるじは猫でおはす《わ》也《なり》　召波《しょうは》［江戸］

春雨や猫にをどり《お》を教《おしえ》る子　一茶

猫撫《なで》て降《ふっ》たのを知る春の宵《よい》　恋稲《れんとう》［江戸］　ぬれた猫をなぜて雨が降ったのを知る

三疋《さんびき》の猫が濡れてる春の雨　一斗［川柳］

はるのねこ【春の猫】　発情した春の猫。春猫《はるねこ》。春の季語。

ねた［寝足］るべき事も忘れて春の猫　井上井月《いのうえせいげつ》　十分に寝たのも忘れてまた眠る

飾《かざ》り海老《えび》食《く》て脚《あし》たつ猫の春　南方熊楠《みなかたくまぐす》　飾り海老＝新年の飾りに用いるエビ

雪よりも真白き春の猫二匹　高濱虚子《たかはまきょし》

白々《しらじら》と松の木《こ》の間《ま》の春の猫　高濱虚子

二つ出て一つ炬燵《こたつ》に春の猫　松本たかし

一《ひと》つ家《や》の猫も啼《な》きゐ《い》る春辺《はるべ》かな　蘭更《らんこう》［江戸］

春猫や浮世《うきよ》画刷師《すりし》が手炉《しゅろ》に来る　柊庵［ホ］　手炉＝手あぶり（小さな火鉢）

春来ると猫もいそがし品定《しなさだめ》　之道《しどう》［江戸］　品定め＝恋の相手を物色

春猫の恋する夜半《よわ》を覚《さ》めを《お》りて青春を持たぬ背を触《ふ》れ合《あ》ふ　青山歌子［ハ］

はるひねこ【春日猫】　やわらかい春日の中にいる猫。気持ちいいにゃ。春の季語。

欠《あくび》とぢ《じ》て唇一線《くちいっせん》や春日猫　原石鼎《はらせきてい》

春の日を一日眠る子猫かな　正岡子規

猫の目のまだ昼過ぎぬ春日かな　鬼貫《おにつら》［江戸］

白き猫そらになくがにあを《お》うみ［青海］の春日《はるひ》のかげに啼《な》き居《い》る鷗《かもめ》　若山牧水《わかやまぼくすい》　なくがに＝鳴くように

はんがんのねこ【半眼の猫】 世の中が分かって来た猫の目つき。

患《わずら》へる老猫《ろうびょう》は半眼に視《み》る　日野草城《ひのそうじょう》

半眼の猫へ南の風が吹き　赤眼児［川柳］

パンたべるねこ【パン食べる猫】 犬と違い猫は基本的には肉食。あたいはパン食べるにゃ〜。

パン食べる猫が出て来た民主主義　かねよ［川柳］

ひきまどのねこ【引窓の猫】 引窓は屋根の明《あか》り窓。窓を開ければ自由の空気が。

引窓や恋猫見《え》へし朝月夜《あさづくよ》　花笑［シ］　朝月夜＝有明の月

ひき窓や猫の舟橋恋の闇《やみ》　来山《らいざん》［江戸］

臨終《りんじゅう》を引窓で見るぬすと［盗人］猫　維想楼［川柳］　盗人猫＝泥棒猫

ひさしのねこ【庇の猫】 猫しか歩けない場所だにゃん。

春雨やひさしを伝ふ《う》烏猫《からすねこ》　村上鬼城《むらかみきじょう》　烏猫＝黒猫

庇伝《ひさしづた》ひに鈴鳴らし鳴らす春の猫　臼田亞浪《うすだあろう》

小庇《こびさし》の薪《たきぎ》も猫も雪解《ゆきげ》哉《かな》　一茶　雪解＝雪どけ

ひやかして庇を歩行《あるく》猫の恋　［柳多留］　ひやかし客のように

女猫《おんなねこ》ひさしをそゝりあるくなり　［柳多留］　そそり歩く＝浮き浮き歩く

ひざのねこ【膝の猫】 動かないでこのままにしていてという気持ちも。

学問の胡座《あぐら》の膝の子猫かな　日野草城《ひのそうじょう》

物思ふ《う》膝の上で寝る猫　種田山頭火《たねださんとうか》

盲人の膝に眠れる子猫かな　太田あさし［八］　盲人＝ハンセン病で視力を失った自身

けもの親しく膝にして冬夜《とうや》もの書く　大橋裸木《おおはしらぼく》

妻恋《つまごい》の猫を小膝《こひざ》に女かな　宗重［イ］

でがは《わ》り［出替］の涙やねぶる膝の猫　木導《もくどう》［江戸］　出替（雇人の交替）の別れの涙をなめる猫

鬼灯《ほおずき》を膝の小猫にとられけり　一茶

鶯《うぐいす》や枝に猫は御《おん》ひざに　一茶

膝に睡《ねむ》れる猫をわが友　芦江《ろこう》［江戸］　連句の短句［七七音］

溜息《ためいき》の膝とは知らず猫がじゃれ　草之助［川柳］

生き替《かわ》り死《しに》かわり猫ひざの上　［柳多留］　何代もの猫が私のひざに

声ひくゝうたふ《う》わが歌夜《よ》なく〳〵に汝《なれ》のみきくかわが膝の上《え》に　金子薫園《かねこくんえん》

膝にねむれる児猫《こねこ》のこころにも触れぬやう《よ》心かなしき冬の日だま［溜］り　若山牧水《わかやまぼくすい》

平和なる児猫《こねこ》は膝に睡《ねむ》り、広き家内《やぬち》に物音もなし、夕ぐれとなる　内藤鋠策《ないとうしんさく》

ひざへのるねこ【膝へ乗る猫】「押しやれども、／またしても膝に上《のぼ》る黒猫。／生きた天鵝絨《びろうど》よ、／憎からぬ黒猫の手ざは《わ》り。／ねむたげな黒猫の目、／その奥から射《い》る野性の力。／どうした機会《はずみ》やら、

を《お》りを《お》り、／緑金《りょくこん》に光るわが膝の黒猫」與謝野晶子《よさのあきこ》の詩「黒猫」　「機会」は原文では「はみ」とふりがな。

白き猫来て読初《よみぞめ》の膝に乗る　日野草城《ひのそうじょう》　読初＝新年に初めて書物を読むこと

膝へ来てその顔もせず猫の恋　児ィ［江戸］　外で恋をして来た猫がそんなそぶりも見せず

小半日《こはんにち》猫は妾《めかけ》の膝へ寝る　伴冷子［川柳］

口論《こうろん》のなかばに猫は膝へのり　不二丸［川柳］　仲裁するかのように

ふんわりとわが膝に乗るましろ猫まろまりて背中の毛をふるは《わ》せる　片山廣子《かたやまひろこ》

ひぞうねこ【秘蔵猫】　非常に大切にしてかわいがっている猫。

紅梅《こうばい》や秘蔵の娘猫の恋　正岡子規

しら［白］菊に秘蔵の猫のたまく哉《かな》　一茶　猫が毛玉を吐いた。たばく＝吐く

雪ちるや夜の戸をかく秘蔵猫　一茶

深窓《しんそう》の頬もねぶるやひぞう猫　闇指《あんし》［江戸］　ねぶる＝なめる

御《ご》秘《ひ》蔵《ぞう》の猫にひかれるなまりぶし［生節］　［柳多留］　生節（乾燥しきらない生のかつおぶし）を猫に盗まれるが叱れない

ひっかくねこ【引っ掻く猫】　爪研《つめと》ぎやストレス解消したい時、周りのものをガリガリ。

何訴《うったう》ふる桜の幹を猫爪《つまが》掻き　橋本多佳子《はしもとたかこ》

金屏《きんびょう》を幾所《いくしょ》かきさく猫の恋　夏目漱石

たゝみを猫があらす月かげ　重頼《しげより》［江戸］　連句の短句［七七音］

日の影に猫の抓出《かきだ》す独活《うど》芽《め》哉《かな》　一桐《いっとう》［江戸］

ばら掻きに引掻《ひっか》いて行《ゆ》く猫の恋　かもめ［川柳］　ばら掻きに＝がむしゃらに、向こう見ずに

ひっこしとねこ【引越しと猫】 忘れないでね。

引越の車の上で猫が鳴き　晴芳［川柳］

引越の道具配料猫をだき　［柳多留］ 拝領した猫

引越の跡から娘《むすめ》猫を抱き　［柳多留］

ひとこうねこ【人恋う猫】 肌寒くなる夕暮れは殊《こと》の外《ほか》。

街のゆふ《う》ぐれ猫鳴いて逢《あ》ひに来た　種田《たねだ》山頭火《さんとうか》

人声《ひとごえ》なつかしがる猫とを［居《お》］り　種田山頭火

子猫が十二のお前を慕《した》つて涙ぐましい話　河東碧梧桐《かわひがしへきごとう》

麦秋《ばくしゅう》の猫も人恋ふ《こう》産期《さんき》かな　富田木歩《とみたもっぽ》

恋すとや捨てられし猫のまた戻り　梅居［江戸］

ひなたねこ【日向猫】 しみじみ幸せなひなたぼっこ。

春近《ち》かき日向に丸き仔猫《こねこ》かな　武田牧泉［ハ］

はや猫の日向癖《ひなたぐせ》つく鶏頭《けいとう》に　飛鳥田《あすかた》麗無公《れいむこう》

日向ぼつ《っ》こする猫も親子　種田山頭火

是《これ》ほどの日南《ひなた》を闇《やみ》やねこの恋　山螢［江戸］　こんな日向に居ても猫は恋闇（恋病）
暖《あたたか》な日なたに猫の打《うち》ねぶり　宗因《そういん》［江戸］

ひなとねこ【雛と猫】　猫は雛飾りにちょっかい出すのも好き。▽の句は、雛壇《ひなだん》に猫が入り込み、鵺《ぬえ》が出たような騒ぎに。源頼政が紫宸殿《ししんでん》上で射落した鵺を猪隼太《いのはやた》がとどめをさしたという伝説がある。

ひな棚《だな》にちよ《ょ》んと直《なお》りし小猫哉《かな》　一茶
大猫《おおねこ》も同坐《どうざ》して寝る雛《ひいな》哉《かな》　一茶
雛の日とてリボンつけたる女猫《めねこ》哉《かな》　久宝［シ］
雛棚《ひなだな》や花で打《う》たるゝ猫のつら［面］　山甫［江戸］　つら（面）＝顔
山猫《やまねこ》も跡《あと》から出るか雛《ひな》の櫃《ひつ》　蘆本《ろほん》［江戸］　山猫の人形も雛箱（ひなばこ）に
猫が出て鵺程《ぬえほど》騒ぐ桃の御所《ごしょ》　北斎《ほくさい》［江戸］▽　桃の御所＝雛壇（ひなだん）
雛《ひな》だん［壇］の猫鵺《ぬえ》ほどに嫁《よめ》さわぎ　［柳多留］▽
雛棚《ひなだな》の猫に丁稚《でっち》の猪《い》の隼太《はやた》　［柳多留］▽　猪の隼太気どりで丁稚が追い出す

びねこ【美猫】　飼い主の数ほどいる美猫。

くぐる斑《ふ》の見事《みごと》の猫やをみなめし　原石鼎《はらせきてい》　斑（毛のまだら模様）が美しい
住む秋の美事《みごと》な猫も塀《へい》の内　原石鼎
秋蝶《あきちょう》に猫美しく老《お》いにけり　橋本多佳子《はしもとたかこ》

苔《こけ》の花敷きてみめ〔眉目〕よき孕《はら》み猫　吉川英治《よしかわえいじ》
殿様へ魔《ま》をさす猫の美しさ　〔柳多留〕
捨て猫の見上げる顔のきりょう〔器量〕よし　千代子〔川柳〕

ひのばんとねこ【火の番と猫】　寒夜《かんや》に聞こえる火の用心の拍子木《ひょうしぎ》と猫の声。
火の番そこからひきかへ《え》せば恋猫　種田山頭火《たねださんとうか》
火の番またも鳴らし来《き》ぬ恋猫の月　種田山頭火
恋猫が、火の番が、それから夜《よ》あけの葉が鳴る　種田山頭火

ひもとねこ【紐と猫】　くくられるのはいやだけど、紐で遊ぶのは好きだよ。
恋猫やからくれなゐ《い》〔唐紅〕の紐をひき　松本たかし　関連→女三《にょさん》の宮《みや》の猫
掛紐《かけひも》に上断〔冗談《じょうだん》〕しながら猫の恋　一茶　ひもにじゃれつきながら
是《これ》をかも恋のつかね緒《お》維猫《つなぎねこ》　見林〔江戸〕　うるさいとつながれた猫も片恋にしばられた猫

ひゃくめねこ【百目猫】　体重が百匁《ひゃくもんめ》、約三七五グラムの子猫で、母親から離れても生きていける可能性があると言われる。猫はだいたい百グラム前後で生まれるので、最低毎日十グラム太ったとして百匁はほぼ二十七日目くらいに当たる。ミルクや離乳食もない江戸時代に、百目猫が生き残るには強い生命力が必要だったろう。　関連→幼猫《おさなねこ》
猫の子の百目になれば盗まれて　李里《りり》〔江戸〕

猫入れて百目をためす頭巾《ずきん》かな　東梢［江戸］

びょうじ【猫児】 猫の子。また、猫。春の季語。関連↓猫の子

びょうせいせき【猫睛石】 猫目石《ねこめいし》のこと。関連↓猫目石《ねこめいし》

びょうとうちょう【猫頭鳥】 みみずくの異名。

びょうにんとねこ【病人と猫】 感覚の鋭い猫は人の病《やまい》にも敏感。

常臥《つねふ》せば猫にも見おろされにけり　日野草城《ひのそうじょう》　長く病むと

まじまじと猫に見られて養生《ようじょう》す　日野草城　養生＝病気静養

病《や》む児《こ》いだけば夜《よ》はしん〳〵として恋猫も鳴かず　種田山頭火《たねださんとうか》

愛撫《あいぶ》の手病《や》める女と猫も知り　照子［川柳］

ひるねねこ【昼寝猫】「猫の昼寝を見た蟻《あり》が／『猫は病気だ』と蠅《はえ》にゆた。／蠅も見てきて蟻にゆた。／『猫はとう〳〵死んぢやつ《ゃっ》た。』」　竹久夢二《たけひさゆめじ》の詩「猫の昼寝」

犬も猫も田植の留守の昼寝哉《かな》　正岡子規

恋猫のいぎたなく寝て昼のバラ　久米正雄《くめまさお》

夕風や昼寝さめたる人と猫　日野草城《ひのそうじょう》

干してある蒲団《ふとん》に猫の昼寝かな　素空［江戸］

十月のひるねは猫と夜《よ》そば売《うり》　［柳多留］

白き猫あまたゐ《い》ねむりわがやどの晩夏《ばんか》の正午近《まひるちか》まりにけり　北原白秋《きたはらはくしゅう》

ひろいねこ【拾い猫】 捨猫《すてねこ》を放っておけない人と捨猫の出会い。

拾ひ《い》たるよりの仔猫《こねこ》の物語　高濱虚子《たかはまきょし》

拾ひ《い》猫恋するほどに育ちけり　赤星水竹居《あかぼしすいちくきょ》

蔦《つた》かづ《ず》ら猫の子ひろふ《う》枝折哉《しおりかな》　一笑《いっしょう》（金沢）［江戸］　枝折＝道しるべ

ぶきりょうなねこ【不器量な猫】 不器量と可愛さは別。

不器量の小猫いとしやたなごころ　久保《くぼ》より江《え》　たなごころ＝手の平

顔よきがまづ《ず》貰《もら》はれて猫の子のひとつ残りぬゆ［行］く春の家　佐佐木信綱《ささきのぶつな》　行く春＝晩春

ふくろねこ【袋猫】 ①フクロネコ科の有袋類《ゆうたいるい》の総称。五十種以上が含まれる。多くは体重百グラム程度と小形だが、最大種タスマニアデビルは八キログラムに達する。オーストラリアとニューギニアの周辺に分布。昆虫・トカゲ・果実・死肉などを食べる。②①の一種。体重二キログラムに達する大形の肉食性有袋類。［大辞林］

ふけねこ【ふけ猫】 発情期の猫。

ぶしょうねこ【不性猫】 ふだん、動作が緩慢な猫はものぐさに見られる。

家根《やね》の声見たばかり也不性猫《なりぶしょうねこ》　一茶　不性猫＝不精猫

梅がか［香］にうかれ出《いで》けり不性猫　一茶

不性猫き、耳立《たて》て又眠る　一茶
老猫《おいねこ》の蛇《へび》とる不性〳〵《ふしょうぶしょう》哉《かな》　一茶

ぶちねこ【斑猫】 毛色がいろいろ入《い》りまじっている猫。まだら模様の猫。
ぶち猫に追《おわ》れ序《ついで》や火取《ひとり》むし　一茶　火取虫＝夏の夜の灯に集まる蛾（が）や黄金虫
ぶち猫も一夜《いちや》寝《ね》にけり萩《はぎ》の花　一茶
妻をおもふ恋《う》ぞつもりてふち［淵］の猫　幸之［江戸］　淵とぶち（斑）を掛けている
猫のあいさつ先《ま》づぶちでおめでたい　［柳多留］

ふところのねこ【懐の猫】 着物の懐に入れた猫。「猫は御《おん》ふところに入《い》れさせたまひ《い》て」［枕草子］
芥子《けし》を見る懐に抱く子猫かな　長谷川零余子《はせがわれいよし》
懐の猫も見て居《い》る一葉《ひとは》哉《かな》　一茶
あつ《っ》たかな懐ねろふ《う》黒ひ《い》猫　［柳多留］

ふとざおねこ【太棹猫】 太棹（棹が太く胴が大《おお》ぶりの三味線）を弾《ひ》く芸者のこと。

ふねのねこ【船の猫】 船で飼われている猫、あるいは船中で春をひさぐ私娼《ししょう》。
落汐《おちしお》や月に尚恋《なおこ》ふ《う》船の猫　飯田蛇笏《いいだだこつ》　落潮（おちしお）＝引き潮
恋すてふ浮名《ちょううきな》もたゝじ船の猫　久宝［シ］
三味線や猫波《なみ》を走る月見の船　牧童《ぼくどう》［江戸］

達磨船《だるません》猫をまたいで棹《さお》を押し　三吸志［川柳］　達磨船＝売春をさせる船

焼け舟に呼べど動かぬ猫の居《お》り呼びつつ過ぐる人心《こころ》あは《わ》れ　島木《しまき》赤彦《あかひこ》

ふゆごもりねこ【冬籠猫】　寒く暗い季節を静かに生きる。

鼠《ねずみ》にも猫にもなじむ冬籠　正岡子規

冬籠り小猫も無事《ぶじ》で罷《まか》りある　夏目漱石

天井に猫巣《す》くひ《い》けり冬籠り　坪内逍遥《つぼうちしょうよう》

黒猫と蘭《らん》と机上《きじょう》や冬籠　原月舟《はらげっしゅう》

算用《さんよう》に猫もはいるや冬籠り　浪化《ろうか》［江戸］　算用＝勘定・計算。猫も冬ごもりの一員

冬籠老《おい》をしらぬか猫の面《つら》　介我《かいが》［江戸］

長尻《ながじり》のあと取《とる》猫や冬ごもり　木端《もくたん》［江戸］　人が長時間すわった跡は温かい

◎冬の雨が三日降れば猫の顔が三尺《さんじゃく》伸びる…冬に雨が続いて降る（気候が暖かい）と猫も喜ぶ。

ふるねこ【古猫】　年老《としお》いた猫。猫は古来、年をとると化《ば》けると考えられた。▽の句は年老《としお》いた芸妓《げいぎ》。

古妻《ふるづま》と古猫と午下《ごか》熟睡す　日野草城《ひのそうじょう》　午下（ごか）＝昼さがり

古猫や真葛《まくず》が原《はら》に春の声　三津人《みつんど》［江戸］▽

古猫でやみくも踊る安奢《やすおごり》　［柳多留］▽　安い料金でさんざん遊興

ふんづけるねこ【踏ん付ける猫】　濡れてなければ猫は何でもお構いなしに乗る。

恋猫にふまれてすて子泣《ごなき》にけり　正岡子規

恋猫のふむ八《や》ツ手《で》ノサばれる枝　河東碧梧桐《かわひがしへきごとう》

はねもちや猫ふん付《づけ》てこまり入《いる》　一茶

まとふ《う》どな犬ふみつけて猫の恋　芭蕉　まとうど（全人）＝生真面目、まぬけ。ここではまぬけな犬

今朝《けさ》みれば猫の踏み折るあやめかな　花鈴《かれい》［江戸］

児《こ》の手よりのがれし猫は尾をあげて松葉牡丹《まつばぼたん》の花ふみゆきぬ　松田常憲《まつだつねのり》

へいのねこ【塀の猫】　塀の上にも猫の通り道はある。高くたってヘイちゃら。

春猫《はるねこ》の草より塀へ上りけり　原石鼎《はらせきてい》

猫鳴《ねこなく》や塀をへだて丶あは《わ》ぬ恋　一茶

恋猫や七尺《ななしゃく》の塀をど《お》り越え　吾萍［江戸］　七尺＝約二メートル

へげねこ【灰毛猫】　灰色のまだらのある猫。「灰毛《はいげ》斑《まだら》なる猫のほぼ長一尺余《たけいっしゃくあまり》許《ばかり》なるが、眼は赤くて琥珀《こはく》を磨《みが》き入《い》れたる様《よう》にて、大音《おおごえ》を放ちて鳴く。」［今昔物語・巻二十八］

へっついねこ【竈猫】　かまどで暖をとる猫。冬の季語。▽の句は、へっついの灰の汚れと恋猫としての汚れとどっちが汚いのだろう。　関連↓かまど猫、かじけ猫、灰猫《はいねこ》

恋猫の妻も籠《こも》れり竈《へっつい》の下　内藤鳴雪《ないとうめいせつ》　へっつい＝かまど

猫の妻竈《へっつい》の崩れより通《かよ》ひけり　桃青《とうせい》（＝芭蕉）

へつ《っ》つゐ《い》やけぶりくらべて猫の妻　松遊［江戸］▽

へびとねこ【蛇と猫】 蛇と猫、ずるく狷介《けんかい》なるものの双璧《そうへき》とされる。▽の句は、紐《ひも》にじゃれる子猫で、子猫の修行としてまっさきに蛇に馴《な》れようとしているの意。

小猫にて蛇も幼《おさな》し闘へ《たたかえ》り　橋本多佳子《はしもとたかこ》

藤の根に猫蛇相搏《びょうだあいう》つ妖々《ようよう》と　高濱虚子《たかはまきょし》

麦秋《ばくしゅう》や蛇と戦ふ《う》寺の猫　村上鬼城《むらかみきじょう》　麦秋＝初夏

第一に蛇を仕《し》習ふ《ならう》子猫かな　一茶▽

ペルシャねこ【波斯猫】 ネコの一品種。アフガニスタン原産。イギリスなどヨーロッパで育種改良されたもの。体毛が長く豊富で、顔は横に四角ばり、胴と四肢は太く短く、体はどっしりしている。毛色は単色から縞《しま》模《も》様《よう》まで百色以上が公認されている。［大辞林］

籐《とう》イス［椅子］に寝れば絵になるペルシャ猫　岳陽［川柳］

ベンガルやまねこ【ベンガル山猫】 ネコ科の哺乳類。頭胴長六十センチメートル内外。森林や丘陵地にすみ、鳥や小形の哺乳類を捕食する。アジア東南部に分布。ツシマヤマネコは本種の一亜種。［大辞林］

ほしとねこ【星と猫】 星を映《うつ》す瞳を持つもの。

恋猫のかへ《え》る野《の》の星沼《ぬま》の星　橋本多佳子

天《てん》に星地《ち》に歳時記は猫の恋　娯舎亭［川柳］

ぼたんにねこ【牡丹に猫】 「牡丹に眠り猫」は唐絵《からえ》の絵柄《えがら》の一つ。深見草《ふかみぐさ》、二十日草《はつかぐさ》は牡丹の別名。

白猫の眠りこけたる牡丹かな　日野草城《ひのそうじょう》

線香《せんこう》に眠るも猫の牡丹かな　支考《しこう》[江戸]

ぼうたんやしろがねの猫こがねの蝶　蕪村《ぶそん》[江戸]　ぼうたん＝牡丹

猫の狂《くる》いが相応《そうおう》のぼたん哉《かな》　一茶　猫でも狂いたくなるような美しさだよ

やはらかな日本は猫に牡丹かな　露川《ろせん》[江戸]

とらねこ[虎猫]もうそぶくな風やふかみ[深見]草《ぐさ》　如貞《じょてい》[江戸]　うそぶく＝吼(ほ)える

妻恋《つまごい》の猫か執心《しゅうしん》ふかみ草《ぐさ》　政信《せいしん》[江戸]

猫の目が光る牡丹の露《つゆ》のたま　重次[江戸]

猫のさかり過《す》ぐすないそげ廿日草《はつかぐさ》　長頭丸《ちょうずまる》[江戸]

猫つなげ牡丹にうつる日《ひ》の鼠《ねずみ》　長頭丸[江戸]　日の鼠＝月日の過ぎゆくこと

猫のよるは鼠《ねずみ》の名なり廿日草《はつかぐさ》　吉則[江戸]　廿日草とはつかねずみを掛けている

暖《あたた》かに猫を寝せるや寒牡丹《かんぼたん》　[武玉川]　霜囲(しもがこ)いのわらの中で眠る猫

ほめられたねこ【誉められた猫】 ほめられる猫は幸せ。

取ッたかく\〜《とったか》と猫を親が誉《ほ》め　かなめ[川柳]　よその家の魚を盗んで来た猫を

猫のひく鰹《かつお》うまひ《い》と誉《ほめ》ている　[柳多留]

ま行

まぐれねこ【紛猫】 あちこちうろついている、飼い主不明の猫。

恋猫が切《せつ》ない声で鳴いてうろつく　種田《たねだ》山頭火《さんとうか》

またたび【木天蓼】 マタタビ科のつる性落葉木本。山中に自生。広卵形の葉を互生、花期には枝先の葉が白変する。初夏、梅の花に似た五弁の白花を開く。実は秋に黄熟して食べられる。虫こぶのある実は薬用にする。茎・葉・実とも猫類の好物。夏梅《なつうめ》。夏の季語。関連↓猫に天蓼《またたび》

まだらねこ【斑猫】 毛色がまだらの猫。ぶちの猫。関連↓雉猫《きじねこ》、虎猫《とらねこ》、灰毛《はいげ》猫《ねこ》、ぶち猫。句は、「雪がまだら（斑雪）」と「猫がまだら（斑猫）」と掛けている。

雪もまだらの猫は膝《ひざ》もと　維舟《いしゅう》［江戸］　連句の短句［七七音］

まねきねこ【招き猫】 前足で人を招く形をした猫の置物。客を招くとして商家などで飾る縁起物。

お酉様《とりさま》の熊手《くまで》飾るや招き猫　正岡子規　お酉様（酉の市）で売られる熊手

大きいのが小さいのが招き猫が春の夜　種田山頭火

招き猫棚《たな》から落ちてお茶を挽《ひ》き　久流美［川柳］　福を呼ぶ猫が落ちて客もなくひまだ

化《ば》けそうな婆さんがいる招き猫　〇丸《れいがん》［川柳］

まよいねこ【迷い猫】 気まぐれを生きる猫は迷い道も楽しんでいるように見えるが、実はとても混乱している。関連→失《う》せ猫

火の番の爺《じい》に飼《か》はれぬ迷ひ《い》猫　巌谷《いわや》小波《さざなみ》

猫迷ふ《う》庭の闇路《やみじ》や牛の角《つの》　正岡子規

ふみ分《わけ》て雪にまよふ《う》や猫の恋　千代尼《ちよに》〔江戸〕

まりばのねこ【鞠場の猫】 蹴鞠《けまり》の場の猫。▽の句の「下手《へた》の鞠《まり》」は江戸町人の間で流行した蹴鞠《けまり》のこと。衣紋流《えもんなが》しは蹴った鞠を袖から袖へころがす曲鞠《きょくまり》の一種。

蹴《け》らる、やゑ《え》もん流しの猫の曲《くせ》　里東《りとう》〔江戸〕

右衛門《えもん》ながしの鞠へ来て猫はじやれ《や》　〔柳多留〕

じや《や》れ付いた猫を蹴殺《けころ》す下手《へた》の鞠　〔柳多留〕▽

有《あり》そうな事《こと》さ鞠場に猫の糞《くそ》　〔柳多留〕

マンクス ネコの一品種。イギリス原産。短毛種。尾がなく、後肢《あとあし》が前肢《まえあし》よりも極端に長いのが特徴。ウサギのように跳《は》ねることから、バニー・キャットとも呼ばれる。〔大辞林〕

みかんかごのねこ【蜜柑籠の猫】 川柳では蜜柑籠は捨子の異称。

女猫《めねこ》ある鍛冶《かじ》や〔屋〕はすてぬみかん籠　〔柳多留〕 捨て猫用に籠を取っておく

人は捨《すて》猫はそだてる蜜柑籠　〔柳多留〕 捨子はしても猫は捨てない。

みけねこ【三毛猫】 家猫《いえねこ》の毛色で、白・黒・褐色の混じったもの。雄《おす》はごくまれにしかいない。［大辞林］

三毛よ今帰つ《っ》たぞ門《かど》の月朧《おぼろ》　寺田寅彦《てらだとらひこ》

妾宅《しょうたく》の三毛を孕《はら》ますぬすと［盗人］猫　小次郎［川柳］

三毛猫を鬼ふんどしのつぎに買い　［柳多留］　鬼のふんどし＝虎革のパンツのこと

清書《せいしょ》で張つ《っ》て三毛になる猫火鉢《ねこひばち》　［柳多留］

みごもるねこ【身籠る猫】 汗ばむ春の町を歩く腹の大きな猫は見るからにつらそう。関連→孕《はら》み猫、子《こ》持ち猫

花盛《はなざかり》猫は身持《みもち》になりにけり　其角《きかく》［江戸］

垣《かき》ばら［薔薇］の真赤に咲ける花の下身籠《みごも》る猫の腹が土をする　笠居誠一［八］

線香《せんこう》の匂ひ屋内《いやぬち》に浸《し》みわたり児猫《こねこ》も騒がず、娠《みごも》りて居《お》り　若山牧水《わかやまぼくすい》

身ごもれる猫ひとつ来てわが庭の春立つ雨に濡れて居《お》るなり　平福百穂《ひらふくひゃくすい》　春立つ＝立春

みずのむねこ【水飲む猫】 猫は舌先で水面をめくるようにして水を飲む。

月夜の水を猫が来て飲む私も飲ま《も》う　種田山頭火《たねださんとうか》

水鉢《みずばち》の水呑《の》む猫のこ［焦］がれかな　正岡子規

恋猫の乾ける舌や水を飲む　篠原温亭《しのはらおんてい》

我《わ》が猫の閼伽《あか》飲んでゐ《い》る彼岸《ひがん》かな　富田木歩《とみたもっぽ》　閼伽＝仏様（お墓）に供える水

つくばひの水を飲むらしう［浮］かれ猫　蓬丈［ホ］　つくばい＝茶室の庭にある手水鉢（ちょうずばち）
苗代《なわしろ》にひた〳〵飲むや烏猫《からすねこ》　村上鬼城《むらかみきじょう》　烏猫＝黒猫
更《ふ》くる夜《よ》を水飲む猫のわかれかな　川支［江戸］
猫どこで何食《く》ったのか水を飲み　甲吉［川柳］

みみ【耳】　関連→猫の耳、猫耳《ねこみみ》、耳立てる猫、聞耳《ききみみ》立てる猫

みみたてるねこ【耳立てる猫】　猫の耳はアンテナのように動き、風に混じる異音を聞きとめる。
ふと時を［折《お》］り木賊《とくさ》の蔭を真白き猫耳立ててをど［踊《お》］り何のけはひ無《い》き　北原白秋《きたはらはくしゅう》
烏猫大暑《からすねこたいしょ》の照りに耳立てて蚊を追《う》ふ見れば体《たい》かろく跳《と》ぶ　北原白秋

みやまねこのめそう【深山猫眼草】　ユキノシタ科の多年草。谷川の岩上などに生える。茎・葉は緑紫色。高さ約十二センチメートルで、広卵形の葉を対生。春、茎頂に淡黄緑色の小花を多数密生する。岩牡丹《いわぼたん》。［大辞林］

みをすりつけるねこ【身をすりつける猫】「友だちだよ」と「ここは私のものだからね」という意味と。
芝草《しばくさ》にうなじすりすり猫恋ふ《う》る　臼田亞浪《うすだあろう》
猫の子が蚤《のみ》すりつける榎《えのき》かな　一茶
青芝にすり付《つけ》る也《なり》猫の蚤《のみ》　一茶
恋猫の身をすり付ける柱かな　祖邦［イ］

むしとねこ【虫と猫】 虫は狩の練習台にもなり、おやつにもなる。

黒雲《くろくも》から風髪切虫《かぜかみきりむし》鳴かす猫　西東三鬼《さいとうさんき》

才《さい》かちて猫にとらるなかぶと虫　南方熊楠《みなかたくまぐす》　才勝ちて＝うぬぼれて

捉《とらえ》へては猫に喰《く》はする黄金虫《こがねむし》　日野草城《ひのそうじょう》

きりぎりす猫にとられて音もなし　一茶

そこにかと猫を見て行《ゆく》とんぼ哉《かな》　魯九《ろきゅう》［江戸］　ぎらりとした目で

いとゞ鳴キ猫の竈《かまど》にねぶる哉《かな》　鬼貫《おにつら》［江戸］　いとど＝昆虫のかまどうま、ねぶる＝眠る

むすことねこ【息子と猫】 古川柳《こせんりゅう》では往々にして恋患《こいわずら》いの息子と吉原の遊女の取り合わせで用いられる。労咳《ろうがい》（＝肺結核）や恋患いには黒猫をそばに置いたり、白猫（おしろい付けた遊女）が効《き》くという俗信があった。▽の句は、そんな黒猫と、遊廓で遊べる小判をためつすがめつしている息子。

黒猫を物ぐさ［臭］太郎抱《だい》て居る　五楽［川柳］　物臭太郎＝怠惰な者

むす子の気《き》のかたに白ねこをか［飼］わせ　［柳多留］　気鬱症（きうつしょう）

むごい事《こと》むす子のそばにからす猫　［柳多留］　烏猫＝黒猫

黒猫と小判をむす子詠《なが》めてる　［柳多留］▽

め【目】 関連↓猫の目、流し目の猫、猫の糸目、猫の目光る、目をつむる猫、我を見る猫

メーンクーン ネコの一品種。アメリカ原産。長毛種。毛色は約三十種もあり、毛質は硬めで量が多

く、寒さもよく防ぐ。尾は長く飾り毛も豊かである。［大辞林］

めおとねこ【夫婦猫】 一緒にいるのは恋の季節だけで、ふだんは別々にゃん。

有明《ありあけ》にかこち顔也《がおなり》夫婦猫　一茶　かこち顔＝うらめしそうな様子

夫婦猫夜《よ》なべの姿の傍《かたわ》らに　中野きんし［八］　夜なべ＝夜間の仕事や家事

逢度《あうたび》に女夫《めおと》喧嘩《けんか》やねこの恋　蕭山《しょうざん》［江戸］

めねこ【雌猫・牝猫・女猫】 雌《めす》の猫。女猫《おんなねこ》。「ときどき光る／眼が二つ、／黒い女猫の眼の玉か、／それともピアノの金の鋲《びょう》。」北原白秋《きたはらはくしゅう》の詩「月夜の家」の一部

あこがるゝ女猫のさまや雨の暮《くれ》　木鶏《もっけい》［江戸］

狐《きつね》よぶ女猫にく［憎］しやのら心《ごころ》　かしく［江戸］　オス猫を憑《つ》きものがついたようにしてしまうメス猫

恋《こ》は《わ》れてはころりころりと女猫かな　此君［江戸］　ころり＝転ぶ（恋に応じる）

唐辛子《とうがらし》喰《く》つてはほへ《え》る恋女猫《こいめねこ》　［柳多留］

めをつむるねこ【目をつむる猫】 眠い時、心のシャッターを閉《と》じたい時。

犬猫と夜はめつむる落葉の家　西東三鬼《さいとうさんき》

叱られて目をつぶる猫春隣《はるどなり》　久保田万太郎《くぼたまんたろう》　春隣＝春まぢか、冬の季語

猫さへ《え》も気の毒そうに目を眠《つむ》り　［柳多留］

わが座《すわ》れば、なき足の衣《きぬ》のうへ《え》に来てさびしく猫は眼をつぶるなる　尾山篤二郎《おやまとくじろう》［八］

鉢植《はちうえ》のヒヤシンスのかげに猫の眼のものうく閉《と》づる陽炎《かげろう》する日　中城《なかじょう》ふみ子《こ》

めをほそめるねこ【目を細める猫】 猫の瞳孔《どうこう》は周りが明るいと細く絞《しぼ》られる。

夜《よ》の灯《ひ》には白き仔猫《こねこ》の眼をほそめ影と居《お》るなり我は栗食《くりは》む　北原白秋《きたはらはくしゅう》

白き猫庭の木賊《とくさ》の日《ひ》たむろに眼はほそめつつまだ現《うつろ》なり　北原白秋　日溜（ひだま）りに

沼みどり瞳《ひとみ》しぼつ《っ》て恋の猫　橋本多佳子《はしもとたかこ》　瞳孔のしまった恋猫の目は沼の碧（あお）の色

ものほしのねこ【物干の猫】 周りもよく見え、物干は恋の渡し橋。

恋猫や物干竿《ものほしざお》の丸木橋　正岡子規

物干の洗濯やめん妻《つま》ど［問］ふ《う》猫　西調［江戸］

物干や恋の中宿《なかやど》つまま［待］つ猫　心計［江戸］　中宿＝遊女と客の連絡場所（茶屋や船宿）

猫がさか［交］るで物干へ嫁《よめ》出かね　間々［川柳］　うぶな嫁は恥ずかしく

もらわれてゆくねこ【貰われてゆく猫】 昔は猫を譲《ゆず》られたら鰹節《かつおぶし》をお礼とした。

仔猫《こねこ》みんな貰は《わ》れていつ《っ》た梅雨空《つゆぞら》　種田山頭火《たねださんとうか》

猫の子のもらは《わ》れて行《ゆ》く袂《たもと》かな　久保《くぼ》より江《え》

猫の子の名なしがさきにもらは《わ》れし　久保より江

猫の子の貰は《わ》れてゆくお寺かな　月路［ホ］

もらは《わ》れてゆく猫の子に鈴つけぬ　節子［サ］

や行

やせねこ【痩猫】 猫にも、痩せるには痩せるだけのわけがある。

猫の痩せ腰の曲りの縁《えん》しさる影　河東碧梧桐《かわひがしへきごとう》　縁側をあとじさりする

恋猫の眼《まなこ》ばかりに瘠《や》せにけり　夏目漱石

それかとは胸がこけても猫の恋　巣兆《そうちょう》［江戸］　胸がやせ細った猫、それこそが恋猫

やつぢ【八つ乳】 三味線の胴に張った猫皮《ねこがわ》で、乳のあとが表裏合わせて八個あるもの。関連→四《よ》つ乳《ぢ》

死花《しにばな》や八つ乳の猫はばちあた［罰当］り　［川柳］　死花＝死後の名誉。罰とばち（撥）を掛けている

やつれねこ【窶れ猫】 猫にとっても恋は重労働である。

まゆ玉《だま》に猫のおとろへ《え》あは《わ》れなり　久保田万太郎《くぼたまんたろう》　繭玉（正月飾り）にとびつけない

地《じ》ひゞ《び》きや妻に窶《やつ》るゝ浮《う》かれ猫　石橋秀野《いしばしひでの》　猫の妻

麦飯《むぎめし》にやつるゝ恋か猫の妻　芭蕉

恋猫の泥に尾を曳《ひ》くやつれかな　蓼洲［イ］

やねのねこ【屋根の猫】 暖かくて、見晴らしも良くて、いいにゃあ。

秋風の屋根に生《い》き身《み》の猫一匹　西東三鬼《さいとうさんき》

日の入《いり》やはや屋根に出る猫の恋　正岡子規

猫の恋隣の屋根へ移りけり　正岡子規

恋猫や隣の屋根に啼《な》き移る　赤木格堂《あかぎかくどう》

恋猫がトタン屋根で暗い音　種田山頭火《たねださんとうか》

露《つゆ》の屋根へ白猫躍《おど》り上《あが》りけり　原石鼎《はらせきてい》

南座《みなみざ》の屋根より降《お》りぬ春の猫　慕情［サ］　南座＝京都の歌舞伎演技場

すさまじく猫恋《こい》すなりブリキ屋根　風香［シ］

恋猫の屋根から石を落《おと》しけり　坦々［ナ］

屋根を追《う》ふ日《ひ》高《だか》の川や猫の恋　嘯山《しょうざん》［江戸］　山も川も何のその

屋棟《やね》に寝て石ともならず猫の恋　猪史［江戸］

猫も漸《やや》屋根を鳴らさず郭公《ほととぎす》　仙化《せんか》［江戸］　恋も一段落して

やねに置《おき》て幾度《いくたび》よばふ《う》猫の妻　維舟《いしゅう》［江戸］　よばう＝呼び続ける

トタン屋根猫が貧しい音にする　三柳［川柳］

家根《やね》の猫来て浮寝鳥《うきねどり》目を覚《さま》し　［柳多留］

やぶのねこ【藪の猫】　藪は猫の野生が甦《よみがえ》る場所。

恋猫のが《ご》う〳〵《ごう》として藪の月　原石鼎《はらせきてい》

あの藪が心がゝりか猫の鳴《なく》　一茶　心がかり＝気がかり
やぶ入《いり》を誘《う》ふ闇《やみ》あり猫の恋　加十［江戸］
藪猫の逃《にげ》まはりてやたは《わ》れ《わ》声　涼菟《りょうと》［江戸］　たわれ声＝嬌声
七人は猫の気でいる藪の虎《とら》［柳多留］

やまでらのねこ【山寺の猫】　紙袋《かんぶくろ》さえ被《かぶ》されなきゃ広くていいにゃ。
のら猫の山寺に来て恋をしつ　夏目漱石
山寺や祖師《そし》のゆるしの猫の恋　一茶　祖師＝開祖
通《かよう》ふにも四方《しほう》山也《やまなり》寺の猫　一茶

やまとねこ【大和猫】　日本の猫。和猫《わねこ》。猫は仏典とともに伝来した中国渡来のものとされる。
通路《かよいじ》も花の上也《なり》やまと猫　一茶

やまねこ【山猫】　①山野にすむ猫。野猫《のねこ》。②ネコ科の哺乳類のうち、中・小形の野生種の総称。日本にはツシマヤマネコ・イリオモテヤマネコがいる。リビアヤマネコは世界中の猫の祖先と言われている。
山猫をよぶ主艶也《ぬしえんなり》菊の花　正岡子規
山猫のあつ《っ》けとられし雲雀哉《ひばりかな》　一茶　あっけにとられる
山猫や恋から直《すぐ》に里馴《さとな》るゝ　一茶
恋せずば大山猫《おおやまねこ》と成《なり》ぬべし　一茶

子にめで丶山猫うたふ《う》火燵《こたつ》哉《かな》　存義《ぞんぎ》［江戸］

やまねこ【山猫】　①江戸市中の寺社の境内にいた私娼《ししょう》の称。▽の句は、私娼が劫《こう》を経《へ》て花車《かしゃ》（遣手）となった。②山猫廻《やまねこまわし》の略。

山猫の姿見せけり山ざくら　竹童《ちくどう》［江戸］

こつ《っ》そりとして山猫は人を喰《く》い　［川柳］

こうろ［行路］経《へ》た山猫ついに花車《かしゃ》と成《なり》　［柳多留］▽花車（遣手）＝遊里の女管理人

山猫をだまり〳〵とか［買］いに行《ゆく》　［柳多留］　こっそりと

やまねこざ【山猫座】　三月中旬の宵《よい》に、日本では北の子午線《しごせん》を通る星座。大熊座《おおくまざ》と双子座《ふたござ》の間に位置しているが、三等星より暗い星々なので目立たない。［大辞林］

やまねこスト【山猫スト】　労働組合の一部の組合員が組合中央指導部の承認を得ず独自に行うストライキ。山猫争議。［大辞林］

やまねこまわし【山猫廻】　江戸時代の大道芸。人形を入れた箱を首にかけ、腰鼓《こしつづみ》を叩《たた》いて子どもたちを集め、箱から指人形を出して操《あやつ》って見せた。時には山猫の人形を出した。傀儡師《かいらいし》、傀儡《くぐつ》、くぐつまわし。▽の句は、山猫回しの格好がぶらりと銭湯に行く時の出《い》で立《た》ちと似ていると見立《みた》てた句。

あの猫も恋した果《は》てや傀儡師《かいらいし》　子交［江戸］

山猫の下に昼餉《ひるげ》や傀儡師《かいらいし》　雁宕《がんとう》［江戸］

箱に寝て恋せぬ猫や傀儡師《かいらいし》　汶上［江戸］
山猫の箱さへ《え》あれば関手形《せきてがた》　［川柳］　山猫の箱が関手形（関所の通行証）の代わりになる
風呂へ行《ゆく》ふりで山ねこ廻し出る　［川柳］▽
はらをせにかへ《え》て山猫かへ《え》るなり　［柳多留］　腹に掛けていた箱を背にかえて

やまねこやなぎ【山猫柳】　植物、跋扈柳《ばっこやなぎ》の異名。

やみのねこ【闇の猫】　「真黒毛《まっくろげ》の猫が／真黒闇《まっくらやみ》にゐ《い》たら／眼ばかり／ぎいらぎら」　竹久夢二《たけひさゆめじ》の詩「黒猫」
ゆふ《う》やみの恋猫のこゑ《え》［声］はきこえる　種田山頭火《たねださんとうか》
山国の暗《やみ》すさまじや猫の恋　原石鼎《はらせきてい》
地《ち》の闇を這《は》ひ《い》なく猫や夜の南風《まぜ》　原石鼎
恋猫のゆく闇何処《いずこ》も雪降れる　橋本多佳子《はしもとたかこ》
かくれ里《ざと》猫の鳴音《なくね》や五月闇《さつきやみ》　洞雨［江戸］　梅雨時、人里離れた家で
闇《くらき》より闇《くらき》に入《い》るや猫の恋　一茶
日の限りありておとなし猫の闇　［武玉川］
恋慕《したう》ふ猫はやみにも眼で知らせ　［柳多留］
猫の尾の一《ひと》すぢ《じ》白きそれもまた消えてはてなきさつき［五月］闇かな　岡本《おかもと》かの子《こ》

やみょう【野猫】　野良猫《のらねこ》。野猫《のねこ》。関連→野良猫《のらねこ》

やむねこ【病む猫】 腐《くさ》りゆく西洋梨のように静かに横たわる。

冬隣《ふゆどなり》 庇《ひさし》に猫の眼を病《や》める　巌谷小波《いわやさざなみ》

老《お》いて病む猫をいたは《わ》る花ぐもり　日野草城《ひのそうじょう》

猫痢《り》して鼠《ねずみ》も追は《わ》ず暮の秋　奇山［ホ］　おなかをこわして

こよひ《い》もや風呂屋へ通ふ《う》疝気《せんき》猫　大町《たいちょう》［江戸］　疝気＝下腹痛

病気で引込《ひっこ》み鼻の下乾く猫　雪雁［川柳］

ゆきのねこ【雪の猫】 雨にぬれるのも、寒い雪も苦手。だけど雪は珍しいにゃん。

雪ふりや棟《おうち》の白猫声ばかり　正岡子規　雪（白）にまぎれて

恋猫や雪の落ちけん軒《のき》の音　虚牛［ナ］

四《し》五《ご》尺《しゃく》の雪かき分《わけ》て猫の恋　一茶　四五尺＝約一・三メートル

猫の子が手でおとす也《なり》耳の雪　一茶

ゆきをきるねこ【雪を着る猫】 雪の中を歩き、背中に雪を背負って。

蛇《へび》もせよ木兎《みみずく》もせよ雪の猫　嵐雪《らんせつ》［江戸］　猫に似た蛇もみみずくも雪の中に出ておいで

さ莚《むしろ》や猫がき［着］て来る太平雪《たびらゆき》　一茶　太平雪＝春の頃降る大きくてうすい雪

初雪を着て戻りけり秘蔵猫《ひぞうねこ》　一茶　秘蔵猫＝非常に大切にしている猫

初雪や裾《すそ》をさばかずとらず［不取］猫　潭北［江戸］

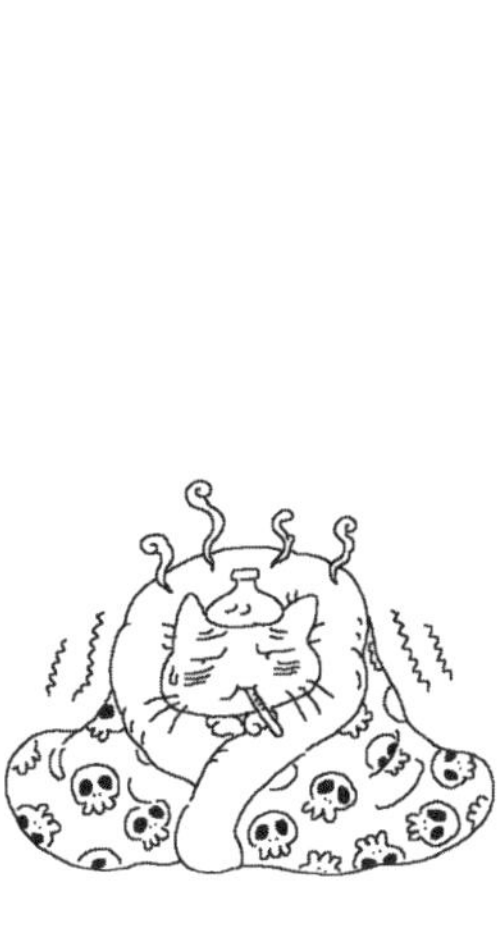

かは《わ》ゆさや雪を負手てかへ《え》る猫　堀江氏妻［江戸］

ゆねこ【湯猫】 湯たんぽ。

よごれねこ【汚れ猫】 闘い済んで日が暮れて、汚れた猫で戻る。

汚れ猫それでも妻は持《もち》にけり　一茶

さかる猫うたてよごれて戻りけり　土髪《どはつ》［江戸］　さんざん汚れて

よさむのねこ【夜寒の猫】 寒さが身に染《し》みる季節、猫の快活さは薄れる。夜寒＝晩秋の季語。

山月《さんげつ》に猫かへ《え》り来る夜寒《よさむ》かな　村上鬼城《むらかみきじょう》

ぼつ〳〵と猫迄《まで》帰る夜寒哉《かな》　一茶

子《こ》子《ね》等《ら》には猫もかまは《わ》ず夜寒かな　其角《きかく》［江戸］　こねら＝子ねずみ

鹿鳴《しかな》て猫は夜寒の十三夜《じゅうさんや》　嵐雪《らんせつ》［江戸］

襖《ふすま》には猫の物食《は》む大きかげ夜寒ひそかに吾《わ》れも食《は》みを《お》る　北原白秋《きたはらはくしゅう》

よしわらのねこ【吉原の猫】 吉原の芸妓《げいぎ》。吉原は東京都台東区浅草北部の遊廓地。現在は千束《せんぞく》の一地区。一六一七年江戸市中に散在した遊女屋を日本橋葺屋町《ふきやちょう》に集めて幕府が公認。明暦の大火で浅草寺裏の日本堤山谷《さんや》付近に移転。移転前を元吉原、以後を新吉原と呼ぶ。新吉原は江戸城の北にあったので北郭《ほっかく》・北国《ほっこく》・北州《ほくしゅう》とも呼ばれた。遊廓は一九五八年に売春防止法の成立とともに廃止。［大辞林］

関連→京町《きょうまち》の猫、薄雲《うすぐも》と猫

よし原は猫もう［浮］かれておどりけり　正岡子規

よし原やたばこも入《い》らず猫の恋　許六《きょりく》［江戸］　休みなく猫も杓子《しゃくし》も吉原の邪魔をする　［柳多留］　岡場所の遊女が吉原（公娼）のじゃまをする

乞食《こじき》の猫の吉原へ来る　［武玉川］

よそのねこ【他所の猫】　我が家の猫は何しても可愛いが、よその猫は不作法に見える。

恋序《こいついで》よ所《そ》の猫とは成《なり》にけり　一茶　よその猫に恋してそのままその家の飼猫に

よつぢ【四つ乳】　三味線の胴に張った猫皮のうち、乳のあとが四個あるもの。乳のあとのない犬皮に対していう。一般に犬皮より上等とされている。関連↓八《や》つ乳《ぢ》

馬鹿な事《こと》犬を猫だと三味線屋　［柳多留］　犬皮を猫皮と言い張る

よもぎねこ【蓬猫】　①虎《とら》のような縞《しま》模様のある猫。②灰色の猫。

ら行

リビアやまねこ【リビア山猫】　山猫の一種。虎猫《とらねこ》に似た毛色で体長五〇～七〇センチメートル。世界中の家猫《いえねこ》の祖先の一つと考えられる。アフリカからアラビア・インドにかけての砂漠に生息。

リンクス　大山猫《おおやまねこ》。関連↓大山猫《おおやまねこ》

るすばんねこ【留守番猫】 困った時の留守番は、猫でもいないよりまし。ほんとかにゃん。

恋猫に留守あづ《ず》けるや桃の花　正岡子規

恋猫の留守あづ《ず》かるや桃の花　正岡子規

もの言は《わ》ぬ猫と留守《るす》居《い》の刻《とき》なが［長］し　日野《ひの》草城《そうじょう》　刻＝時間

西瓜《すいか》冷えた頃留守をもる子猫を膝に　河東碧梧桐《かわひがしへきごとう》

出替《でがわり》の留主《るす》事《ごと》するか猫のつま　吾仲《ごちゅう》［江戸］　出替りでいなくなった奉公人の代わりをつとめる

留守をよく仕《し》たと娘は猫をなで　［柳多留］

ルミのし【ルミの死】 日野《ひの》草城《そうじょう》の飼い猫ルミの死。一月二十三日急死。

猫死ねりいまは《わ》を人に知られずに　日野草城　いまわ＝臨終

横に臥《ふし》て小《ち》さきけものの死のひそけさ　日野草城

猫の柩《ひつぎ》に大きするめを入れにけり　日野草城　柩＝お棺（かん）

葬《はふ》る時むくろ［骸］の猫の鈴鳴りぬ　日野草城

凍《こお》る闇《やみ》死にたる猫の声残る　日野草城

忽《たちま》ちに食《く》いし寒餅《かんもち》五六片　日野草城

分《わか》ち飲む猫亡《な》しミルクひとり飲む　日野草城　分ち飲む＝猫と分け合って飲む

れいびょう【霊猫】 ①麝香猫《じゃこうねこ》の異名。②霊妙《れいみょう》不可思議《ふかしぎ》な猫。すぐれた猫。関連→麝香猫《じゃこうねこ》

異《い》香《こう》馥《ふく》郁《いく》たり霊猫の最期屁《さいごっぺ》　〔柳多留〕

ろうたきねこ【﨟たき猫】「﨟《ろう》たし」は、かわいらしい、美しく気品があるの意。「猫を『こちや』とのたまへ《え》ば、ら《ろ》うたげなる声にうち鳴きて、近く寄り来たる、御衣《おんぞ》の移《うつ》り香《が》うらやましうて、かき寄せたまへ《え》れば、御《み》袖《そで》より入《い》らんと睦《むつ》るる、いとうつくし。」〔狭《さ》衣《ごろも》物語〕

ろうびょう【老猫】　年とった猫。関連→老猫《おいねこ》

ロシアンブルー　ネコの一品種。イギリス原産。短毛種。ブルーで密生した明るい毛色をもつ。スリムできやしゃな体が特徴。おとなしく、声も小さい。〔大辞林〕

ろのねこ【炉の猫】　冬季はいつも居たい場所。炉は冬の季語。

薪尻《まきじり》に猫逐《お》ひやりし囲炉裏《いろり》かな　松藤夏山《まつふじかざん》　いろりの薪の火から遠くに

餅搗《もちつ》くや居眠る猫に炉火《ろび》強し　霜山〔ホ〕

宮殿炉なり女御更衣《にょうごこうい》も猫の声　素堂《そどう》〔江戸〕　女官たちも猫のような声で暖炉に

ろふさぎとねこ【炉塞ぎと猫】　炉塞ぎは暖かくなって炉を塞ぐことで、晩春の季語。暖かい居場所を失った猫はおろおろ炉を探す。

炉塞《ふさ》げば猫炉《ろ》を尋《たず》ねありきけり　富浪夏風〔ナ〕

猫の子も七日となりぬ炉を塞《ふさ》ぐ　柿山伏〔コ〕

炉をふさぐ跡《あと》おぼえてや猫の声　円入《えんにゅう》〔江戸〕

わ行

わかねこ【若猫】 恋をたくさんしたい猫、できる猫。
よく遊べ月下《げっか》出《い》でゆく若衆猫《わかしゅねこ》　西東三鬼《さいとうさんき》
若猫やぎよ《ょ》つ《っ》と驚く初真桑《はつまくわ》　木導《もくどう》［江戸］　初めて見て
若猫がざらしなくすや桑李《くわすもも》　一茶　ざらす＝じゃれる
若猫のつは《わ》り心《ごころ》や寒《かん》の中《うち》　許六《きょりく》［江戸］

わがねこ【我が猫】 わが猫となると親バカ以上の溺愛の心が湧く。
吾猫《わがねこ》も虎《とら》にやならん秋の風　夏目漱石
山中《さんちゅう》に恋猫のわが猫のこゑ《え》［声］　橋本多佳子《はしもとたかこ》
わが猫を誘《う》ふ枯野に白猫ゐ《い》て　橋本多佳子
我が猫の糞《ふん》して居るや黍《きび》の花　富田木歩《とみたもっぽ》
我猫が盗《ぬす》みするとの浮名《うきな》哉《かな》　一茶
我猫に野良猫《のらねこ》とほ《お》る鳴侘《なきわび》て　翁《おきな》（＝芭蕉）

わがはいはねこである【我輩は猫である】 小説。夏目漱石作。一九〇五（明治三十八）〜一九〇六

年発表。中学の英語教師苦沙弥《くしゃみ》先生の家を舞台に、飼猫《かいねこ》の目を通して近代日本の姿を風刺した作品。［大辞林］

我輩は猫であるから辞退する　破魔杖［川柳］　漱石の文学博士授与辞退が快挙として話題に

わすれるねこ【忘れる猫】　猫は世間に何があろうと屈託《くったく》のない顔をしている。

恋百夜《ももよ》猫は忘れてしまひ《い》けん　佐藤紅緑《さとうこうろく》

けふ《きょう》ははや忘れにけりな猫の妻　闌更《らんこう》［江戸］

打《う》ち忘《わす》れ顔《がお》にいねけり猫の妻　完来《かんらい》［江戸］　けろっとした顔で寝ている

を《お》の［己］が名もわすれやすらん猫の恋　諷竹《ふうちく》［江戸］

わるねこ【悪猫】　悪猫と善猫の違いは人間次第である。

悪猫がのその通る大旱《おおひでり》　日野草城《ひのそうじょう》

われをみるねこ【我を見る猫】　猫は問う、あなたは何者。

ぼう丹《たん》の昼《ひる》猫が来てわれを見る　飛鳥田麗無公《あすかたれいむこう》　ぼうたん＝ぼたん（牡丹）

しげしげと子猫にながめられにける　日野草城

雪の陰恋猫《かげこいねこ》の眼《め》にひたと遇《あ》ふ　佐野良太《さのりょうた》

まだ死なぬ猫秋風に我を凝視《み》る　長谷川零余子《はせがわれいよし》

敵対す猫の瞳《ひとみ》にうつる我《わ》れ　鶴彬《つるあきら》［川柳］

たそがれの湯槽《ゆぶね》にあれば玻璃《はり》窓《まど》に黒き猫来てわれを凝視《みつ》むる　吉井勇《よしいいさむ》

●引用・参考文献一覧

『明石海人歌集』岩波文庫
『飯田蛇笏全句集』角川書店
『一茶全集』、『新訂一茶俳句集』岩波書店
『臼田亞浪全句集』全句集刊行会
『江戸おんな歳時記』幻戯書房
『江戸座点取俳諧集』岩波書店
『江戸俳諧歳時記』平凡社
『岡本かの子』筑摩文庫
『小熊秀雄詩集』岩波文庫、『小熊秀雄全集』創樹社
『尾崎放哉句集』岩波文庫、『尾崎放哉全句集』春秋社
【蝸牛俳句文庫】『芥川龍之介』『井上井月』『飯田蛇笏』『日野草城』『前田普羅』『松本たかし』『高濱虚子』
『川口重美句集　復刻版』発行所「山繭」
『北原白秋』中央公論社、『白秋全歌集』岩波書店
『巨人たちの俳句』平凡社
『近世滑稽俳句大全』読売新聞社
『近世俳句俳文集』岩波書店、『近世俳句俳文集』小学館
『近世和歌集』岩波書店
『近代俳句集』角川書店
『久保田万太郎全句集』中央公論新社
【現代短歌全集】2／石川啄木、若山牧水、佐佐木信綱、北原白秋、内藤鋠策、齋藤茂吉、尾山篤二郎、3／土岐哀果、北原白秋、岩谷莫哀、片山廣子、齋藤茂吉、4／伊藤左千夫、齋藤茂吉、北原白秋、5／石原純、島木赤彦、松田常憲、6／宇津野研、平福百穂、8／北原白秋、10／岡麓、半田良平／筑摩書房
【現代俳句集成】1／春夏秋冬、俳諧新潮、続春夏秋冬、2／藤野古白、正岡子規、松瀬青々、内藤鳴雪、中川四明、宮林菫哉、3／新春夏秋冬、日本俳句鈔第一集、ホトトギス雑詠集、国民俳壇、4／村上鬼城、菅原師竹、角田竹冷、原月舟、吉田冬葉、島村元、富田木歩、長谷川零余子、尾崎放哉、5／栗林一石路、前田普羅、高田蝶衣、吉岡禅寺洞、6／臼田亞浪、7／吉武月二郎、竹下しづの女、川端茅舎、8／西山泊雲、10／青木月斗、原石鼎、11／日野草城、別巻／巌谷小波、泉鏡花、久米正雄、永井荷風、三好達治／河出書房新社
【現代俳句大系】1／西山泊雲、2／松本たかし、松藤夏山、中尾白雨、高橋淡路女、飯田蛇笏、原石鼎／角川書店
【古典俳文学大系】貞門俳諧集、談林俳諧集、蕉門俳諧集、蕉門名歌句集、享保俳諧集、中興俳諧集、化政天保俳諧集／集英社
『現代俳句の世界3』朝日新聞社
『現代句集』『現代俳句集』筑摩書房
『元禄俳諧集』岩波書店
『古句を観る』岩波書店
『西東三鬼句集』角川文庫
『斎藤茂吉歌集』岩波文庫
『新編左千夫歌集』岩波文庫
『山頭火全句集』『山頭火集』春陽堂書店
『子規句集』岩波文庫、『子規全集』アルス
『自註鹿鳴集』會津八一／岩波文庫
『島木赤彦全歌集』岩波書店
『初期俳諧集』岩波書店
『女性俳句の世界』角川学芸出版編

『新俳句』民友社
『杉田久女全集』立風書房
『草城全句集』沖積舎
『漱石全集』、『漱石俳句集』岩波書店
『高濱虚子全俳句集』毎日新聞社、『高濱虚子』愛媛新聞社
『新編　啄木歌集』岩波文庫
『竹久夢二文学館』日本図書センター
『坪内逍遥の和歌と俳句・柿紅葉』第一書房
『天明俳諧集』岩波書店
『中城ふみ子全歌集』北海道新聞社
『中原中也詩集』角川文庫
『猫の古典文学誌』講談社学術文庫
『猫踏んぢゃった俳句』角川学芸出版
『定本　野口雨情　第一巻』未来社
『野に住みて』片山廣子／月曜社
『萩原朔太郎』永遠の詩⑦小学館
『橋本多佳子句集』角川文庫
『芭蕉連句集』『芭蕉七部集』『芭蕉俳句集』岩波文庫
【ハンセン病文学全集】『8巻・短歌』『9巻・俳句・川柳』皓星社
『日野草城全句集』沖積舎
『風雅のひとびと』朝日新聞社
『蕪村七部集』『蕪村俳句集』岩波文庫
『碧梧桐全句集』蝸牛社
『宮沢賢治全集』筑摩文庫
『村上鬼城研究』角川書店、『村上鬼城全集』あさを社
『室生犀星動物詩集』日本図書センター
『山川登美子歌集』岩波文庫
『夭逝歌人集』現代短歌体系／三一書房
『定本　與謝野晶子全集』講談社、『晶子詩篇全集』実業之日本社
『吉井勇』岩波文庫
『吉川英治全集補巻3』講談社
『より江句文集』京鹿子発行所
『若山牧水歌集』岩波書店、『若山牧水全集』増進會出版社
『近世俳句大索引』『三句索引俳句大観』『三句索引新俳句大観』明治書院
『短歌俳句動物表現辞典』遊子館
『俳諧歳時記』改造社
『俳句大歳時記』角川書店
『名句辞典』創拓社
『江戸庶民風俗』雄山閣出版
『江戸川柳を楽しむ』朝日選書
『現代川柳名句集』磯部甲陽堂
『古今川柳壹萬集』博文館
『時事川柳百年』読売新聞社
『明治大正　新川柳六千句』南北社
『初篇　昭和川柳百人一句』小噺頒布会
『初代川柳選句集』岩波文庫
『新興川柳選集』たいまつ社
『新川柳分類壹萬句』磯部甲陽堂
『川柳狂歌集』岩波書店
『川柳大辞典』日文社
『川柳総合辞典』雄山閣
『雨譚註川柳評万句合』有光書房
『川柳女性壹萬句』磯部甲陽堂
【川柳全集】『西島〇丸』『井上剣花坊』『前田雀郎』構造社出版
『田中五呂八の川柳と詩論』新葉館出版
『鶴彬全集』たいまつ社
『俳諧武玉川』岩波書店
『誹風柳多留』社会思想社
『誹風柳多留全集』三省堂
『番傘川柳一万句集』創元社
『日本国語大辞典』小学館
『大辞林』三省堂

編　者

佛渕健悟　ほとけぶち・けんご

1949年、鹿児島県生まれ。俳号 雀羅(じゃくら)。季語研究会同人。

著作　東　明雅・丹下博之・佛渕健悟編箸『連句・俳句季語辞典 十七季』
丹下博之・佛渕健悟編箸『平成連句抄 月と花と恋と』
佛渕健悟・西方草志編『五七語辞典』(以上、三省堂)

小暮正子　こぐれ・まさこ

1951年、千葉県生まれ。編集者。

編集した辞典　『五七語辞典』『雅語・歌語五七語辞典』
『俳句・短歌 ことばの花辞典』『川柳五七語辞典』
『敬語のお辞典』『連句・俳句季語辞典 十七季』
『てにをは辞典』『てにをは連想表現辞典』(以上、三省堂)

俳句・短歌・川柳と共に味わう　猫の国語辞典

2016年12月5日　第1刷発行

編　者…………佛渕健悟・小暮正子
発行者…………株式会社　三省堂
代表者　北口克彦
発行所…………株式会社　三省堂
〒101-8371　東京都千代田区三崎町二丁目22番14号
電話　編集(03)3230-9411　営業(03)3230-9412
振替口座　00160-5-54300
http://www.sanseido.co.jp/
印刷所…………三省堂印刷株式会社
DTP…………株式会社　エディット
カバー印刷……株式会社　あかね印刷工芸社

〈猫の国語辞典・256pp.〉　ISBN978-4-385-36067-6